KB095718

풍수전쟁

풍수전쟁

김진명 장편소설

이타

풍 수 전 쟁

초판 1쇄 발행 | 2023년 05월 24일
개정증보판 2쇄 발행 | 2024년 10월 23일

지 은 이 김진명
발 행 인 김인후
편   집 장혜리, 박 준
마 케 팅 홍수연
디 자 인 이시온, 원재인
경 영 총 괄 박영철

주   소 서울시 은평구 통일로 1034, 시설동 228호
문 의 전 화 02-322-8999
팩   스 02-322-2933
블 로 그 blog.naver.com/eta-books
인스타그램 instagram.com/etabooks
발 행 처 이타북스
출 판 등 록 2019년 6월 4일 제2021-000065호

© 김진명, 2024
ISBN 979-11-6776-384-6 03810

차례

작가의 말

위화도 회군을 불러온 고려의 요동 정벌은 철령위 사건 때문에 단행되었는데 철령의 위치가 어딘가에 대해서는 두 개의 주장이 정반대로 대치하고 있다. 철령위를 설치한 명나라는 이 기관이 요동에 있었다 기록하고 있다.

또 하나는 일제 강점기 조선총독부 조선사편수회의 일본학자들 주장으로 철령위의 철령은 강원도에 있는 고개라는 것이다.

철령위가 요동의 철령시에 있었느냐, 아니면 강원도와 함경도의 접경에 있는 철령 고개에 있었느냐에 따라 고려의 강역은 하늘땅 차이로 달라진다.

고려의 강역을 기록한 중국 측 역사 자료가 한결같이 철령위가 요동에 있었다는 사실을 기록하고 있는 외에도 철령위 문제로 고려가 명나라와 대립했을 때 이성계가 인솔한 고려군이 요동 정벌을 나선 사실에서도 철령위가 요동에 있었다는 걸 알 수 있지만 조선총독부의 일본인 역사학자들은 한결같이 강원도 철령을 고집하고 있다.

문제는 일본인들은 그렇다 치더라도 현재의 한국 교과서가 일본인들의 주장을 그대로 가르치고 있다는 데 있다.

이런 아이러니가 어떻게 21세기의 지구상에 존재할 수 있을까.

철령위가 중국 관소인 만치 그게 어디에 있는가는 그 관소를 설치한 중국의 기록이 가장 정확할 수밖에 없지만 한국의 교과서 저자들이 일본학자들의 주장을 그대로 따르고 있는 건 소극을 넘어 범죄에 해당하는 일이다.

조선총독부는 조선의 역사에서 논리와 과학을 지웠을 뿐만 아니라 묘한 주술을 집어넣었다. 정문부가 왜군 2만을 죽인 사실을 기록한 북관대첩비를 야스쿠니 신사에 가져다 탑머리에 육중한 돌을 얹어 기를 죽이려 한 데서도 알 수 있다.

일본은 한국이나 중국과 달리 풍수가 그리 성하지는 않으나 대신 독특한 주술의 전통이 있다. 이러한 주술은 한 사람의 생명 연장을 위해 남의 생명을 단축하는 대수대명의 주문을 낳기도 했고 나라의 생살生殺을 염두에 둔 저주 풍수로 나아가기도 했다. 조선총독부 촉탁이었던 무라야마 지준이 한반도로 건너와 이 땅의 풍수를 총괄한 『조선의 풍수』를 쓴 걸 보면 풍수와 총독부의 연결 또한 짐작해 볼 수 있을 것이다.

나는 우리 국민이 모든 현혹에서 벗어나 자신의 정체성을 확실히 자각하여야 한다는 강렬한 염원으로 이 책을 썼다.

또한, 나는 세계에서 가장 빠른 속도로 인구가 줄어들고 있는 우리나라의 위기를 어떻게 극복할 수 있을지 독자들과 함께 생각하고 싶었다.

세계 유수의 연구소들은 20년 후에는 상위 36개국 중 우리나라만 마이너스 성장을 한다고 예측하며 한국의 인구 소멸은 국가 소멸로까지 이어질 정도라 전망하지만 이미 우리나라는 모든 단계의 기회를 다 놓쳐버렸기 때문에 닥쳐오는 비극을 피할 도리가 없다.

본래 아무 대책도 없는 이 나라 현실에 강력한 경고를 발하기 위해 책을 썼던 나는 단순한 경고만으로는 어떤 효력도 없다는 사실 앞에 좌절하지 않을 수 없었다.

당장 내 눈앞의 현실만이 제일이라는 사고가 사회를 관통하고 있는 현실에서 이런 경고는 하나 마나라는 사실을 책 출간 후 얼마 되지 않아 바로 깨닫게 되었던 것이다.

이미 20여 년 전 『조선일보』 전면에 인구 위기를 상정한 한국 멸망 시나리오까지 쓰며 인구 위기를 알렸던 나로서는 더 이상 아무런 기대도 하지 못하고 체념으로 돌아설 수밖에 없었지만, 뜻밖의 한 인물을 만나게 되었다.

언젠가 나의 강연을 들었던 모 기업인이 강연에서 내가 얘기한 인구 문제 해법이 매우 현실적이라 강한 인상으로 남았는데 정작 인구 문제를 쓴 이 소설에는 그 해법이 전혀 없다며 매우 아쉬워했다.

그는 소설적 은유로 적절히 표현했다는 나에게 손사래를 치며 인구가 이토록 재앙적으로 줄면 당장 국가가 완전히 내려앉지 않느냐, 또한 언제나 이 나라는 국민들의 힘으로 모든 위기를 극복해 오지 않았느냐, 인구 위기도 국민들이 달려들어 반드시 해결할 것이니 강연에서 얘기했던 그 해결책을 직설적으로 담은 개작을 내주길 강력히 청했다.

한번 낸 책을 개작한다는 게 쉬운 일도 아니고 썩 하고 싶은 일도 아니지만 인구 위기 해결은 모든 국민의 바람인 만큼 대한민국의 모든 국민과 이 위기를 공유해야 한다는 사명감을 느꼈다.

하여 고뇌 끝에 모든 망설임을 떨쳐내고 인구 문제에

대한 해결책을 보다 직설적으로 담은 개정증보판을 낸다.

2024년 7월 24일

김진명

1

회신령집만축고선

1930년 11월 어느 늦은 밤 조선총독부.

경복궁을 완전히 가리고 있는 거대하고 흉물스러운 건축물 후원에 세 사람이 무릎을 꿇은 채 누군가를 기다리고 있었다. 깨끗하게 의복을 다려 입고 꼿꼿이 허리를 세운 50대 사내 옆으로 한 명의 젊은이가 붙어있었고 양복을 입은 또 다른 이가 약간 떨어져 앉았다. 가운데 젊은이는 무릎을 꿇고 고개를 숙인 채 손으로 가끔 잔디를 뽑아 무릎 앞에 소복하게 쌓고 있는 모습이 심야의 이 괴상한 짓거리를 이해할 수 없다는 몸짓이었다.

"아직도 네 잘못을 모르겠다는 말이냐?"

"아버님. 깨끗한 물로 몸을 씻으라 하셔서 노비들에게 강물을 길어 오라 일러 온몸을 잘 닦아냈습니다. 저는 도무지 뭘 잘못했는지 모르겠습니다."

"허!"

옆에서 무릎을 꿇고 있는 아들을 노려보던 노인은 보부
상 출신으로, 새로운 세상을 누구보다 빠르게 받아들이겠
다며 일본 관료들에게 재산을 풀어 큰 신임을 받는 재력가
였다.

"당연히 산에서 약수를 길어 와 몸과 마음을 깨끗이 해
야 했거늘!"

아들은 누구에게나 당당했던 부친이 목욕물 정도에 이
렇게 화를 내는 모습이 처음이니만큼 도대체 어떤 사람을
만나기에 마냥 겁을 내는지 무척 궁금했다.

"아버님. 이 땅에 아버님이 눈치를 보아야 할 사람이 누
가 있습니까. 심지어 총독님에게도 하실 말은 거침없이 하
시지 않습니까?"

"닥쳐라! 네가 어떻게 세상을 알겠느냐. 그분은 네가 강
물로 몸을 대충 씻었는지 계곡물로 정성스레 몸을 씻었는
지 한눈에 아시는 분이다. 그분의 말씀이 끝날 때까지 땅
에 머리를 박은 채 절대 눈을 뜨지 마라. 네놈의 멍청함이
그분의 기분을 해친다면 기필코 머리를 터뜨려 죽여버리
겠다."

"……."

아들이 무릎 앞에 쌓인 풀더미를 흩어버리고 침묵하자
노인은 손을 뻗어 자신과 아들의 의관을 다시 매만졌다.

옷고름을 단정하게 늘어뜨려 그 끝을 허리 정중앙에 묶은 뒤 혹여 틀어짐이 없는지, 갓은 기울어지지 않고 수평으로 자리 잡았는지 살핀 다음 입술에 침을 돌려 목소리가 윤택하게 나오도록 세심한 준비를 게을리하지 않았다. 이윽고 다가오는 발소리가 들리자 그는 이마가 땅에 닿도록 깊숙이 머리를 조아렸다.

"선사님을 뵙사옵니다."

아들은 생전 처음 들어보는 아버지의 존대어가 귀에 꽂히는 순간 가슴이 두근거렸다. 이 세상에 누가 내 위에 있겠냐며 온통 안하무인으로만 행동하던 아버지가 이토록 안절부절못하는 현상을 어떻게 받아들여야 할까. 아들은 얼른 아버지를 따라 머리를 땅에 붙인 다음 눈을 질끈 감아버렸다. 이 판에 자신이 눈 뜨고 할 일이 있을 리 없었다. 아들 옆에 있던 양복의 중년인 또한 깊이 고개를 숙였다.

"고개를 들라."

"헉!"

고개를 들자마자 자신을 내려다보고 있는 남자와 눈이 마주친 아들은 자신도 모르게 비명을 내질렀다. 앞에 선 괴인은 얼굴을 온통 흰 분으로 칠하고 목부터 이마까지의 맨살도 모두 빨갛게 물들어 있는 데다 눈덩이 주변은 시퍼런 물감으로 번져있어 알 수 없는 괴기스러움을 내뿜고 있었다. 아들은 이 모습이 목 치는 망나니든, 목 날아간 시체든 형장에서 보았던 물상이 걸어 나온 것만 같아 얼른 이마를 땅에 박았다. 차가운 달빛에 비친 그의 얼굴은 칼날보다 더 섬뜩한 기운을 내쏘고 있었다.

"내 눈에는 시체가 되어 뒹구는 제국의 병사들이 보이는구나. 앞으로 고작 15년이면 제국은 물러날 것이다."

흠칫 놀란 노인의 눈길이 남자의 얼굴을 향해 쏜살같이 날아갔다.

"제국이 물러난다고 하심은 무슨 뜻이온지요? 청을 꺾고 노서아를 꺾고 금년에는 만주까지 손에 넣어 기세를 천하에 떨치지 않았사옵니까?"

"제국이 성하다고는 하나 동쪽 군사의 나라를 당하지 못한다."

"동쪽 군사의 나라? 미국을 말함이옵니까?"

"그리되는 법이다."

순식간에 노인의 얼굴이 흙빛으로 변했다.

"저는 어떻게 해야 살 수 있겠사옵니까? 제국이 물러가면 조선인들이 저를 찢어 죽이지 않겠사옵니까?"

"하여 오늘 밤 너의 생로를 열어주려 하는 것이다. 이 아이가 너의 자식이냐?"

"그러하옵니다."

아비가 옆구리를 찌르자 아들은 고개를 들고 겁에 질려

움츠린 목소리로 인사를 올렸다.

"불초 김용달 인사 올립니다."

아들을 보고 있던 괴인은 미세하게 고개를 가로저었다.

"상판에 어인 횡액이 붙었느냐."

그는 눈을 감고 두 손바닥을 붙였다 뗐다 하며 입으로 주문을 외었다. 괴인이 동작을 마치자 노인은 감격에 겨워 몇 번이나 머리를 조아렸다.

"무라야마 선사님. 이 은혜를 어떻게 갚을 수 있을는지요. 제가 죽고 나면 집안의 대가 이어지느냐, 끊어지느냐가 모두 이놈에게 달렸사옵니다. 오늘이 지나면 선사님을 뵐 기회가 없을 터인데 액은 온전히 다 지워졌사온지요?"

"그러하다. 하지만 너희가 살려면 무엇보다 과거를 묻어야 하지 않겠느냐?"

"저희는 시키는 대로만 하겠사옵니다."

무라야마는 구름 속으로 숨으려는 달을 힐끗 쳐다보더니 끝에 다섯 개의 발이 달린 쇠말뚝을 노인의 무릎 앞에 던졌다. 쇠말뚝에는 글씨가 쓰여있었으나 어두워 보이지 않았다.

"같은 것 네 개를 더 만들어 묘향, 구월, 금강, 팔공, 지리의 다섯 산 혈터에 박으라. 혈터를 볼 줄 아느냐?"

"산 정상에 꽂는 게 아니온지요?"

무라야마는 고개를 가로저었다.

"혈터를 볼 줄 아는 지관을 데리고 가라. 신중히 혈터를 찾은 후 머리가 드러나지 않도록 깊이 박아라. 그리고 지관이란 말이 많은 법이니 소리가 새지 않도록 하라."

"일을 마치면 바로 죽이겠사옵니다. 더 할 일은 없사온 지요?"

노인은 상체를 더욱 꼿꼿이 세운 상태로 무라야마를 쳐다보았다. 선사님이 시키시면 무엇인들 해내겠다는 표정이었다.

"이 사람 이케다를 도와라."

아비와 아들은 이케다를 향해 공손히 절했다. 숨었던 달이 이내 다시 구름을 뚫고 나오자 무라야마는 달빛을 잡기라도 하려는 양 허공에 손을 뻗어 서너 번 움켰다 폈다 하더니 이케다를 향해 귀기 서린 목소리를 밀어냈다.

"조선은 원산 방면의 지기가 허해 거기를 움켜쥐면 잠에서 깨어나지 못한다. 오늘 대선사님의 비결이 도착했으니 이대로 실현하라."

무라야마는 품속에서 여덟 글자가 쓰인 묵지를 꺼내 폈다.

- 회신령집만축고선淮新嶺縶萬縮高鮮 -

보통의 글씨가 하얀 종이에 먹으로 쓰인 것과 달리 이

글씨들은 묵지 위에 검붉은 글씨로 쓰여 차가운 달빛 아래 그 괴기함을 더했다. 이케다는 무라야마가 펼친 묵지 앞에 무릎걸음으로 다가가 세 번 절을 올린 뒤 공손히 묵지를 받아 들고는 곱게 접어 품속 깊숙이 넣고 동남향을 향해 두 번 절했다.

무라야마는 하늘을 향해 고개를 들고 눈을 감았다. 한참을 아무 말도 하지 않은 채 서있던 무라야마는 갑자기 팔을 크게 벌리고 고함을 치기 시작했다. 그의 입에서 여태까지의 목소리가 아니라 남자도 여자도 아닌 마치 다른 세상의 것인 듯 이상한 목소리가 터져 나왔다. 밤하늘을 찢는 천둥과 같은 그 소리는 마치 하늘에 대고 외치는 귀곡성과도 같았다.

"이 땅에 최면을 걸어라. 영원히 깨어나지 못할 최면을. 그리하여 조선을 사발 안에서 끓게 하라! 이것은 묘망한 천년의 저주로다!"

무라야마의 외침에 이케다는 두 팔을 가슴에 모아 품속의 묵지를 더욱 소중히 감쌀 뿐이었다.

2

나이파 이한필베

대통령은 과거를 소중히 여기는 사람이었다. 오랜 세월 검사로 봉직했던 그는 눈앞에 보이는 현실로만 세상을 판단하는 데 거부감이 있었다. 사건이란 그 실체를 깊숙이 들여다보면 겉으로 보이는 것과 전연 다르기 마련이었고 사람 또한 마찬가지였다.

하여 그는 반듯한 사람이라 해서 무조건 곱게 보지 않았고 정의롭다고 해서 쉽사리 인품을 인정하지 않았다. 마찬가지로 하찮은 사람이라 해서 멸시하지 않았고 범죄자라 해서 외면하지 않았다.

법이 워낙 촘촘한 현대 사회에서는 누구든 세 발짝만 걸으면 법을 어기게 된다는 것, 때문에 사람을 판단할 때는 과거로부터 걸어온 길을 모두 통찰해야 한다는 것. 그것이 취임하기도 전에 핸드폰부터 바꾸는 전임 대통령들이나 주기적으로 번호를 바꾸어 대는 재벌들과 달리 대통령이 예전 핸드폰 번호를 계속 고집하는 이유였다.

때문에 귀찮은 전화가 걸려 와도 스스로 감당해야 한다는 것이 그의 철학, 그러나 최근 대통령은 그 지론의 대가를 톡톡히 치르는 중이었다.

— 나이파 이한필베. 저주의 예언이 이루어지도다. —

얼마 전에 받은 문자 하나가 이상하게도 계속 뇌리에 머무른 채 잊히기를 거부하고 있었다. 아무런 이름도 없이 발신 번호만 남아있는 이 문자는 의미도, 보낸 사람도 알 수 없었다. 처음에는 잘못 보내진 문자려니 하며 잊으려 하였고 당분간은 잊었으나 왜인지 시간이 갈수록 문자는 차츰 또렷이 떠올랐다.

곰곰 생각해 보니 이 문자를 보낸 상대가 자신이 대통령인 줄 모를 확률은 지극히 낮았다. 청과상에게 과일 가격이 얼마인지 묻는 문자나 대학교수에게 과제 제출 일자를 묻는 문자가 자연스러운 것처럼, 나라에 저주의 예언이 실현된다는 비일상적 문자는 분명 나라를 보살피는 게 본업인 대통령이 받음 직한 문자였다.

잘못 보내진 것이 아니라 자신에게 온 것이라 생각하자 더 큰 호기심이 생겼다. 상대가 누구인지 몰라도 어떤 의도로 발신된 것인지 대략 짐작할 수 있었다. 올바르지 못한 어떤 일이 생겼으니 대통령인 당신이 중지시키라는 메시지일 것이었다.

과학 기술의 시대이긴 하나 이 나라에는 아직도 보이지 않는 힘을 신봉하는 사람들이 넘쳐나 직간접적으로 메시지가 전해져 오곤 했고, 그런 의견도 다만 무시하기보다 속뜻을 미루어 짐작해 보곤 하던 대통령의 존중은 치열한 네거티브 선거전을 거치며 그가 무속에 빠져있다는 소문으로 덮어 씌워진 터였다. 생각하지 말아야지. 그러나 마뜩잖은 기분에 넘기려 해도 나이파 이한필베라는 알 수 없는 문자는 말끔히 사라지지 않고 마음 한구석에 걸린 채 자꾸만 궁금증을 더해오는 것이었다.

대통령이 한평생 봉직해 온 검사라는 직업은 티끌만 한 의문이 생겨도 그대로 집착증에 걸리고 마는 법이었다. 뿌리를 알 수 없는 이 일곱 음절의 단어가 라틴어이거나 고대 그리스어일 가능성을 생각해 보던 대통령은 고개를 가로저었다. 현대 한국인들이 라틴어를 좋아하고 요소요소에 잘 쓰긴 하지만 음상으로 보아 이 단어는 그쪽 계통이 아니란 생각이 들었다.

인도나 이슬람 계통의 문자 같은 이 단어는 잊어버리려 하면 할수록 머릿속 깊은 곳에서 꼿꼿이 고개를 치켜들며 호기심을 자극했고 급기야 대통령은 비서진에 주문의 내력을 알아보도록 지시했다. 대통령실의 직원들이 번호를 추적한 결과 문자를 보낸 사람이 서울에 사는 한 노인인 것을 확인했으나 정작 노인은 영문을 전혀 모르고 있었다.

"그렇잖아도 전화기에 내가 보내지 않은 문자가 있어 의아하던 참이었어."

"핸드폰을 남에게 빌려주신 적 있으세요?"

"아니, 빌려준 적은 없지만 내가 카페에서 전화기를 테이블에 놓고 잘 돌아다니거든. 화장실도 가고 담배 피우러 나가기도 해. 그때 누가 그런 짓을 했나 봐."

"그럼 혹시 나이파 이한필베가 뭔지 아세요?"

"나이트파라면 내 고향에 있는 조폭이야. 오거리파, 역전파, 배차장파, 중앙동파, 백화점파, 나이트파가 늘 으르렁거리곤 했지. 그러고 보니 쪼깐한 도시에 전국구들이 넘쳐나네."

"나이트파 아니고 나이파인데요."

"나이파? 나이로 한몫하는 님들인가?"

진심인지 익살인지 모를 노인의 반응에 쓴웃음만 짓고 돌아선 직원들은 언어학자들을 찾아 이 정체 모를 언어의 뜻을 물었으나 역시 허탕이었다.

"뜻은커녕 어느 계통 언어인지도 알기 어려워요. 고대 페르시아 계통 언어 같기도 하나 확실하지 않아요."

"이 뜻을 알 수 있는 학자를 어디 가면 찾을 수 있을까요?"

"글쎄, 계통을 모르니 어디를 가라 얘기해 줄 수 없어요. 느낌상 아랍어나 이란어 전공자에게 가면 성과가 있으려나?"

"알겠습니다."

그러나 아랍어 학자도 이란어 학자도 이 괴상한 언어를 알아보지 못해 직원들은 난감해했다. 어원에 관련되었을 것으로 추측되는 그 어느 전문가도 이 주문을 알거나 근사한 추측조차 하지 못했다. 대통령실 직원들은 사무실 문을 들어설 때 나설 때 가리지 않고 혼잣말로 나이파 운운하며 중얼거렸고 심지어 퇴근하고 집에서 쉴 때도 역시 마찬가지였다.

"도대체 어디서 튀어나온 말이야? 언어 쪽으로는 죄다 모른다고 하니 어느 분야 전문가를 찾아야 하나."

3
이형연

　금세 보고가 올라오지 않는 사정을 짐작한 대통령이 머
잖아 지시를 거두어들이긴 했으나 대통령실 직원들은 아
예 손을 놓아버릴 수는 없었다. 아무 성과도 올리지 못한
데 자존심이 상했을뿐더러 언제 같은 지시가 내려올지 몰
라 약간의 준비는 해둬야 할 터였다. 30대 초반의 김은하
수 행정관은 수수께끼 같은 문자를 전담하게 되자 양어깨
가 내려앉는 기분이었다. 인터넷을 아무리 검색해도 나오
지 않고 문화, 경제, 과학 등 각 분야 전문가에게 조언을
구해도 해결되지 않는데 일을 혼자 떠맡으라니.

　"대통령께서는 대체 왜 이런 이상한 문자에 갑자기 꽂히
신 거야? 보나 마나 누군가의 장난질이 뻔한 걸."

　맡은 일은 반드시 해결해 낸다고 자부하는 그녀였지만
밑도 끝도 없는 이 엉뚱한 문제는 도대체 어떻게 접근해야

할지 갈피를 잡을 수 없었다. 그러나 어떻게든 그럴싸한 해석을 찾아내야만 하는 그녀의 머릿속에 얼마 전 친구의 장례식에서 마주쳤던 동기 이형연이 떠올랐다.

모두가 고시 공부를 한다거나 취업을 위해 자격증을 따고 인맥을 쌓기 바쁠 때 사람이 쓴 책이란 책은 한 권도 안 빼고 모조리 읽어보겠다며 도서관이 문 열 때 들어갔다 문 닫을 때 나오곤 하던 괴짜. 대학 내내 도서관에서 은하수의 바로 옆자리에 앉아 인문학, 과학, 예술, 종교 할 것 없이 세상의 온갖 지식을 미친 듯 섭렵하던 그가 깊이 빠져들었던 게 사주나 관상 그리고 풍수 같은 신비학이었다.

동기들이 취업 후 나름대로 사회 각계에서 승승장구할 때까지도 홀로 산에 들어가 수도를 하니 어쩌니 하던 그가 지금으로선 이 괴이한 문자와 관련해 의논해 볼 수 있는 유일한 인물이었다. 오랫동안 지우지 않은 채 간직하고 있던 그의 전화번호를 누르는 은하수의 손가락은 은은한 옛 추억과 궁금증 그리고 기대감을 조금씩 머금고 있었다. 영안실에서 만났을 때는 제대로 얘기 한 번 나누지 못했지만, 사실 대학 시절 내내 얼굴을 마주 대하던 형연은 은하수의 뇌리에 너무도 또렷하게 남아있는 존재였다.

"은하수, 그날은 일이 있어 얼굴만 들이밀고 가는 통에 말도 한마디 못 섞었다. 약혼했다는 얘기며 성공했다는 얘기도 들었어."

"성공은 무슨. 너는 어떻게 지내? 아무도 네 근황은 모르던데."

"아는 분의 일본 관계 일을 좀 돕고 있어. 그런데 웬일이야? 무슨 용건이 있는 것 같은데."

은하수의 긴 설명을 듣고 난 뒤 형연은 짧게 대답했다.

"모르겠어."

"저주니 예언이니 하는 건 네 전문 아니야? 노스트라다무스부터 케이시까지 틈날 때마다 얘기했잖아."

"이건 먼저 그 앞의 나이파 이한필베라는 주문을 알아야 뒤의 예언이 어떤 계통인지 알 수 있는 구조야. 나는 술사나 무속인의 주문에 대해서는 아는 바가 없어."

"술사? 무속인? 나이파 이한필베가 주문이야?"

"무당들이 굿할 때 제 맘대로 지어내는 주술문의 일부 같기는 하나 알 수 없다고 말하는 게 현재로서는 가장 정확한 표현이야."

은하수는 대학 시절과 조금도 다름없는 형연의 말투에 웃음이 났다.

"너는 옛날의 이상한 말투 그대로구나. 뭐, 언어학자들이 전혀 모르는 걸 보면 그런 종류의 주문일 수도 있겠지."

"단정할 수 없어. 나이파 이한필베가 하나의 현상일 수도 있으니까. 그 뒤의 '예언이 이루어지도다.'라는 문장을 보았을 때."

"현상이라면?"

"나이파 이한필베라는 현상이 벌어지고 있으니 과거의 예언이 실현되고 있다는 의미야."

"그러면 주문일 경우에는?"

"나이파 이한필베라는 주문을 왼 다음 과거의 예언과 더불어 실현되라는 거지."

은하수는 형연에게 연락하기 잘했다는 생각이 들었다. 물론 그녀가 주문이나 주술을 믿는 것은 아니었지만 대통령에게 문자를 보낸 사람이 그쪽에 심취한 사람일 수도 있었기에 이 통화는 가뭄 속 단비 같았다.

"네가 볼 때는 어느 쪽 같아?"

"단정하고 싶지 않아."

"대통령께 보내진 것인 만큼 이게 주문이라면 온 나라에 주문을 건 건데, 좀 더 성의를 보여줄 수는 없을까?"

"너는 비과학은 받아들이지 않잖아. 늘 무시하지 않았던가."

"나는 그러고 싶은데 대통령님께서 신경을 쓰시니 비서관들이 난리 쳐서 결국 내게 숙제로 떨어지고 말았어. 좀 도와주라."

은하수의 하소연에 형연은 혼잣말처럼 대답했다.

"글쎄, 묘한 박수가 있긴 한데 도움이 되려나?"

"박수라면 남자 무당?"

"연락처를 줄 테니 한번 가보든지. 그렇게까지 책임감이 느껴진다면."

"혹시 너는 시간 안 되니?"

은하수의 말에 형연은 잠시 생각한 뒤 내키지 않는 목소리로 말했다.

"하는 일이 있긴 한데……. 네가 그렇게 급하다면 지금 바로 가보자."

"지금? 그래, 내가 그쪽으로 갈게. 근처 카페 주소 보내 줘."

은하수는 형연과 만나기로 한 카페에서 그를 기다리다 문득 가방에서 거울을 꺼내 자신을 점검했다. 단정히 정리되지 못한 채 조금 빠져나온 앞머리를 보며 인상을 쓰던 그녀는 이내 거울을 내려놓고 홀로 웃음을 터뜨렸다.

"아 진짜, 뭐 하는 거야."

형연. 대학 시절 은하수는 그가 풍기는 묘한 분위기에 매력을 느낀 적도 있었다. 그러나 그가 지닌 어떤 불안감에 점차 거리를 두게 되었고, 졸업한 뒤에는 따로 연락 한 번 한 적이 없었다. 그의 불안감이라는 것은 함께할 수 있는 미래를 그릴 수 없다는 것에 기인했다. 고시 공부에 매진했던 법학과 동기들과 달리 도서관에서 음풍농월한다는 형연의 인문학 공부는 불투명한 미래에 스스로 뛰어드는 것과 다름없었기 때문이다. 만약 그가 고시 공부를 했다거나 유학 준비, 최소한 전공 공부라도 끄적였다면, 지금쯤 자신과 그가 지금 어떤 의미 있는 관계가 되었을지도 모른다는 어렴풋한 생각을 뒤로한 채 은하수는 그를 기다렸다.

"오랜만이야."

"왔어? 얼마 전에 잠깐 봤을 때도 느꼈지만 넌 정말 변한 게 하나도 없네."

"그때부터 지금까지 나는 똑같은 사람이니까."

"뭐라는 거야. 정말 이상한 부분까지 예전과 똑같아."

"일단 바로 박수에게 가자. 우리 이야기는 나중에 해도 괜찮으니."

카페에서 나와 함께 찾아가 만난 50대 박수는 일종의 귀신 숭배자였다. 은하수는 평소 비과학적 사고에 대해 극히 부정적이었고 특히 무속이니, 풍수니, 사주 관상이니 하는 걸 혐오했기에 이 만남이 편하지는 않았지만, 지금은 지푸라기라도 잡아야 할 형편이라 공손히 물었다.

"알 수 없는 사람으로부터 나이파 이한필베라는 문자가 왔습니다. 언어학자를 비롯한 그 어떤 전문가도 이 문자를 풀지 못했는데, 대체 이게 무슨 뜻일까요?"

은하수는 쓸데없는 구설수가 있을 수 있는 만큼 문자의 수신인을 숨겼다. 박수는 한참이나 입속으로 이 정체 모를 말을 되뇌더니 고개를 가로저었다.

"알 수 없군."

크게 기대를 한 건 아니었지만 혹시나 하는 심정으로 그가 입을 열기만을 기다렸던 은하수는 실망감에 슬며시 화가 났다. 모르겠으면 처음부터 모르겠다 하지, 그동안 뭘 생각한 걸까.

일어나려는 은하수를 눈짓으로 제어한 형연이 물었다.

"김금화 무속집인지 어디선가 한번 본 적이 있기는 한 것 같은데요."

형연의 말에 기억을 더듬는지 다시 오랫동안 중얼거리던 박수가 무언가 깨달음이 왔다는 듯 고개를 끄덕였다.

"이것은 주문 아닌 주문이오."

"무슨 뜻인지?"

"주문이란 무속에서 쓰는 기원문인데 이런 식으로 쓰지는 않아요."

"그런데도 주문이라 하는 이유는요?"

"이게 무엇이든 누군가에게 보낸 거니 어떤 의도가 심어졌겠지요. 의도를 담은 글 또한 주문이라 하니 이것은 주문이지요."

박수가 하는 말이 결국 무슨 말인지 모르겠다고 말하는 것과 다름없다는 생각이 든 은하수는 실망감을 감추며 건성으로 물었다.

"혹시 어떤 저주를 담았는지 영감이 떠오르실까요? 자연재해일지, 사회적 재앙일지, 사변이라든지 국가의 변고일지."

"허허, 돌멩이에 소원을 빈 다음 그 돌멩이를 건네며 무슨 소원을 빌었는지 알아맞히라면 이 세상 누가 맞힐 수 있겠소?"

돌연 형연이 아랫입술을 손가락으로 잡더니 길게 휘파람을 불었다. 지금 상황에서 무슨 이유로 그랬는지 모르겠지만 대학 시절에 보던 그의 우스꽝스러운 동작에 괜히 웃음이 났다. 생각해 보면 형연에게 느꼈던 불안감은 외골수 인문학 공부 외에도 이런 기이함에 의해 증폭되기도 했었다.

"기억으로는 상여 나갈 때 주술처럼 칠언 한마디 내는 뒷소리꾼들이 있었는데 그 소리가 이것과 비슷했던 것 같기도 한데요. 달구꾼 중에도 칠언으로 받는 사람이 있었고."

"그럼 풍수사들한테 물어야 하나. 아무래도 그 사람들이 음택에 많이 다니니까 들은 적 있겠지."

박수에게서 전혀 소득을 얻지 못한 형연은 이번에는 은하수를 70대의 풍수사에게 데려갔다. 은하수는 젊은 애가 별 이상한 사람들을 다 알고 있는 것이 희한했지만 말없이 형연을 따라 허름한 사무실로 들어갔다.

"그런데 요즘은 제대로 된 달구꾼이 없으니."

풍수사는 혼잣말처럼 한마디 하고서 이내 혀를 끌끌 찼다. 은하수는 이야기가 엇나갈까 싶어 다시 한번 풍수사에게 나이파 이한필베가 적힌 종이를 보여주며 물었다.

"혹시 비슷한 소리를 들었던 기억은 안 나세요?"

"글쎄, 희미한 기억으로는 경상도에서 마이파 이한필베 비슷한 걸 들었던 것 같기는 해요. 마이파라는 게 경상도 사투리로 많이 파라는 뜻이거든. 그러니 깊게 파 베 한 필 묻어주자는 거 같은데. 여하튼 달공소리는 달구꾼들이 지들 내키는 대로 내지르니 도대체 정리가 안 돼."

은하수는 일어나자는 눈빛을 형연에게 보냈다.

4
동기감응

"커피 한잔하자."

시간 낭비만 했다는 은하수의 표정을 읽었는지 밖에 나오자 형연이 카페로 이끌었다. 은하수는 최대한 자제하려 하였으나 침묵이 지켜지지 않았다.

"너한테 솔직히 묻자. 풍수? 무당? 이런 비과학적인 걸 정말 믿을 수 있니?"

"과학이라 해서 항상 맞지는 않아. 시간의 산물인 만큼 맞기도 하고 맞지 않기도 해."

"과학의 법칙이 시대에 따라 다르다?"

"예전에는 원자핵 안에 양성자와 중성자만 있는 줄 알았잖아. 지금은 알려진 입자만 열일곱 개야. 그러니 과학도 시간의 한계 안에 갇혀있어. 시대에 따라 과학적 진리도 바뀐다는 거지."

"그래도 풍수 같은 아예 엉터리하고 갈래가 다르잖아."

은하수는 시간이 지남에 따라 과학적 개념이 달라진다거나, 새로운 기술을 찾는다거나, 신분야가 개척된다는 말에는 동의했다. 그러나 그의 말 이면에 깔린 풍수에 대한 옹호적 분위기는 이해할 수 없었다. 형연이 아무리 전공 공부를 등한시했다지만 그의 말은 항상 이성적이었으며 보편적인 이치에 맞았다는 기억이 남아있었다.

"음, 풍수의 원리는 동기감응인데 이게 양자 역학의 얽힘하고 원리적으로는 같아."

"설마 지금 풍수가 과학이라 강변하려는 거야?"

"풍수는 죽은 사람의 뼈를 좋은 자리에 묻어 살아있는 자식이나 후손을 이롭게 하는 소위 동기감응을 말하지. 그런데 양자 역학이 비슷한 주장을 하고 있어."

"참 나. 이젠 양자 역학이 안 끼는 데가 없으니 막 갖다 붙이네."

은하수는 전혀 동의할 수 없었다. 가시 돋친 은하수의 말에 형연은 은하수를 가만히 바라볼 뿐 입을 다물었다. 은하수는 자신이 먼저 지푸라기 잡는 심정으로 신비학에 도움을 청해놓고선 마냥 비과학이라 귀를 닫아버리는 것에 조금 미안한 생각이 들었다.

"그래, 알겠다, 알겠어. 무슨 말을 하는지 들어나 보자."

형연의 입에서 나온 말은 엉뚱하고도 어려웠다.

"얽힘 상태에 있는 두 개의 양자 중 하나의 성격이 결정되면 나머지 하나의 성격도 동시에 결정돼. 그런데 이 둘이 아무리 멀리 떨어져 있어도 상관없다는 것이 '양자 얽힘' 이론이야."

은하수는 잠자코 형연의 설명에 귀를 기울이다 이내 고개를 가로저었다.

"거리상으로 한계가 있는 거 아냐? 그렇다면 여기 있는 양자와 달에 있는 양자가 서로 영향을 미친다는 거야? 하다못해 설악산과 한라산이 서로 영향을 미친다고 해도 믿기 어려운데."

"그렇게 말할 수 있어."

"그렇게 말할 수 있다고? 그럼 너는 그렇게 믿고 있는 거니?"

"나 같은 소소한 인물이 믿고 안 믿고는 그리 중요하지 않아. 하지만 역사상 최고의 천재가 그걸 받아들이지 않았다 큰 낭패를 당했다는 사실은 어느 정도 중요한 의미를 지니겠지."

"누군데? 그 천재가."

"아인슈타인."

"아인슈타인이라고? 말이 돼? 거꾸로 아인슈타인이 그 웃기는 이론을 박살 냈을 것 같은데?"

"그러려고 애썼지. 하지만 결과는 정반대였어."

"······?"

"아인슈타인은 그게 틀렸다는 걸 입증하기 위해 할 수 있는 모든 걸 다 했어. 하지만 그가 했던 모든 행위들은 거꾸로 자신이 틀렸다는 걸 입증했을 뿐이었어. 작년에 노벨 물리학상을 받은 세 사람의 수상 이유도 바로 그 양자 얽힘을 실험으로 증명한 거였고."

형연의 설명에 은하수는 화가 날 지경이었다. 그녀는 양자 역학이나 과학사에 대해 대략적으로만 알고 있는 터라 형연의 말에 딱히 반박할 수는 없었지만 그렇다고 터무니없는 말을 곧이곧대로 믿을 수도 없었다.

"좋아. 지구의 양자와 달의 양자가 서로 작용한다? 그래, 그건 그렇다고 치자. 근데 좋은 땅에 집을 지으면 무병장수한다느니 지하에 묻힌 조상님들이 후손에게 좋은 기운을 준다느니 뭐 그런 게 양자 역학의 얽힘과 같은 이치여서 과학적으로 옳다고 얘기하는 거야?"

"황당하지만 양자 역학의 세계에서는 부정할 수도 없게 되어버렸어."

"세상 모든 지식을 섭렵하겠다던 너를 부정하는 건 아니지만 이건 너무 어이가 없네."

형연은 은하수의 비난에 개의치 않고 진지한 표정으로 설명을 이었다.

"빛과 중력이 전공이었던 아인슈타인은 우주의 정연함

과 너무도 어긋난 양자 역학을 도저히 받아들일 수 없었어. 신은 주사위 놀음을 하지 않는다며 반발했지만 도리어 모든 과학자로부터 거부당하는 비극을 맞고 말년을 쓸쓸히 보냈지."

"하! 나도 풍수의 대단한 과학성을 부정하다 말년을 비참하게 보낼 것 같네."

"나는 풍수를 긍정하는 사람이 아니야. 하지만 과학으로 증명할 수 없는 건 무조건 안 믿겠다는 태도 또한 바람직하지 않아. 백 년 전에도 과학이 있었지만 지금 과학의 눈으로 보면 미개한 거였잖아. 마찬가지로 천년 후의 과학으로 보면 지금의 과학은 거짓투성이일 거야. 아인슈타인은 죽을 때까지 양자 역학을 받아들이지 못했지만, 지금은 양자 컴퓨터가 실물로 눈앞에 나타났어."

"그래도 풍수가 과학이라는 사실만은 죽을 때까지 부정하고 싶다."

"양자 얽힘을 고려하면 풍수가 과학과 완전히 어긋난다고 볼 수만은 없을 거야. 지하에 묻힌 뼈에도 DNA가 있고 우리 몸에도 DNA가 있으니."

"무슨 이야기를 하는지 대충 알겠다만 고작 그런 연관성 정도로 풍수가 과학이라고 말할 수 없어."

"예수의 부활도 비과학이지만 받아들이는 사람들이 많잖아. 그러니 과학이 만물의 척도는 아닐 거야."

"그래. 그렇다고 하자. 여하튼 오늘 고마웠어."

은하수는 형연과는 예나 지금이나 뭔가가 늘 어긋난다 생각하며 쓴웃음을 머금은 채 일어나 손을 내밀었다.

"좀 더 알아볼게."

형연의 한마디가 마음을 찔러왔지만, 은하수는 머뭇거리다 대답 없이 돌아서고 말았다.

5

법사 기미히토

와타나베 경시총감은 손님이 정문을 통과했다는 보고에 참모들을 물리고 매무새를 가다듬은 후 그의 출현을 기다렸다.

기미히토.

언젠가 그가 야스쿠니 신사의 최고 제관에게 했던 말은 무척이나 인상적이어서 와타나베는 그날 이후 단 하루도 그를 잊어본 적 없었다. 그런데 마치 거짓말처럼 그가 했던 말이 현실로 다가왔고 자신이 현실의 한가운데에서 그의 말과 부딪치게 되자 전율이 일었다. 긴장 속에서 그가 들어오기만을 기다리는 동안 와타나베의 기억은 천천히 그날로 되돌아가고 있었다.

"250만 혼을 달래는 야스쿠니의 수석 제관이라면 혼을 재워야 하거늘 다테부미 자네는 거꾸로 깨우고만 있다. 제관 이전에 먼저 도사가 되어라!"

"도사가 돼라 하시면 산에 올라 무위도식하며 수양에 정진하라는 말씀인지요?"

가시 돋친 다테부미의 반응에 기미히토는 웃음을 띤 채 대답했다.

"도사란 구름을 굽어보며 무위도식하는 존재가 아니라, 자기 일을 하고 있으며 그 일을 통해 깊은 경지에 들어서 있는 존재를 말함일세."

"소관이 무엇이 부족한지 알려주시면 바로잡지요."

"도사란 쓸데없는 말이나 동작, 또는 감정의 동요 없이 자신이 원하는 바를 가장 간단하고 직선적으로 이루어 내는 사람을 말함이네. 사람들의 삶이란 언제나 과도한 감정, 지나친 언사, 불필요한 동작으로 점철되어 자신이 원하는 바를 깔끔하게 이루어 내지 못하지. 이런 것들로부터 해방되는 게 바로 도사야."

"저의 신력이 미천하다는 건 알지만 제관으로서의 일상에 잘못이 있다고는 생각해 본 적 없습니다. 일러주시지요."

"자네는 아베 신조를 제 길로 이끌지 못하고 있어. 날이면 날마다 야스쿠니로 이끌어 내니 말이야."

"제가 아베 총리대신을 오도한다는 말씀인지요?"

"그는 곧 죽을 거야."

"무슨 말씀이십니까? 총리대신이요?"

기미히토는 태연히 고개를 끄덕였다.

"본관이 총리대신을 죽음으로 이끈다는 말씀인가요?"

많은 사람이 보는 앞이라 다테부미의 모욕감이 극에 달한 것은 그의 표정으로 보아 분명했지만, 그는 기미히토에게 결코 대들지 못했다.

"도오조오 히데키를 여기 야스쿠니에 합사한 이후 참배한 총리가 누구누군가?"

다테부미는 당당하게 목소리를 밀어냈다.

"나카소네 총리대신, 하시모토 총리대신, 고이즈미 총리대신, 아베 총리대신입니다. 헤이세이 26년에는 아베 아키에 여사도 참배하셨습니다."

"크게 잘못되었어."

야스쿠니의 수석 제관인 다테부미는 정색을 하고 대들었다.

"한국과 중국에서는 전범이니 뭐니 하지만 그분들은 우리 일본의 애국자이자 영웅들입니다. 본관은 총리대신들께서 야스쿠니에 참배하시는 것이 올바른 행동이라 믿습니다."

"자네의 일은 혼을 위로하고 모시는 거야, 그렇지 않나?"

"그러합니다."

"그럼 자네는 혼령의 존재를 믿을 거 아닌가? 설마 혼이 없다 생각하고 여기서 제관을 하는 건 아니겠지?"

"물론입니다. 매일 제를 지내고 영가들과 대화를 하는걸요."

"여기 전범 몇이 합사되었나?"

"쇼오와 52년에 열네 분이 들어오셨습니다."

기미히토는 소리 내 웃었다.

"그럼 4만 9천 대 14야."

"네? 무슨 말씀이신지?"

"생각해 봐."

한참 생각하던 다테부미는 급기야 고개를 끄덕였다.

"한국인과 중국인 영가가 4만 9천이군요."

"그 전범 열넷이 매일 밤 4만 9천한테 얻어터지고 있는 거야."

"넷?"

무슨 말인지 한참 생각하던 다테부미는 얼굴을 찌푸린 채 고개를 갸웃거렸다.

"그러나 야스쿠니에는 250만의 일본인 혼령이 있습니다. 그러니 250만 대 4만 9천이 아닌지요?"

"바보야. 야스쿠니가 어떤 곳인지 생각해 봐. 그 250만은 왕을 위해 죽은 영가들 아닌가."

다테부미는 야스쿠니가 본래 일왕의 신사인 걸 생각했다. 게다가 신도의 최고 제사장 역시 일왕이었다.

"천황폐하의……."

"왕이 절대로 야스쿠니에 참배하지 않고 있는데 그들 영가가 전범들 편에 서겠나?"

"음……."

여러 사람 앞이었지만 다테부미는 돌연 옷깃을 바로 하고 무릎을 꿇은 뒤 기미히토에게 깊이 고개를 숙였다.

"그 4만 9천 혼령이 도오조오 열사를 비롯한 애국 인사들을 참배하는 아베 신조 총리대신을 죽인다는 말입니까?"

다테부미는 그 자신이 혼령의 존재를 확신하고 있었고 혼령의 저주가 불러일으키는 무서운 현상을 여러 번 목도한 적이 있었지만, 그것은 보통 사람들의 일이었다. 총리대신 같은 거물이 거의 백 년 전에 죽은 자잘한 혼령들에 의해 죽임을 당할 수 있다는 생각은 해본 적이 없던 터였다.

기미히토는 고개를 가로저었다.

"혼령의 저주가 매일 밤 쌓이면 좋을 리가 없겠지. 그런데 문제는 아베에게 더 큰 귀신이 붙어있는 거야. 아베는 처음부터 그 귀신의 종이었거든."

"도대체 어떤 귀신이 총리대신께 해를 가한단 말입니

까?"

"자네는 도통 신력이 없구먼. 제관이 아니라 그냥 샐러리맨일 뿐이야. 아직 아베의 주인이 누군지도 모른단 얘기야?"

"……."

"문선명!"

와타나베의 기억은 여기까지였다. 당시 기미히토 법사가 내뱉은 문선명이라는 이름에 어이가 없어 실소까지 머금었던 그는 근래 아베 총리가 통일교에 원한을 품은 청년의 총격에 사망하자 머리가 쭈뼛 섰던 것이다. 그래서 그는 경시청의 고급 인력을 총동원해 아베 살인 사건을 심층적으로 수사하는 한편 기미히토 법사의 행방을 찾았다.

6
조선의 풍수

비서관이 손님을 모시고 올라와 가볍게 문을 두드리자 와타나베는 얼른 걸음을 옮겨 문을 열었고 그곳에는 기미히토가 있었다. 옛적 야스쿠니 신사에서 보았을 때와 같은 얼굴, 같은 표정이 드러나자 와타나베는 저도 모르게 한 걸음 물러섰다.

"아미타불, 나무관세음보살!"

"어서 오십시오. 왕림해 주셔 깊이 감사드립니다."

삿갓을 쓴 50대 후반의 기미히토는 잠시 염불을 왼 후 자리에 앉았다. 그는 가사를 두르고 염불을 외었음에도 딱히 승려라는 느낌은 들지 않았다. 어딘지 좀 더 분방해 보이는 데다 고승의 그윽한 눈길과는 갈래를 달리하는 신묘한 눈빛이 순간적으로 방 안의 사물을 훑었다.

그는 마치 새가 높은 나무에 올라 주위를 살피듯 턱을

들고 고개를 획획 돌리더니 이내 미간을 찌푸렸다.

"법사님, 뭔가 잘못된 게 있는지요?"

경시총감은 잔뜩 조심스러운 기색으로 그의 눈길을 따라가다 표정이 변하는 걸 보고는 얼른 물었다. 그에 대한 와타나베의 경외심은 각별한 것이었다.

잠시 눈을 감은 채 묵묵히 염주를 세던 기미히토는 나직한 목소리로 말했다.

"이 방은 사람을 묻어버리는군."

"넷? 무슨 말씀이신지요?"

기미히토가 대답 대신 일어나 책상을 끌고 화분을 움직이는 등 몸을 움직이자 와타나베는 물론 비서들이 얼른 손을 보탰고 집기들은 완전히 다른 방향으로 놓였다.

"아아!"

사무실은 그간의 짓누르는 듯한 답답함이 사라지고 생기가 돌았다.

"이리되어야 흉화가 나가고 생복이 들어오는 거요. 경시총감이 이리 내력이 없어서야!"

기미히토는 전혀 거리낌이 없었고 그의 이런 안하무인격 태도에 오히려 와타나베는 고개를 깊이 숙였다. 와타나베는 손짓으로 비서들을 물린 다음 공손히 말했다.

"예전 야스쿠니 신사에서 아베 총리대신이 죽을 거라 말씀하실 때 제가 현장에 있었습니다."

기미히토는 무심히 고개를 끄덕였다.

"그랬나요."

"총리대신이 운명하실 거라 하셨지요. 그러신 지 얼마 안 돼 총리대신이 통일교에 반감을 가진 청년에 의해 살해당했습니다."

"죽을 사람 죽은 거요."

"어떻게 그걸 아셨는지요?"

"은원은 합하면 남지도 모자라지도 않으니까 그리 특별한 일도 아니오. 아베가 평생 문선명 덕을 많이 봤다가 한번에 결산한 거지."

와타나베의 귀가 꿈틀했다.

"무슨 말씀이신지?"

"문선명이 뭘 봤는지 통일교를 만들고 바로 일본으로 건너왔소. 그러고는 일본에서 매년 엄청난 돈이 한국으로 꾸준히 건너갔소. 한국 돈으로는 수십조 원이 되겠지. 문선명은 그 돈으로 지금의 통일교 왕국을 이룬 거요. 아베는 평생 돈 걱정 없이 강력한 정치를 했지만 기실 그 돈은 모두 일본인들이 문선명에게 바친 돈이오."

"총리대신께서 문 총재의 하수인이 되었다는 점이 납득이 안 갑니다만."

"문선명은 세계에서 가장 큰 무당이었소. 영성이 엄청나게 강해 아베쯤이야 새 발의 피요."

와타나베는 고개를 끄덕였다. 총리 사건을 수사하다 보니 통일교도들의 문선명에 대한 믿음은 상상 이상이었고 일부는 그를 예수와 동일시하고 있다는 사실을 알게 되었다.

"총리대신을 살해한 야마가미가 혹 한국과 눈에 보이지 않는 연관성을 가진 인물은 아닐까요? 한국에 있는 누군가의 사주를 받았다거나. 그때 야스쿠니 신사에서 아베 총리가 곧 죽을 거라고 얘기하셨던 일은 들으신 바라도 있었던 건지요?"

와타나베는 조심스럽게 자신의 본마음을 드러냈다. 경시총감으로 그는 소문에 예민하지 않을 수 없었다. 일단 통일교가 뉴스를 타자 야마가미가 재일조선인이라는 소문이 온통 인터넷을 뒤덮었고 여기서 한 걸음 더 나아가 극우파 총리를 한국에서 제거했다는 소문까지 생겨났던 것이다.

"그날 야스쿠니에서 파란 하늘을 올려보다 보니 문득 오래전 다이이치 대법사가 말했던 게 생각났을 뿐이오."

"아, 그분이 뭐라 말씀하셨는지요? 사실 저는 어떤 분인지도 모릅니다만."

기미히토는 와타나베를 한참 응시하다 마음을 정했다는 듯 나지막한 목소리를 밀어냈다.

"총감은 좌도밀교에 대해 들어본 적 있소?"

"불교의 한 종파 중에 밀교가 있다는 건 어렴풋이 들었습니다."

기미히토는 잠자코 눈을 감고 두 팔을 하늘로 뻗어 모은 다음 크게 숨을 내쉬며 팔로 원을 그리며 내려서 가슴 앞에 모으더니 입속으로 나직한 주문을 외었다. 그런 다음 갑자기 팔을 양옆으로 뻗고서 위로 올렸다 다시 하늘로 향하게 한 후 팔꿈치를 접었다 펼쳤다 반복하는데, 그 속도가 얼마나 빠른지 총감은 눈이 어지러울 정도였다. 한참 이런 이상한 동작을 반복하고 난 기미히토는 숨을 내쉬며 물었다.

"무엇을 보았소?"

"동작이 어지러워 아무것도 보지 못했습니다만……."

"팔이 보였을 거요."

"아, 네."

"팔이 몇 개로 보였소?"

"동작이 워낙 빨라 온 사방이 팔인지라 세지는 못했습니다."

"그림으로 그린다면 몇 개를 그려 넣을 것 같소?"

"아마 여덟 개……."

"불상이나 불화에 이렇듯 팔을 많이 그리는 게 밀교요. 이 밀교는 선이 강한 중국과 한국의 불교에서는 자취를 감추었지만 일본에서는 대수대명代壽代命의 방편으로 은밀히 전해져 내려오고 있소."

"대수대명이라 하면 무엇을 말함인지요?"

"다른 사람의 죽음을 불러 내가 원하는 사람의 수명을 연장하는 것이오."

"아, 그런 일이!"

"지금으로부터 150년 전 일본의 좌도밀교에는 유사 이래의 큰 인물이 났소. 다이이치 대법사. 열여덟 살에 통신通神한 그는 돌연 후쿠오카의 고분을 파헤쳐 한반도를 향하고 있는 인골들의 시선을 반대로 돌려놓았소."

"무슨 말씀인지요?"

"우리 일본인이 토착 조몽인과 외부에서 온 야요이인으로 구성되어 있는 건 알 거요."

"네, 그건 잘 알고 있습니다."

"토종인 조몽인들은 외지에서 온 야요이인들에 의해 지배당했는데 문제는 이들 야요이인의 묘를 파보면 한결같이 얼굴을 한반도, 그중에서도 전라도로 향하고 있단 말이오. 거기서 왔고 죽어서의 바람 또한 죄 거기로 흐른다는 거지. 그러니 혼계의 영가들이 일본과 한국 사이에서 흔들리는 거요."

"아!"

"하여 다이이치 대법사가 파묘하여 인골의 시선을 후지산 방향으로 돌린 거요."

"온 곳과 산 곳 사이의 방황을 끝내주신 거군요."

"그는 타고난 귀신이라 대수대명으로 수많은 사람을 죽이고 살렸소. 또한 나라 생멸의 풍수를 제자 무라야마에게 가르친 다음 한반도에 보냈지."

"아."

"그의 가르침에 따라 무라야마는 조선에 건너가 풍수를 바꾸었소."

"바꾸었다 하시면?"

"전라도를 향했던 인골들의 시선을 후지산으로 돌려놓은 것과 같은 맥락이오. 무라야마는 산을 자르고 땅을 파며 물길을 바꾸어 지맥을 끊고 지기를 교란했소. 게다가 오쿠라를 시켜 온갖 신물을 들어냈소."

"아, 그게 한국의 예술품으로 만들어진 오쿠라 컬렉션입니까?"

와타나베는 무려 1천2백 점에 달한다는 오쿠라 컬렉션을 어렵지 않게 떠올렸다. 과거 오쿠라 다케노스케가 한국에서 도굴해 온 유물들로 그 가운데는 일본 국가 문화재로 지정된 것도 상당수였다.

"오쿠라는 신기가 밴 온갖 영물을 찾아 일본으로 옮겨 봉해버렸소."

"저도 오쿠라 컬렉션에는 여러 번 갔었지만 어떤 게 신물인지는 알 수 없었습니다."

"보통 사람의 눈으로는 알 수도 없소. 댓돌, 주문, 유골 등 그저 주어도 버릴 것들이오."

"무라야마, 아니 그 스승인 다이이치 대법사는 왜 이런 일을 하셨을까요?"

"후쿠오카 인골들의 시선을 전라도에서 후지산으로 돌린 것과 같은 이치요. 나라 생멸의 대수대명이지. 하여 지금의 한국은 되는 일이 없소. 혼이 다 날아갔으니까."

와타나베는 기미히토의 흥미진진한 얘기를 언제까지나 듣고 싶었으나 어렵사리 초청한 그로부터 조언을 구해야 할 일이 있는 터라 서둘러 준비한 말을 꺼냈다.

7

장락과 보리

"피살 사건 수사를 해보니 야마가미는 본래 한국으로 가 통일교의 한학자 총재를 암살하려 했으나 코로나로 접근이 어려워 대상을 총리대신으로 바꾸었다 합니다. 문제는 야마가미의 모방 범죄가 나올 위험이 있지 않을까요? 통일교에 원한을 품은 자가 한국으로 건너가 한 총재를 노릴 가능성……."

기미히토는 와타나베의 말을 끊었다.

"그럴 일은 없소. 한학자는 천수를 누릴 사람이오."

와타나베는 고개를 끄덕였다. 기미히토에 대한 그의 신뢰는 절대적이라 모방 범죄의 우려를 털어내는 표정이었다.

"또 하나의 고민은 수사를 해보니 한국으로 가는 통일교 신자들의 기부금이 상상조차 할 수 없을 정도로 많습니다.

이게 엄청난 불법이라 한국 검찰에 통일교 자금 수사를 요청하고 총리대신께도 말씀드려 마침 한국 대통령이 강직한 사람이니 불법을 차단하도록……."

이번에도 기미히토는 와타나베의 말을 끊었다.

"한국으로 가는 돈은 비보裨補라 장려할 일이오."

"무슨 말씀이신지?"

"우리 일본은 한국에 못된 짓을 많이 했소. 옛적에는 신라, 고려를 괴롭혀 무수한 사람을 죽였고 조선을 상대로 임진왜란을 일으켜 또한 많은 사람을 죽였소. 그때 베어 온 조선인들의 코가 13만 개요."

와타나베는 기미히토가 해마다 전국의 조선인 코 무덤을 순례하며 위령제를 올리곤 한다는 사실을 알고 있었기에 고개를 숙여 조의를 표했다.

"하여 도요토미 히데요시는 이승에서도 저승에서도 터를 못 잡은 채 구천을 떠돌고 있소. 나는 코 무덤 위령제를 올릴 때마다 도요토미가 머물 곳을 영원히 찾지 못하도록 주문을 외지. 여하튼 통일교가 일본에서 돈을 받아가는 건 경시청이 나서 금할 일이 아니오. 위령이고 진혼이니까."

"문제는 국민입니다. 총리대신 피살로 통일교의 착취에 대한 여론이 너무 안 좋습니다."

"아베 잘못이오. 그가 천기를 조금이라도 헤아릴 줄 알았으면 최소한 문선명이 죽었을 때 사렸어야 해."

"내각에서도 점점 압박을 가해오고 있습니다."

"신경 쓰지 않아도 되오. 통일교는 장락산 지맥이 다해 스스로 고비를 맞게 되어있으니."

"장락산이라면 무엇을 말씀하시는지요?"

"통일교의 천정궁이 있는 산이오. 문선명이 소리공덕에 조예가 없어 장락산에 터를 잡은 게 사단의 출발이오."

"소리공덕이라면 장락산에 불길한 소리가 난다는 말씀 이신지요?"

기미히토는 고개를 가로저었다.

"장락의 '락'이 문제란 말이오. 그가 택한 장락산의 의미 는 장락張洛, 장은 넓힌다는 의미이고 락은 『하도낙서』의 락, 즉 후천 세계요. 그러니 문선명은 이 장락산을 후천 세 계의 5만 년 대운을 펼치는 산이라 판단해 여기에 터를 잡 았단 말이오. 그런데 아뿔싸, 이게 필생의 한이 될 줄 어떻 게 알았겠소?"

"잘못되었다는 말씀이신지요?"

"크게 잘못되었어. 그가 뜻만 알았지 소리공덕에 무지했 던 이유로 락洛이 락落을 부른다는 걸 몰랐던 거요. 넓히는 줄로만 알았던 게 사실은 떨어지는 거였지. 일개 수험생들 도 미끄러질 락을 입에 올리지 않는데 그가 락에 본을 두 었으니 어찌 우환이 없겠소."

"영지라고 짚은 게 처음부터 잘못되었던 것입니까?"

"장락산은 조심해야 할 산이오. 본래 쌍둥이 산이란 지기의 교환이 심해 가지려면 두 산을 같이 가져야 하지."

"쌍둥이 산이란 처음 듣습니다만."

"통일교의 천정궁이 있는 장락산 건너편에 보리산이 있는데 장락과 보리는 쌍둥이 산이오. 이 보리산에 보리菩提, 즉 정심수도하여 진성을 깨친다는 이름이 붙은 데는 범상치 않은 이유가 있다고 이미 백 년 전에 무라야마가 설파했소. 여하튼 둘 다 높이가 6백27미터로 손가락 한 마디 차이도 안 나는데 이런 쌍둥이 산은 맥이 순환하기 때문에 한가운데 자리 잡아야 하지. 그래서 고대 그리스의 미케네 왕궁도 신탁을 받아 쌍둥이 산의 한가운데 지었던 거요."

"무라야마 선사는 어떤 분이신지요?"

"다이이치의 수제자로 일본인으로서는 드물게, 아니 거의 유일하게 풍수에 정통한 인물이오. 그가 다이이치로부터 받은 밀명이 정확히 뭔지는 알 수 없으나 대수대명, 즉 한국을 죽여 일본을 살린다는 큰 뜻을 품고 한국으로 건너갔을 거요. 그는 총독부 촉탁으로 한반도의 풍수를 망라하는 『조선의 풍수』를 지었지만, 사람들이 알고 있는 그런 단순한 학자나 풍수사가 아니오."

"나라를 기울일 정도로 신력이 대단했던 분인가 봅니다."

"다이이치는 그를 아이 때 처음 보고 신동인 걸 알아봤

소. 그만큼 그는 사람이든 나라든 죽고 사는 곳을 보는 데
는 이력이 난 인물이오."

와타나베는 뜻 모를 소리를 하는 기미히토가 일어날 기
색을 보이자 다급히 물었다.

"법사님께서 통일교의 자금 수사를 반대하시는 이유는
그러니까……."

"진혼이오. 일본 스스로는 죽어도 못 하는 일이오. 그나
마 문선명 덕에 그 죄가 씻겨나가는 중인 거요. 눈에 보이
지 않는 길이나 일본을 위한 길인 만큼 법으로 어지럽힐
일이 아니오."

기미히토는 단호히 정리하고 자리에서 일어났다.

8
구룡혈터

은하수는 형연의 면전에 비난만 퍼붓고 온 일이 계속 뇌리에서 떠나지 않았다. 자신을 위해 애써준 형연에게 왜 평소와 달리 그런 모습을 남기고 돌아섰는지 이해할 수 없어 고심하던 은하수는 마침내 핸드폰을 들었다.

"그날 내가……."

형연은 은하수가 뭐라 말하기 전에 기다리고 있었다는 듯 말을 끊었다.

"친분이 있는 대사님께서 이미 어떤 기자에게 의뢰를 받았다더군."

"대사님? 그럼 나이파 이한필베가 염불이래?"

"탄트라 계통의 주술 같은데 딱 맞아떨어지는 건 없다고 하셨어."

"탄트라가 뭐지?"

"밀교야. 불교의 일종이지. 이들은 주문의 효과를 몹시 신봉해 수행자를 기하학 도형인 얀트라와 밀교의 그림 만다라를 통해 단련시키는데, 그 최종 목적은 강력한 주술의 실현이야."

"넌 참 아는 것도 많다."

"그런데 예로부터 최고의 성취를 이룬 탄트라의 수련자들은 강력한 주문을 현실 세계의 최고위인 왕에게 걸곤 했어."

"그래? 그럼 그쪽 주문일 가능성이 있네."

은하수는 형연에게 미안해서인지 아니면 그의 말이 그럴듯해서인지 스스로도 분간이 가지 않았으나 지난번과 달리 호응하는 모습을 보였다.

"그래선지 대사님이 걱정이 많더군. 어째서 탄트라의 주문이 이 나라 대통령께 걸렸는지 한탄하며 전국의 술법사들에게 지혜를 청하기로 하셨다더군."

"술법사?"

"그래. 역술가, 관상가, 무당, 박수, 지관, 승려, 명산의 수련자 등 초자연적 공부를 하고 있는 모든 이들에게 이 주문을 알려 도움 되는 정보를 가진 사람들을 보리산 오하산방에 모이게 했다는데, 가보겠어?"

과연 이런 모임에서 도움을 얻을 수 있을지 잠시 고민하던 은하수는 고개를 가로저었으나 혹시 모른다는 생각에 형연에게 물었다.

"너도 가는 거지?"

"그래. 오하산방은 내가 늘 가는 곳이야."

약속한 날짜가 되자 은하수는 형연과 함께 경기도 설악면에 자리한 보리산으로 방향을 잡았다.

"저런!"

은하수는 산 중턱에 자리 잡은 거대하고 웅장한 석조 건물을 보고 벌어진 입을 다물지 못했다. 산 한가운데 홀로 있어서인지 단일 건물로 한국에서 제일 클 것 같은 건물은 대리석으로 지어져 멀리서 보아도 대단한 격조가 있었다.

"저 돔은 백악관을 연상시키고 둥근 기둥들은 파르테논 신전 같아. 단순하면서도 아름답다."

"통일교 천정궁이야."

"궁? 이 시대에 궁이라고?"

"그들이 그렇게 지은 걸 어떡하겠어? 어떻게 보면 종교인들이니 그럴 만도 하고."

"궁주가 문선명 총재?"

"운명했으니 유해가 안치되어 있겠지."

"그럼 오하산방이란 곳은 어디에 있어?"

"저건 장락산이야. 오하산방은 저 옆에 보이는 보리산에 있어. 그런데 신기하게도 저 보리산과 장락산은 높이가 완전히 똑같아. 둘 다 6백27미터라 쌍둥이 산이라 불려."

"그럼 보리산도 통일교가 가졌겠네. 뭔가 상징성이 아주 강하잖아."

"그런데 그게 그리 만만치가 않아. 천하의 모든 걸 다 가진 문 총재도 저 보리산만큼은 가지지 못했어. 나중에 뭔가 깨달아 저 보리산을 가지려던 순간 운명처럼 유명을 달리하고 말았지."

"운명처럼?"

"마치 보이지 않는 어떤 힘이 작용해 보리산이 문 총재에게 넘어가는 걸 막은 듯한 느낌이 든단 말이야."

"또 그놈의 풍수 타령이니?"

"글쎄. 저 보리산에 가면 과학 좋아하는 김은하수가 충격을 받지는 않을까."

"내가? 왜?"

"이해할 수 없는 현상이 있어. 미스터리라 해야겠지. 과학 좋아하는 네가 한번 보고 그 이유를 캐봐."

자동차가 보리산 중턱에 멈추자 형연은 은하수를 산허리 한쪽으로 데리고 갔다. 수백 개의 오색 리본이 나무줄기에 매여진 옆으로 수많은 불상들이 늘어서 유리 뚜껑으로 덮인 무언가를 수호하는 형상으로 배치되어 있었는데, 유리 뚜껑을 덮어 보호하고 있는 내용물은 조각도 탑도 아닌 흙이었다. 놀라운 건 이 흙의 색이 마치 눈처럼 하얗다는 사실이었다. 은하수는 주변을 둘러보았다. 어디를 봐도 흙은 모두 황토색인데 눈앞의 둥그런 한 군데만 하얀색이었다.

은하수는 아까 형연이 과학으로 밝혀보라 말한 게 생각나 굳이 뚜껑을 열어 흙을 쥐고 비벼보았다. 흙은 결합력을 갖고 있었으나 손가락 힘이 가해지자 금방 잘게 부서져 보통 흙과 전혀 다름이 없었다.

"왜 이렇게 칠을 했어, 흙에?"

"칠한 게 아니야. 아무도 손을 대지 않았어. 그냥 흙 색깔이 자연히 그런 거야."

"여기만? 어떻게 마치 컴퍼스를 대고 그린 듯이 지름 한 60센티미터만 흙이 하얗게 될 수 있어?"

"여기는 지기가 솟아오르는 혈터야. 혈터가 하나만 있어도 명산이라 하는데 이 보리산엔 희한하게도 이런 혈터가 아홉 개나 있어. 전설로 전해지는 구룡혈터지."

"혈터? 땅속의 지기가 여기만 이렇게 하얗게 만들었다는 얘기야? 온 산이 모두 황토색이나 흙색인데."

"그래. 지기에 의해 여기의 흙만 이렇게 하얗게 된 거야."

은하수는 눈앞의 사실을 어떻게 받아들여야 할지 몰랐다. 누군가 흙에 페인트칠을 하거나 물감으로 물들인 거라 외치고 싶을 정도로 이해가 가지 않는 현상이었다. 만약 이것이 인공이 아닌 자연의 현상이라면 그 원인을 어디서 찾아야 할지 몰랐다. 지기가 이렇게 만들었다고? 물론 흙이란 땅의 산물이니 땅속 조건에 의해 여러 형태와 색깔을 가질 수 있겠지만, 마치 인공적으로 조성한 것처럼 특정 부분만 지기에 의해 이렇게 하얀 흙으로 변했다는 건 결코 받아들이기 어려운 일이었다.

"지기란 게 정확히 뭐지?"

"양지, 음지는 알겠지?"

"놀리는 거니?"

"1년 내내 양지인 곳과 1년 내내 음지인 곳을 생각해 봐. 혹은 고운 흙으로 뒤덮인 땅과 거친 자갈과 바위로 뒤덮인 곳도, 그리고 따뜻한 산과 차가운 산도."

"어떤 차이든 차이야 있겠지."

"산도 죽은 산이 있고, 살아있는 산이 있어. 공기의 흐름에 의해 기후가 바뀌는 건 알잖아?"

"그래."

"물도 작용하지?"

"물이 가장 크게 작용하겠지."

"마찬가지로 흙도 작용하는 거야. 모든 만물을 생장시키는 게 흙인데 왜 흙의 기운, 즉 지기를 안 믿는 거야?"

"글쎄, 지기라니."

"여기는 혈터야, 산줄기를 타고 흐르는 산의 정기가 여기서 밖으로 터져 나오는 자리란 말이야. 눈에 보이지는 않는다고 해도 분명히 존재하는 거야."

"그 눈에 보이지 않는 정기가 흙 색깔을 이렇게 바꾸었다고?"

"달리 설명이 안 되니까."

"설마 다른 곳에서 퍼 온 건 아니겠지?"

"여기 달린 수백 개의 기원문을 봐. 이 산의 주인이 도대체 무슨 이유로 다른 데 흙을 퍼 와서 이들을 속이겠어?"

은하수는 고개를 끄덕이면서도 미심쩍은 마음을 떨칠 수 없었다. 자신이 보고 겪은 경험이나 과학 지식의 범주에서는 도저히 이해할 수 없는 일이었다. 하지만 당장 눈앞에 보이는 하얀색 흙의 실재를 부정할 수도 없는 일이었다.

9
풀리지 않는 주문

보리산의 오하산방은 장락산의 거대한 천정궁과는 전연 딴판으로 양지바른 곳에 절제되고 정갈하게 지어진 한옥이었다. 전국에서 모여든 술법사들은 앞다투어 집터를 칭송했고, 특히 풍수사들은 물을 만난 고기처럼 좌청룡이 어떻고 우백호가 어떠하며 집 아래의 연못인지 호수인지를 가리키며 배산임수를 논했다. 은하수는 그런 그들이 못마땅했으나 풍수를 고려하지 않더라도 아늑한 기분이 드는 곳에 집터를 잘 잡았다는 생각이 드는 건 어쩔 수 없었다.

"아제아제바라아제 바라승아제 모지사바하! 안녕하셨소?"

형연이 말하던 무타대사였다.

"대사님, 제 친구가 저 혈터의 하얀 흙을 보고 무척이나 혼란스러워합니다. 어떻게 저곳 흙 색만 하얗게 변했는지,

그게 과학적으로 어떤 의미가 있는지 쩔쩔매는데 대사님이 이 친구의 복잡한 머리를 좀 시원하게 해주실 수 없을는지요."

무타대사는 먼저 형연과 은하수를 향해 합장을 하고 흔쾌히 승낙했다.

"산주가 계시면 깊은 설명을 듣겠지만 그분이 지금 일본에 있으니 얕은 설명이라도 내가 대신 하지요. 참, 형연 시주. 이번 모임을 보리산에서 하고자 허락을 구하러 오하산인께 전화드렸더니 일본에서 오시는 대로 빨리 형연 시주를 만나고 싶다 하더군요. 그토록 찾아 헤매던 걸 찾으셨다 하던데요."

"아, 결국!"

형연은 감회 어린 표정을 지으며 일본 쪽을 향해 고개 숙이며 합장했다. 그 모습을 기껍게 바라보던 무타대사는 이내 형연이 고개를 들자 은하수를 향해 나직한 목소리를 밀어냈다.

"『장경』에 혈터의 흙은 오색으로 변하는데 그중 백색이 제일이라 하였으니 흙 색이 지기에 의해 바뀌는 건 여기만의 일은 아니오."

"『장경』이란 어떤 책이죠?"

"『장경』은 4세기 중국 동진 때 곽박이 지은 장례에 관한 책으로 산의 정기와 지맥이 터져 나오는 혈터에 관해 여러 얘기를 하고 있어요. 이 사람이 이미 그 당시 혈터의 흙색에 관해 언급하고 있으니 저 하얀 흙을 조작으로 볼 이유는 없을 겁니다."

"아!"

은하수는 낮은 신음으로 대답을 대신했다. 바위가 부서진 게 흙인 만큼 산이 지열 등의 지질학적 이유로 토양을 변화시키는 건 얼마든지 있을 수 있는 일이지만, 지름 60 센티미터도 되지 않는 넓이만 빙 둘러 하얗게 만들었다는 사실, 그 이유가 열 변화가 아닌 측정되지 않는 산의 지기 때문이라는 말을 받아들이기는 힘들었다. 하지만 오래전 중국에서 이미 이렇게 혈터의 색이 변하는 경우를 기술하고 있다니 은하수는 그『장경』이란 책을 한번 꼭 봐야겠다 다짐했다.

오하산방이란 명호가 붙은 기와집은 단순하나 견실하게 지어졌고 시간을 응축한 아름드리 통나무 기둥과 서까래가 그대로 살아있어 자연을 방 안에 그대로 들여놓은 듯 시원한 곳이었다. 술사들을 위해 무타대사는 특별히 지기가 흐르는 이 장소를 택했는데 기에 예민한 몇몇 수도자들은 어느새 혈터에 앉아 지맥의 혈기를 흠뻑 받아들이는 모습이었다.

"나는 무타라고 합니다. 오늘 여러분을 모신 건 하나의 수수께끼 때문입니다. 얼마 전 대통령께서 알 수 없는 사람으로부터 나이파 이한필베라는 주문을 받았습니다. 저는 이 주문이 무엇인지 어떻게 풀 수 있을지 고심하였으나 도저히 알아낼 수 있는 방법이 없었습니다. 척 들어서는 탄트라 경전의 범어 계통 주문 같은데 찾아 들어가 보니 전혀 연관이 없습니다. 혹 여러분 중 지혜를 가진 분이 있을지 몰라 모셨으니 고견이 있으신 분은 말씀해 주시기 바랍니다."

무타대사의 입에서 대통령에게 보내진 저주라는 말을 듣자 술법사들의 안색이 일제히 변했다. 도선국사로부터 현대에 이르기까지 모든 법사와 술사들은 나라의 운명과 임금의 안녕을 최대의 관심사로 여겨왔던 바 대통령에게 주문이 보내졌다는 소식에 경악하지 않는 사람이 없었다.

"모악산에서 온 수도자 유삼이올시다. 이번에 대통령 집무실 이전으로 시끄럽지 않았습니까? 아마도 반대파 중 하나이지 싶습니다."

유삼은 눈빛이 강하고 강직한 기운이 넘치는 수도자였다. 그는 오로지 도를 구한다는 길에서 벗어나 현실의 일에 지나치게 목소리를 내는 자들이 천박하다 여겨 분노하던 중이었다.

"계룡산인입니다. 나도 그런 느낌이 듭니다. 풍수사들 대다수가 청와대가 흉터라 끊임없이 얘기해 오지 않았소? 이제 그것이 세상과 엮이니 자기 목소리를 내지 못해 안달

들이었지."

여러 술사들이 고개를 끄덕였다. 평소 풍수는 미신이라 치부하던 사람들이 이번 대통령 집무실 이전에 관해서는 그들의 의견을 한참이나 물어오지 않았던가.

"아마도 이전을 반대하다가 분노한 누군가 새로 판을 짜기 위해 이런 짓을 벌인 것 같소. 집무실 이전으로 대한민국에 저주가 내렸다고 한다면 대통령님 입장이 얼마나 곤란해지겠소? 가뜩이나 용산으로 가신 데 대한 의혹이 그득한데."

"당신 무슨 소릴 하는 거요?"

벽력같은 호통을 치며 나선 사람은 한국 제일의 풍수사라는 노풍언이었다.

"뭐가 잘못되었소?"

노풍언의 기세에 계룡산인은 눈을 가늘게 뜨고 그의 표정을 살폈다.

"용산이 어때서 그래요? 거기는 예로부터 군사의 땅이오. 질서와 규율을 세우는 곳이란 얘기지. 지금 이 나라에 도대체 무슨 질서가 있소? 상대에 대한 배려와 예절은 깡그리 사라지고 헌법 기관들마저 사리사략에 춤추는 개판 아니오? 대통령이 법치를 세우기 위해 용산으로 나가신 건 범인이 할 수 없는 경사인데 뭐가 잘못이란 얘기요?"

"나도 옮기자고 찬성했소. 그러나 싫어하는 사람들도 많다는 말이오. 왜 나한테 그러시오?"

"백성들 눈치만 살피는 것이 임금의 덕목은 아니오. 문재인 대통령은 유례없는 지지율을 보였지만 오히려 그동안 북한이 핵을 완성한 거 아니오?"

"전 대통령님이 여기서 왜 나오는 것이오? 대통령이 무슨 신이오? 미국이 가만있는데 한국이 무슨 수로 북한 핵 개발을 막아?"

계룡산인이 대수롭지 않게 내뱉은 말에 노풍언은 화가 치솟아 단정히 매여있던 옷고름을 풀어 헤치며 앞으로 뛰쳐나왔다.

"이 자식아, 그럼 핵을 장려해?"

"어떻게 막아? 그리 잘났으면 당신이 막아보든가!"

"뭐야? 이놈이 지금 해보자는 거야?"

허허로운 웃음을 날리며 이런 모습을 가만 보고 있던 무타대사는 손을 들어 논쟁을 중지시키고 염불하듯 주문을 거듭 외었다.

"나이파이한필베, 나이파이한필베, 나이파이한필베, 나이파이한필베."

그러자 한결같이 남에게 지는 걸 싫어하는 술사들인지라 혹여 다른 사람이 답을 낼까 봐 모두의 신경은 삽시간에 주문으로 돌아왔다.

"으음."

이상한 일이었다. 아니 어쩌면 당연한 일인지도 몰랐다. 한참의 시간이 지나고 무타대사가 무수히 주문을 외었어도 수많은 술사 중 입을 떼는 사람이 하나도 없었다.

"허허. 당장 생각이 안 나시는 모양이니 오늘은 이만 일어나기로 하시지요."

천 근도 넘는 무거운 머리를 간신히 세운 채 대통령실로 돌아온 은하수의 표정은 굳어있었다. 그간 해볼 수 있는 것은 빠짐없이 다 했고 메스꺼움을 꾹 누른 채 술법사, 풍수사, 점술가, 무당이니 하는 사람들도 만나보았지만 그 괴상한 주문의 의미를 알 수 있는 길은 어디에도 없었다. 은하수는 일전 박수가 돌멩이만 보고 거기에 누가 어떤 주문을 불어넣었는지 어떻게 알겠느냐던 말을 떠올리며 자신도 모르게 좌우로 고개를 가로저었다. 내려온 일이라 맡았으나 한심하기만 했다.

"제가 더 이상 잡고 있어봐야 아무런 의미가 없습니다. 시간 낭비일 뿐입니다."

상급자들은 수고했다며 인사치레의 말을 건넬 뿐 실망하거나 책망하는 분위기는 아니었다. 사실 은하수에게 일을 전담시키는 듯했으나 속으로는 누구도 이 괴주문으로부터 자유롭지 못했고 이들도 암암리에 광범위한 채널을 통해 애쓰던 중이었다.

"대통령님께서도 말씀이 없으시니 이제 더 이상 신경 쓰지 맙시다."

수석비서관이 종지부를 찍은 뒤 사무실은 겉으로 평온하게 돌아가는 듯했으나 괴주문은 이상하리만치 침묵의 한가운데서도 보이지 않게 사람들의 뇌리를 떠나지 않고 있었다. 모두가 관심을 끊어버린 것 같으면서도 묘한 흥미와 호기심이 남아 대통령실은 물론 여러 부처의 직원들은 가끔씩 이에 관한 이야기를 나누곤 했다.

10

누구의 예언인가

"그 주문, 푼 것 같아."

형연으로부터 걸려온 전화에 은하수는 자신도 모르게 비명을 지를 뻔했으나 주변을 의식해 손으로 입을 막고 조심스럽게 물었다.

"정말이야?"

은하수는 내심 벅차오르는 기대감에 휩싸였다. 자신이 아는 한 형연은 이런 일로 농담할 사람도 아니었고 한편으론 워낙 특출한 데가 있는 친구라 기대할 만했다.

"아마 맞을 거야."

"끊지 말고 조금 기다려."

농담이든 사실이든 함부로 나눌 얘기가 아니라 은하수는 걸음을 빨리해 사무실 밖으로 나왔다.

"얘기해 봐."

"그건 나라 이름이야."

"뭐? 나라 이름? 그런 나라가 어디 있어?"

"나라 이름 앞머리만 딴 거야. 나이지리아, 이집트, 파키스탄, 이란, 한국, 필리핀, 베트남."

은하수는 형연을 따라 나라 이름의 앞머리만 소리 내 읽어보았다. 분명 나이파 이한필베였다. 그러나 이건 애들 장난이 아닌가. 이런 식이면 붙이는 대로 해석할 수 있었다.

"아니, 맞는 말이기는 한데, 이게 뭐야. 내가 나이키, 이케아, 파리바게뜨, 이마트, 한국전력, 필립스, 베스트샵 이렇게 얘기해도 똑같은 나이파 이한필베잖아. 장난해, 지금?"

"그 많은 브랜드를 지금 바로 떠올린 거야? 대단한걸."

"지금 장난하는 거냐니깐."

은하수의 분노 섞인 음성에 형연은 답했다.

"인터넷에 2050년 세계 국가 경제력 순위를 검색해 봐. 여러 보고서 중에 현대경제연구소의 연구를 보면 내가 나열한 순서대로 국가 순위가 매겨져 있어."

"뭐야? 정말로?"

은하수의 입에서 반신반의의 탄성이 튀어 나갔다. 급히 핸드폰 검색을 해보니 형연의 말대로였다. 그녀의 머리 한편에서는 말할 수 없이 시원한 느낌이 몰려왔다. 대한민국 유수의 언어학자들은 물론이고 심지어 술법사들까지 동원해 그리도 찾아 헤맸던 난해한 주문이 고작 일곱 나라의 이름 앞머리를 딴 거라니. 만약 이것이 사실이라면 우습고 허망하기 짝이 없는 일이었다. 은하수는 몇 번이나 이 주문 아닌 주문을 외며 나라 이름을 하나씩 떠올려 보았다. 이게 도대체 무슨 의미인지, 누구의 어떤 의도인지 알 수는 없었지만 곱씹을수록 형연의 말대로 점차 나라 이름이라는 쪽으로 생각이 굳어져 갔다.

"무슨 의도야? 누가 무슨 생각으로 이런 걸 대통령님께 보낸 거지? 그리고 이걸 왜 예언이 실현된다고 한 거지?"

"그건 모르겠어."

"그런데 이걸 어떻게 알아냈어?"

"특별한 비결이 있는 건 아니야. 계속 그 주문을 생각하다 보니 나라 이름을 붙이면 될 것 같은 영감이 떠올랐을 뿐이야."

"그렇다고 해도 정말 대단한걸?"

은하수는 헛웃음이 났다. 대통령에게 보내진 주문이라는 특별함 때문에 참 많은 인물들이 온갖 분야에서 고생을 거듭했지만 막상 듣고 보니 정말로 더도 덜도 아닌 나라 이름이었다.

"칭찬을 해주어야겠는데 뭐라 해야 할지 모르겠다. 답을 찾아냈으니 대단한 건 맞지만 천재라고 하기엔 나라 이름 앞 글자들을 찾아낸 게 조금 장난스럽기도 하고, 우연이라고 하기엔 네 노력을 무시하는 것 같아서 부적절하네. 운이 좋은 천재 정도로 말해둘게. 음, 너무 조롱하는 것 같나?"

"지금 네가 하는 말이 어쩌면 최고의 조롱일 거야."

"여하튼 고마워, 어떻게 풀기는 푼 것 같네. 사무실이 난리 나겠다."

"왜 대통령에게 그런 게 보내졌는지 저주의 예언이란 무엇인지 알아내면 내게도 알려줘."

"그럴게."

전화를 끊은 은하수는 사무실에 들어서자마자 의기양양하게 목소리를 뿜어냈다. 이 수수께끼의 비밀이 대단한 의미를 담은 게 아니라 나라 이름 앞 글자를 따 만든 거면 어떤가. 어쨌든 아무도 풀지 못한 문제의 해답을 자신이 들고 온 것이 아닌가.

"나이파 이한필베의 비밀이 밝혀졌습니다. 나이지리아, 이집트, 파키스탄, 이란, 한국, 필리핀, 베트남의 첫 글자를 모은 것입니다."

거기에 약간의 설명이 더해졌다.

"어?"

"뭐야!"

"허허."

순간 놀라움과 황당함이 뒤섞인 소리가 모두의 입에서

새어 나왔고 은하수의 설명을 제각기 확인한 후 다들 쓴웃음을 지으며 회의실에 모여 앉았다. 대통령에게 보고하기 전에 그 의미를 파악해야 할 것이었다.

"이 일곱 나라를 묶고 있는 컨셉이 뭐지? 그리고 어째서 예언이 이루어졌다는 거야? 누구의 어떤 예언을 말함인가?"

직원들은 다시금 남은 의문으로 빠져들었으나 이 괴이한 사태의 실마리는 뜻밖에도 강남경찰서 형사계에서 풀려가고 있었다.

11
괴상한 노인들

"우린 어차피 죽을 목숨이야!"

현대경제연구소의 미래 예측 연구원 서동규는 자신을 둘러싼 일단의 노인들을 보며 공포와 의문이 뒤섞인 복잡한 감정이 되었다.

처음에는 상대방이 모두 70, 80대 노인이라 우습게 보았으나 가만 보니 하나같이 목숨이라도 던질 듯한 복수심에 사로잡혀 있었다.

이들은 노인이었지만 결코 보통 늙은이들이 아니었다. 어떤 젊은이들도 엄두를 못 낼 배짱과 기개가 충만한 노인들이었다. 서동규는 이 배짱과 기개의 원동력이 분노라 판단했다. 걷잡을 수 없는 분노의 힘, 몽둥이를 든 한 노인의 팔은 부들부들 떨리고 있었다.

"오! 현대경제연구소. 대한민국 발전의 청사진을 내놓곤 하는 싱크탱크잖소. 온 국민을 대신해 진심으로 감사를 표하고 싶소."

길을 묻던 한 노인에게 친절하게 방향을 알려주고 뭐 하는 사람이냐는 질문에 대답한 게 모든 문제의 시작이었다. 하도 칭송을 늘어놓는 바람에 자신도 모르게 우쭐해져 스타벅스에서 커피 한 잔 얻어먹은 뒤 차를 태워준다는 노인들을 따라나서다 여기까지 끌려와 버린 것이었다.

"서동규, 너 평양에서 내려온 놈이지? 초대소에서 널 봤다는 탈북자가 한둘이 아니야. 병신 되기 싫으면 똑바로 실토해. 천장에 거꾸로 매달아야 불겠나?"

"어르신, 저는 분명히 외국어대학교 경제학과를 다녔습니다."

"평양 외국어대학교 말이지?"

"아니, 아닙니다. 서울시 동대문구 이문동에 있는 한국외국어대학교, 즉 외대 말입니다, 외대. 그리고 졸업하자마자 연구소에 취업해 지금까지 미래 전망만 내놓고 살았습니다. 그런데 스파이라니요? 어르신."

"어르신? 이 자식아, 국장님이라 부르랬잖아!"

"죄송합니다. 국장님."

"네가 스파이가 아니면 내가 스파이라는 거냐?"

"어르신이, 아니 국장님이 스파이라니요? 이건 절대 그런 문제가 아닙니다. 국장님은 우리 정부에서 오래 봉직하셨다 하지 않았습니까? 그것도 최고 엘리트들만 모여있는 기재부에서요."

서동규는 자신을 마구 몰아붙이던 노인의 주름진 얼굴에 보일 듯 말 듯 미소가 번지는 걸 눈치채고 달래듯 말했다.

"저는 수많은 객관적 자료를 슈퍼컴퓨터에 넣고 돌렸을 뿐입니다. 세상의 모든 현상은 우리가 느끼지 못하는 사이에 조금씩 변하고 있습니다. 미래 예측을 내놓으면 당황하는 사람이 많을 수밖에 없는 것은 몇십 년어치의 변화를 한순간에 대해야 하기 때문입니다."

"이 개자식아, 그래도 이게 말이나 되는 소리야? 대한민국을 작살내기로 작정한 놈이 아니라면 이게 말이나 돼? 뭐, 2050년에는 우리나라 경제력이 나이지리아나 파키스탄보다 못해진다고?"

"그게 국장님, 분노를 가라앉히시고 냉정하게 보셔야 합니다."

"냉정이고 지랄이고 너는 간첩이야. 간첩이 아니고서 어떻게 그런 말을 할 수 있나? 아니 그런 생각을 할 수 있냔 말이야? 이 개자식아!"

"국장님, 중국을 보십시오. 30년 전 중국이 얼마나 비참했습니까? 그런데 지금은 미국을 추월할 정도 아닙니까? 인도 또한 마찬가지입니다. 세계 120위였던 나라가 이제 곧 세계 3위가 됩니다. 우리나라 역시 세계 119위에서 세계 10위가 되었고요. 생각해 보십시오. 누군가 30년 전 이런 예측을 내놓았다면 틀림없이 정신 병원에 잡혀갔을 겁니다."

"이 말도 안 되는 걸 예측이라고! 너 이 나라 늙은이들 모두 화병 나 죽으라는 거냐?"

"어르신들께는 죽을죄를 지었습니다만 연구원으로서 의당 해야 할 일입니다. 아니면 연구소에서 쫓겨나니까요. 애가 다섯이나 되는데 직장 잃으면 인생 끝장입니다. 애들도 죽습니다."

네 명의 노인들은 애가 다섯이라는 말에 서로들 얼굴을 바라보았다. 이 아무것도 아닌 말에 무자비하기 짝이 없었던 노인들은 어딘지 약간 동요하는 것 같기도 했다. 과연 처음부터 어딘가 모질지 못해 보이던 노인 한 사람이 동정조로 말했다.

"어째 다섯이나 낳았어?"

"아버님께서 아들 하나 있어야 하지 않겠냐 하셔서 자꾸 낳다 보니 딸만 다섯입니다. 더 이상은 엄두가 안 나 아버님께 이해를 구하고 결국 포기하고 말았습니다만."

"허, 저런 영감탱이. 딸이 열 배 더 소중한 거 모르나? 요즘은 효도도 딸이 맡아서 하잖아. 요즘 애미, 애비하고 해외여행 가는 놈 봤나? 죄다 장인, 장모 모시고 가지. 그나저나 애를 다섯이나 낳았으니 장하다. 수고했어."

이상한 노인들이었다. 가스총까지 든 무시무시한 노인들이 애 다섯 낳았다는 말에 물 먹은 습자지처럼 수그러들다니. 눈치 빠른 서동규는 이 지독한 노인들의 약점을 포착하고는 지금이 기회라 생각하며 얼른 말을 이었다.

"우리나라의 급격한 추락은 오로지 인구 때문입니다. 애를 하도 안 낳으니까요."

"애를 배 터지게 낳았으니 그만 보내달라는 거냐?"

"그런 얘기가 아니라 우리 한국의 몰락이 애를 안 낳기 때문에 빚어지는 현상이란 말입니다. 나라의 경제력이 이란이나 이집트보다 떨어진다는 게 도대체 말이 되는 소립니까?"

잠시 누그러지는가 싶었던 노인들은 다시 화가 머리끝까지 솟구쳐 고함을 질렀다.

"이 개자식아! 그게 도대체 말이나 되는 소리냐? 네가 제정신이냐? 대한민국을 박살 내려는 수작이나 음모 없이 그게 가능한 얘기냐? 세상이 두 쪽 나도 그런 일은 안 생긴다. 이 때려 죽일 놈아!"

"국장님, 제가 소상히 말씀드리겠습니다. 우선 이거나 좀 풀어주십시오. 결박이 갑갑해 미치겠습니다. 저는 도망 안 갑니다. 가스총을 들고 계시는데 제가 어떻게 도망갑니까?"

서동규는 자신을 둘러싼 네 명의 노인들과 차례로 눈을

마주치면서 애원했다. 과연 자신이 아이를 다섯이나 낳은 게 효과가 있었는지 노인들은 얼굴이 벌겋게 달아오른 중에도 결박을 풀었다.

"휴!"

서동규는 팔을 쭉 펴고 아주 천천히 고개를 몇 번 돌리며 이들의 정체가 무엇일지 머리를 굴리기 시작했다. 놀라고 겁먹었던 마음을 진정시키고 차분히 더듬어 보니 비록 노인들이 잔뜩 흥분하기는 했으나 동기가 그리 흉악한 것 같지는 않았다. 돈을 내놓으라는 것도 아니고 별다른 원한이 있는 것 같지도 않은 데다 아이를 다섯이나 낳았다는 말에 이상할 정도로 누그러지는 것을 보아 범죄를 업으로 하는 사람들은 결코 아니었다.

게다가 줄곧 자신이 발표한 미래 예측만을 추궁하는 걸 보니 이들은 뭔가 복잡한 범죄자들이었다. 차츰 생각을 더듬어 가던 서동규는 자신이 어쩌면 이들에게 감사해야 할지 모른다는 이상한 단계로까지 생각을 전진시켰다. 사실 그가 발표한 연구가 기가 막힌 내용임에도 불구하고 절대 읽어보지도 않고 아무 일 없는 양 침묵하는 세상에 비해 이 노인들은 그의 연구를 제대로 읽어주고 분노해 주지 않는가.

애국 노인. 어쩌면 이들은 나라의 미래를 걱정하는 선량하고 성실한 대한민국의 주역들이자 애국자일 것이다. 그렇지 않으면 아이를 다섯 낳았다는 말에 이토록 달라질 수 없는 일이었다. 생각이 이에 미친 서동규는 목이 잠긴 채 외쳤다.

"이 쓰레기 같은 예측 결과를 내놓은 저 자신이 정말 밉습니다. 죽이고 싶도록 밉습니다. 제발 이 못난 놈의 예측이 무조건 틀렸으면 좋겠습니다. 제 소원입니다. 제가 못난 놈이었으면 좋겠습니다. 제가 틀렸으면 좋겠다고요! 제발 틀려주세요. 틀려달라고요! 국민 여러분, 틀려야 합니다. 틀려야만 해요. 아, 단군 할아버님, 제발 틀리게 해주세요. 대한민국 만세! 만세! 만만세!"

말하다 보니 서동규는 극도로 감정이 고조되어 자신도 모르게 벽을 향해 돌진했다.

"왜 그래!"

정신이 돌아버렸는지 갑자기 횡설수설하다 급기야 만세를 부르며 벽에 머리를 찧으러 달려가는 서동규를 본 노인들은 혼비백산해 그를 붙잡았다.

"이거 정말 미안하네. 이러자고 한 건 아닌데 우리가 충격이 너무 컸네. 자네가 발표한 2050년 미래 예측이 우리에게는 너무도 큰 충격이었단 말이야. 사실 솔직히 말하자면 죽고 싶었네. 죽느니 이놈을 만나 진실을 한번 들어보자, 아니 더 솔직히 말하자면 이 미친놈의 속내가 뭔가 알아보자는 거였어. 미치지 않고서야 어찌 이런 예측을 했나 싶었네. 미안하네, 정말 미안해."

벽을 10센티미터 남겨두고 돌진을 멈춘 서동규는 이 틈을 타 재빨리 말했다.

"제가 오히려 감사합니다. 애국 애 자만 꺼내도 조롱당하고 이상한 놈 취급받는 이 웃기는 나라에 어르신 같은 분들이 계신다는 사실이 너무도 감사합니다."

"아닐세, 그런데 그건 그냥 하는 소리지? 자네가 주목받으려고 억지로 구겨 넣은 거지? 한마디로 가짜지? 그렇다고 말해줘. 제발 거짓말이라 말해달란 말이야."

"아니, 그럴 수는 없습니다. 미래 예측은 과학이고 무엇보다 저만의 예측이 아닙니다. 세계 유수의 연구 기관들이 유사한 결과를 내놓고 있습니다."

"뭐라고? 이 죽일 놈아! 그게 사실이라고? 나도 죽고 너도 죽자, 이 개 같은 놈아!"

이 말에 가스총을 든 노인은 또다시 격분해 욕설을 내뱉었다.

"여, 여기 증거가 있습니다."

"증거? 어디 내놔봐!"

노인들의 눈에 순간적으로 당혹감이 스쳤다. 줄곧 견고하고 칼칼한 모습을 보이던 한 노인이 가스총을 내리고는 서동규의 가방을 집어 건네주었다. 서동규는 꽤 두꺼운 서류를 꺼내서 노인들 앞에 보란 듯이 내밀었다.

"이건 영국에서 가장 영향력이 큰 CEBR이라는 경제연구소가 내놓은 2036년 세계경제랭킹 보고서입니다. 여기서 랭킹 1위는 중국입니다. 다음이 미국, 3위는 독일과 일본을 제친 인도입니다."

"으음!"

기재부 국장을 지냈다는 허 노인의 입에서 신음이 새어나왔다.

"2036년 우리나라는? 지금으로부터 13년 후인데."

허 국장이 염려스러운 표정을 지으며 물었다.

"아예 1위부터 20위까지 랭킹을 다 말씀드리겠습니다."

"말해봐!"

"1위는 중국, 2위는 미국, 3위는 인도, 4위는 독일, 5위는 일본입니다."

"허, 세상에. 지금은 6위인 인도가 3위까지 수직 상승하는군."

"그렇습니다."

"그런데 일본이 독일한테 추월당하나? 지금은 일본이 3위잖아."

"그렇습니다. 인도와 독일한테 추월당해 5위로 떨어집니다."

"허!"

허 국장이 놀랍다는 기색을 보이자 서동규는 의외라는

생각이 들었지만, 잠자코 입을 다물었다. 네 노인 중 가장 다혈질인 데다 리더로 보이는 이 노인과 가타부타 말을 섞을 필요가 없었다.

"6위는? 영국이야?"

"맞습니다. 6위는 영국, 7위 프랑스, 8위는 인도네시아, 9위 브라질, 10위 러시아입니다."

"아니, 그 미개한 인도네시아가 대한민국을 제치고 8위에 오른다고? 한국은?"

놀라움이 극에 달했는지 착한 노인의 메마른 목구멍에서 꺽꺽거리는 까마귀 소리가 새어 나왔다.

"한국은 10위에서 미끄러집니다."

다른 노인이 역시 실망감이 잔뜩 밴 목소리로 말을 보탰다.

"그런데 한국이 몇 위로 미끄러진다는 거야?"

"13위로 떨어집니다. 인도네시아, 브라질, 러시아가 우리 앞에 들어와 10위에서 13위로 떨어집니다."

"인도네시아, 브라질, 러시아라고?"

"그렇습니다."

"이 영국 연구소 믿을 만한 데야?"

"세계적으로 알아줍니다."

"그리고 2050년에는 우리나라가 나이지리아, 파키스탄보다 떨어지고."

"죄송하지만 그렇습니다."

"으음."

노인들은 말이 없었다. 자랑스러운 대한민국이 10위를 끝으로 내려앉는다는 예측은 가슴을 한량없이 무겁게 짓눌러 오는 것이었다. 사실 대한민국의 경제 성적표는 나라의 성적표이기 이전에 노인들 개개인의 성적표였다. 해방과 전쟁으로 이어지는 혼란과 폐허 속에서 온 청춘을 바쳐 대한민국을 일으켜 세웠다는 뿌듯함으로 노년의 보람을 이어가던 노인들에게 대한민국의 추락은 자신의 추락과 다를 바 없었다.

"아, 이런! 얼른 죽는 게 낫겠어."

한 노인의 탄식은 다른 노인들의 가슴을 더욱 깊이 후벼 팠다.

"휴, 난 좀 쉬어야겠네. 당최 힘들어 견딜 수가 없어."

허 국장이란 노인은 온몸에 기운이 빠졌는지 비틀거리며 걸어 나갔고 나머지 세 명의 노인들도 제자리에 주저앉고 말았다. 이 틈을 놓칠 서동규가 아니었다. 그는 살살 눈치를 보다 노인들이 지치고 피로한 표정에 젖어 눈을 감자 마찬가지로 눈을 감았다가 실눈을 떠 노인들의 움직임이 없는 걸 확인하고 살금살금 걸어 건물을 빠져나갔다.

12
범행 동기

"현행범으로 체포한다!"

노인들의 감금에서 벗어난 서동규는 잠시 망설이다가 경찰에 신고했고 총기까지 휴대한 채 출동한 강력반 형사들에 의해 노인들은 현장에서 붙잡혔다. 가스총과 함께 경찰서로 연행된 노인들은 이미 저항할 의사를 완전히 상실한 데다 한결같이 훅 불면 날아갈 것 같은 약체라 형사들은 고개를 갸웃거릴 수밖에 없었다.

소지한 흉기를 보면 이들은 분명 흉악한 강력범들인데 두 사람은 70대 후반, 한 사람은 80대인 탓에 형사들은 당황하지 않을 수 없었다.

"넷이라 그러지 않았나?"

"그러게. 그런데 셋밖에 없었어."

"하나는 튀었군."

경찰서에서 전과 조회를 마친 강력계 형사들은 서로를 마주 보며 한층 더 황당해할 뿐이었다.

"전원 깨끗해!"

체포된 세 명의 노인들은 단 한 사람도 전과가 없었다. 전과는커녕 교통 범칙금조차 거의 내보지 않은 사람들이라 이 기묘한 불일치 앞에서 형사들은 어리둥절할 뿐이었다.

"뭘 망설여! 셋 다 특수 폭행에 납치 감금으로 달달 엮어! 속히 언론에 알리고 어서 조서 꾸민 다음 영장 청구해! 오랜만에 큰 게 하나 걸렸어!"

형사과장은 좋아 날뛰었다. 더군다나 이들이 한결같이 노인이라는 사실은 그를 더욱 뜨겁게 달구었다. 이 이상한 강력범들은 대한민국 모든 뉴스의 초점을 자신에게로 가지고 올 것이 틀림없었다.

"그리고 도주한 노땅도 즉각 잡아들여."

"그게, 시간이 좀 걸리겠습니다."

"왜?"

"잡혀 온 세 사람은 동네 친구들인데 사라진 노인은 전혀 모르는 사람이라 하더군요. 그 노인한테 설득당해 범행에 가담한 것으로 보입니다."

"인마, 그게 말이 돼? 세 노땅이 처음 보는 한 노땅의 꼬임에 넘어가 사람을 납치하고 감금했다는 거야? 가스총까지 들고."

"다른 세 명의 노인들은 허 국장이라는 그 노인이 한 얘기가 구구절절 가슴에 와닿았다면서 여전히 존경하는 눈칩니다."

"잔말 말고 최대한 빨리 잡아들이고 피해자한테는 피해 상황을 진술하라고 해. 가스총까지 들었으니 이건 말 그대로 초강력범이야. 피해자는 어때? 어디 찢어지거나 뼈 부러진 데 없나?"

"가스총으로 협박당한 건 맞는데 실제 폭력은 전혀 없었다 합니다."

"잘 기억해 보라 그래. 돈이나 뭐나 뺏긴 건 없나?"

"네, 그런 것도 없답니다."

"오랜만의 강력범이니 딸딸 말아야 하는데. 여하튼 샅샅이 뒤져. 집도 압색하고 살해 계획 같은 것도 찾아봐."

추상같은 형사과장의 지시였지만 형사들은 쭈뼛거렸다.

"그게 좀 곤란할 것 같은데요."

"왜?"

"피해자가 신고는 했는데요, 이게 참 이상한 게 처벌을 불원하는 데다 노인들을 이해한다면서 오히려 감사하다 합니다."

"감사하다? 자신을 납치, 감금, 협박한 강력범들에게 감사하다? 피해자가 납치당해 고생하더니 미쳤나? 아니면 돈 받아내려고 수작하는 거야?"

"그런 것 같지는 않습니다만……."

"무슨 소리야? 수사 하루 이틀 해? 그런 식으로 이상하게 나오는 놈 중에서 뒤로 돈 안 받은 놈 본 적 있어?"

"그렇긴 합니다만……."

"백 프로야. 그런데 그놈은 도대체 뭐가 고맙다는 거야? 핑곗거리가 뭐야?"

"이 노인들이 자신의 발표에 관심을 가져준 게 감사하다는 뜻입니다."

"뭐라고? 그럼 신고는 왜 했대? 그놈 또라이 아냐?"

"피해자는 워낙 강력 범죄라 신고를 하기는 하지만 노인들이 보여준 우리나라의 미래에 대한 염려와 애정에 대해서는 오히려 감격스럽다고 얘기했습니다. 그래서 처벌도 원치 않는다고."

"저런 미친놈. 지가 처벌을 원치 않는다고 처벌 안 받는 줄 아나. 그럼 신고를 말든가. 요즘 젊은 놈들은 뭔가 황당해. 하여튼 딱 떨어지는 강력범이니 딸딸 말아. 그리고 언론 싹 불러들여."

형사들은 과장의 지시를 최대한 충실히 따랐고 그 결과 세 명의 노인들은 카메라 앞에 서게 되었다.

"범행 동기가 뭡니까?"

가스총을 가진 범죄자들이 모두 80대 전후의 노인들이라는 사실에 신문 방송 할 것 없이 온 언론이 들끓을 대로 들끓었고, 이들이 검찰에 송치되는 장면을 잡기 위한 취재 경쟁은 가히 기록적이었다. 그런데 놀라운 건 대다수의 범죄자가 카메라로부터 얼굴을 숨기는 것과 전연 딴판으로 이들은 당당하게 얼굴을 드러내며 오히려 언론과 시청자들을 향해 야단치듯 목소리를 높였다.

"이 소식에 흥분하지 않는 대한민국 국민이 있을 수 있소? 기자 양반들, 당신들은 이 말을 듣고도 아무렇지 않은 거요? 정말 그런 거요?"

"미래 예측이 범행 동기란 말입니까?"

"그렇다니까. 나이지리아, 이집트, 파키스탄, 이란, 한국, 필리핀, 베트남 순이란 말이야. 2050년에는."

노인들이 미래의 국가 경제 순위 발표 때문에 강력 범죄를 저질렀다는 사실도 놀라웠지만, 이들이 내뱉은 미래 경제력 순위는 기자들에게도 충격으로 다가왔다.

"사실이야! 현대경제연구소가 그렇게 발표했네!"

인터넷과 유튜브를 찾아본 기자들 사이에서 놀란 목소리가 새어 나왔다.

"너희들 어떻게 이럴 수 있나! 우리가 어떻게 물려준 나란데, 이 위대한 대한민국을 나이지리아, 이집트, 파키스탄보다 못한 나라로 만들 수 있어?"

나이파 이한필베의 실체를 보고받고 누구보다 깊은 고뇌에 빠진 사람은 바로 대통령이었다. 그는 현대경제연구소뿐만 아니라 세계의 여러 연구소가 내놓은 미래 전망에서 한국이 형편없이 추락하고 있다는 사실에 경악했다. 한국이 나이지리아보다 파키스탄보다 못해진다고. 그것도 불과 27년 후에. 그리고 그게 줄어드는 인구 때문이라고.

대통령은 왜 전임자들이 무엇보다도 나라의 미래에 치명적인 이 문제에 손을 놓고 있었는지 알 것 같았다. 워낙 거대한 문제라 아무리 잘해도 짧은 집권 기간에 전혀 흔적이 남지 않는 것이었다. 더욱 큰 유혹은 아무리 못해도 그 또한 전혀 책임이 돌아오지 않는다는 일이었다.

대책이 없는 게 가장 큰 문제였다. 그간 185조나 되는 돈을 들였지만 아무런 효과도 보지 못한 일이었다. 대통령은 빈 집무실에서 홀로 독백했다.

'최악의 유산이야. 재정파탄에 북핵에 인구 문제까지.'

13
과장된 사건

가스총을 동원한 강력 범죄를 저지른 범인들이 초고령의 노인들이란 사실과 더불어 언론이 이들의 범행 동기에 초점을 맞출수록 형사과장은 불편해졌다.

"이거 비난만 쏟아지고 있잖아."

수사 결과 세 명의 노인들은 허 국장이란 주범이 시키는 대로 했을 뿐이란 사실이 밝혀지자 언론의 관심은 주범에게로 모였다.

"언론이 칭찬은커녕 왜 주범을 못 잡느냐 다그치고 있어. 왜 그리 헤매는 거야? 오늘내일하는 노땅 하나 못 잡고."

"그 허 국장이란 사람 묘하기 짝이 없습니다."

"무슨 소리야?"

"그 사람에 대해 다른 노인들이 아는 게 전혀 없어요. 이름도, 전화번호도, 사는 곳도 몰라요."

"그게 말이 돼? 생면부지의 인간에게 이끌려 가스총을 들고 사람을 협박한다는 게."

"말은 안 되는데 실제 그랬어요. 말솜씨가 기가 막힌가 봐요. 겨우 세 번 만나 이 큰 범행에 가담시켰으니. 노인들이 자신들은 나라를 구하는 일이라면 이보다 더한 짓도 할 수 있다 해요. 자신들이 무슨 범죄를 저질렀는지도 모르고. 주범이 그 정도로 노인들을 휘어잡았다는 거죠."

형사과장은 어이가 없었다. 무슨 납치 사건이 이렇게 허술하게 계획될 수 있는지 도무지 이해할 수 없었다. 무조건 금방 잡힐 수밖에 없는 범죄에 왜 가담했는지, 이 노인들에게 애국이라는 것이 어떤 의미가 있는지 궁금증이 생겼다.

"곧 저세상 갈 양반들이라 그러는 건가?"

"예?"

형사과장은 상념을 털어내고 다시 물었다.

"아냐. 그런데 그 영감이 기재부 국장 출신인 건 맞아?"

"조사 결과 허위로 나왔습니다."

"국장이란 타이틀로 노인들을 현혹했군. 어떻게 만났대?"

"식당 옆자리에 있다가 정치 얘기하면서 자연스레 말을 섞게 되고 이제 살 만큼 살았으니 나라 위해 큰일 한번 하자, 대한민국이 나이지리아보다 못하게 된다, 뭐 이런 식으로 노인들을 포섭했더군요."

"치밀한 사전 공작이야. 어떤 대화를 해야 노인들이 쉽사리 끌려올지 미리 연구했다는 얘기야."

"매우 박식했고 돈도 잘 썼답니다."

"그런데 이놈을 어떻게 잡지?"

"CCTV 열몇 개에 찍혀있습니다. 현재 동선을 분석 중인데 그것 말고는 달리 단서랄 게 없습니다."

"지문은?"

"피해자를 말로만 협박해서 지문 남은 게 전혀 없습니다."

"이 노땅 수법이 보통 아니군. 프로 아니면 기가 막히게 머리가 좋은 영감탱이야. 그런데 범행 목적이 뭐야? 세 노인은 감정을 조종당해 단순 가담했다 치더라도 주범이 이런 범행을 통해 얻으려 한 실익이 뭐냔 말이야?"

"치매는 아닐 테고 범행 동기는 주범을 잡아야만 알 것 같습니다. 그런데 이거 괜히 언론에 크게 벌인 건 아닌지 모르겠습니다."

형사과장은 머쓱해지지 않을 수 없었다. 노인들의 강력범죄라 언론의 전폭적 주목을 받는 데까지는 성공했지만 자칫하면 태산명동서일필로 끝날 가능성이 컸고 오히려 주범을 잡지 못하는 데서 오는 무능함이 부각될 가능성이 컸다. 80대 노인 하나 잡지 못하는 경찰이라니.

"서둘러 몽타주 작성하고 1반부터 3반까지 전원 주범 검거에 투입해."

수사 지휘를 끝내고 보고차 올라간 서장실에서 형사과장은 뜻밖의 방문객과 마주 앉게 되었다.

"김은하수 행정관입니다."

오똑 선 콧날에 맑은 눈동자의 30대 여성 행정관은 형사과장으로부터 사건의 자초지종을 다 듣고는 범행 계기가 된 연구 결과의 내용과 납치 목적 그리고 주범의 인상착의 등 몇 가지 질문을 한 뒤 대통령실에서도 주목하고 있다는 격려의 한마디를 건넨 뒤 돌아갔다. 일이 이렇게 되자 강남경찰서 전체가 사건에 몰입했고 주범이 찍힌 CCTV는 물론 연관이 있을 만한 물건 전부가 과학수사연구소로 보내졌으며 감식 요원들은 주범이 머물렀던 모든 공간에 출동해 머리카락 한 가닥까지 찾았다.

"세 명의 노인은 78, 79, 81세인데 주범은 자신의 나이를 82세라 했다 합니다. 그런데 이상한 게 이 노인이 어떤 때는 그 나이 노인답게 미적거리는데 피해자를 신문할 때는 기운이 팔팔 나서 설쳤다 합니다. 그래서 다른 노인들이 이 사람을 애국 선배라 불렀다는데요."

서장 주재의 수사회의에서는 좀 더 많은 정보와 견해들이 쏟아졌다.

"주범은 말솜씨가 기가 막혔다 합니다. 노인 셋이 주범을 만난 지 한 시간 만에 자신의 목숨쯤이야 그냥 버려도 좋다, 우리가 만들어 낸 대한민국에 죽기 전에 한 번 더 봉사하자, 그게 삶의 의미라 받아들이고 기쁨에 들떠 가스총을 준비했다 합니다."

"심지어 노땅자살클럽을 만들어 나라를 위해 의미 있는 일 몇 개 하고 자살하자고 결의까지 했을 정도라 합니다."

"그런데 도통 알 수 없는 게 범행의 목적입니다. 모르는 사람을 납치해서는 미리 모색해 둔 공사 중인 건물까지 데려갔음에도 돈 한 푼 요구하지 않았다는 건 이해할 수 없습니다."

"으음."

수사 계통에서 잔뼈가 굵은 서장은 모든 보고를 종합하자 직관적으로 이것이 고도의 지능적 범죄임을 깨달았다. 허 국장이라는 별명을 쓰는 주범은 어디선가 연구소의 미래 예측 보고서를 보고 심각한 우려를 했을 것이었다. 이에 그는 나이파 이한필베라는 괴상한 단어를 만들어서 대통령에게 보냈고 다음 단계로 노인들을 선동해 연구원을 납치한 것이었다.

"모든 게 과장되었어."

서장의 한마디에 직원들의 눈초리가 일제히 서장의 얼굴로 향했다.

"가스총은 의도된 장치였어. 그리고 고령의 노인들까지도. 주범이 나이는 들었으나 보통 치밀한 사람이 아니야. 피해자가 퇴근 후 회사 근처 스타벅스에서 혼자 커피를 마시는 습관이 있는 걸 파악한 다음 우연을 가장해 피해자와 부딪친 거야. 칭찬으로 피해자를 묶어놓은 후 굳이 전철역까지 태워주겠다며 차에 태워. 종범 셋이 모두 차에 타지만 주범은 차를 타지 않고 약속 장소인 건물에서 종범들과 만났어. 중요한 건 이들이 피해자를 만나 한 게 아무것도 없어. 그냥 울분을 토했을 뿐이지."

"울분을 토하는 게 범행의 목적일까요?"

"목적은 언론과 국민의 관심이야. 즉 뉴스란 말이지. 그 주목을 끌기 위해 일부러 가스총을 든 거야. 팔순 노인과 가스총. 이보다 흥미로운 뉴스거리가 어디 있겠어?"

14
인구 절벽

과연 처음에는 범행에 초점을 맞추던 언론들이 차차 인구 문제에 초점을 맞추기 시작했다. 신문은 대형 기획 기사를 내보냈고 방송은 토론회를 열어 인구 위기를 정면으로 마주했다. 인구 문제는 이제 사람들이 모이는 모든 곳에서 오고 가는 대화의 한가운데에 있었다. 이는 대학교 강의실에서도 다르지 않았다.

서울대학교의 원홍재 교수는 평소 할 말을 강하게 내뱉는 성향이니만큼 싫어하는 학생도 많았지만 그만큼 좋아하는 학생도 많아 가장 인기 있는 강의를 여러 개나 맡고 있었다. 그는 평소와 같이 강의를 진행하던 중 한 여학생의 질문을 받았다.

"교수님. 현대경제연구소에서 발표한 미래 예측에 대해 어떻게 생각하시나요? 정말 우리 대한민국이 나이지리아나 파키스탄보다 경제력이 떨어지는 사태가 올까요?"

"그 얘기군요. 저도 생각을 해봤습니다. 작년에 우리나라에 신생아가 26만 3천 명 정도 태어났어요. 여자아이는 12만 8천 명 정도 됩니다. 그러면 30년 후에 이 아이들 모두 결혼하고 아이를 한 명씩 낳으면 12만 8천 명 태어나는 거예요. 그런데 요즘 보면 사람들이 다 결혼하고 출산하고 그러던가요?"

교수의 질문에 학생들이 답했다. 인구 문제에 모두가 관심을 가진 만큼 많은 학생이 손을 들어 답했다.

"대략 결혼한 부부의 70프로 정도가 아이를 낳는다고 봐야 할 것 같습니다."

"얼추 그럴 겁니다. 그럼 나중에는 어떨까요? 잘 봐줘서 요즘 기준 그대로 간다고 해도 30년 후에는 9만 명 정도 태어나는 겁니다. 반면 중국은 어때요? 요즘 천만 명 이상 낳아요. 우리가 1년에 아홉 명 낳을 때 중국은 천 명 이상 낳는다는 말입니다. 어떤 미래가 올지 충분히 상상할 수 있죠."

교수의 말에 학생들 대다수가 침묵했다. 무거운 분위기가 이어지던 중 처음 질문을 했던 여학생이 다시 질문했다.

"스위스처럼 인구가 적어도 행복하게 살 수 있지 않을까요? 강소국으로 나가잔 얘기지요."

교수는 고개를 가로저었다.

"유럽의 소국들은 지정학적으로 무척 안전한 나라들이고 옆에 중국이나 일본, 러시아 같은 공룡이 없습니다. 한국은 인구가 이대로 줄면 중국에 흡수될 위험성이 커요. 생각해 보세요. 천 명 낳을 때 아홉 명 낳는데 산업이며 서비스며 국가안보며 어떻게 버티겠어요?"

"그럼 어떻게 해야 할까요?"

"아이를 낳아 인구를 보충할 수 있는 단계는 이미 다 지나갔어요. 솔직히 지금은 정말 어려운 상황이라고 봅니다. 뚜렷한 답이 없어요."

학생들은 가슴이 답답해지는 것을 느꼈다. 사실 이들 모두가 인구 문제가 심각하다는 것은 알고 있었지만, 교수가 수치를 들이밀며 설명하자 이전과는 다른 거대한 압박으로 다가오는 느낌이었다. 한 남학생이 일어나 물었다.

"젊은 사람들의 가치관 변화가 이런 사태를 낳았을까요?"

"어떻게 젊은 사람들을 원망할 수 있겠습니까? 거꾸로 기성세대의 책임이 커요. 애가 안 나오는 건 결혼을 안 하기 때문이고 결혼을 안 하는 건 첫째, 미래가 불안하기 때문이고 둘째, 남녀 갈등이 크고 셋째, 집을 갖기 힘들고 넷째, 키우기 힘들어서인데 이런 책임이 어느 세대에 있겠어요? 우리 한국은 한마디로 기성세대가 젊은 세대의 밥상을 다 빼앗아 먹었어요. 이런 집값에 이런 임대료에 젊은 세대가 숨이나 제대로 쉴 수 있나요?"

"부동산이 오르는 건 어쩔 수 없지 않을까요? 한국만의 현상도 아니고 전 세계적으로 다 오르고 있잖아요."

"그걸 얘기하는 게 아니에요. 이런 현실에 꼼짝 못 하는 약자인 젊은이들을 위한 대비가 전혀 없었다는 거지. 외국은 아무리 부동산이 올라도 젊은이들을 위한 각종 장치를 내놓잖아요."

"교수님. 그러면 왜 이렇게까지 어려운 상황이 되었을까요? 사태가 이렇게 되도록 방치한 정치에 책임을 물어야 할까요?"

교수는 쓰고 있던 안경을 잠시 벗고 눈을 비볐다. 그다지 원치 않는 쪽으로 이야기가 향하고 있었다. 하지만 학생들이 이렇게까지 관심을 가지고 질문해 오는 것을 대충 얼버무릴 수는 없었다.

"나는 평소 정치에 관해 논하는 걸 좋아하지 않아요. 내 의도와 상관없이 말이 와전되어 누군가의 공격을 꼭 받게 되어있으니까요. 하지만 인구 정책만큼은 너무도 중요하니 확실하게 말해두어야겠네요. 물론 나라의 방향을 정하는 게 정치이니 당연히 정치인들의 책임이 커요. 정치인들이 인기 끄는 일에만 호들갑을 떨고, 사람들이 크게 관심을 가지지 않았던 인구 정책에 나서는 사람이 없잖아요.

나라의 운명을 직접적으로 좌우하는 큰 문제인데도요."

"정치인 중에서도 대통령들이 가장 책임이 크겠지요?"

"물론입니다. 사태가 이에 이르도록 노무현, 이명박, 박근혜, 문재인에 이르기까지 대통령들이 티끌이라도 한 게 있나요?"

"현재의 윤석열 대통령은요?"

"마찬가지예요. 초고령저출산위원회 부위원장에 그냥 이름만 있는 정치인을 임명했던 것 자체가 얼마나 사태를 경시하는지 보여주잖아요? 인구 부총리직을 신설해 포항제철의 박태준 회장처럼 목숨 걸고 오직 한 길로 인구 문제 해결하겠다는 인물을 찾아 임명해야지요. 이건 포항제철 백 개 만드는 것보다 훨씬 중요한 일입니다. 이대로 가면 인구 부족으로 나라가 소멸해요. 대통령으로서 이보다 중요한 일이 어디 있어요?"

"그러나 대통령도 방법이 없지 않을까요? 청년들을 강제로 결혼시킬 수도 없고 설사 결혼을 한다고 하더라도 강제로 아이를 낳게 할 수도 없잖아요."

"방법 없다고 가만있으면 대통령이라고 할 수 없죠. 나라가 망해가는데 가만있겠다는 얘기잖아요. 어떻게든 방법을 찾아내야 하지 않을까요?"

"......"

"여러분들도 끊임없이 생각을 해보는 게 좋겠어요. 나보다는 여러분이 마주해야 할 미래니까요. 여러분처럼 계속해서 생각하고 질문한다면 어떤 방법이 생길 수도 있지 않겠어요? 그런 의미에서는 이번 납치 사건이 사회에 아주 중요한 숙제를 던져준 셈이지요."

15

범인은 어디에

세 명의 노인은 조사가 거듭될수록 약해졌다. 넘치던 처음의 그 결기는 주범 허 국장이 기재부와는 머리카락 하나만큼의 관련도 없다는 사실 하나로 어느 정도 김이 새버렸고, 자살클럽을 만들자며 혼을 빼놓았던 사람이 혼자 도주했다는 사실을 형사들이 지속적으로 상기시키자 결국 무너지고 말았다.

"그 사람이 잡히고 안 잡히고에 따라 영감들 형량이 크게 좌우돼."

형사들이 계속 쪼아대자 배신감에 절은 노인들은 허 국장의 신상을 아는 대로 털어놓았다. 하지만 노인들을 한 사람씩 분리해 신문했던 형사들은 별무소득에 입맛을 다시기만 했다.

"노인네들이 열심히는 털어놓는데 워낙 아는 게 없구

면.”

“처음부터 모든 걸 숨기거나 속인 할배야. 도움 되는 진술이라곤 하나도 없어.”

하지만 서장은 역시 달랐다.

“세 노인이 모두 공통으로 진술하는 게 허 국장이 늘 모자를 쓰고 장갑을 끼고 있었다는 거잖아.”

“그거야 추운 날씨니까 그렇지 않습니까?”

잠시 형사과장을 노려보던 서장은 한심하다는 듯 내뱉었다.

“이 사람들은 거의 실내에서 만났어.”

“아마 손이 화상을 입었다거나…….”

“한 손이라면 그럴 수도 있지만, 양손이 다 보이지 못할 정도로 화상 입은 사람은 드물지. 얼굴이나 다른 데는 멀쩡한데.”

“그렇군요. 죄송합니다.”

“허 국장이 늘 모자를 쓰고 장갑을 꼈다는 사실이 말해주는 건 뭘까? 여러분들 얘기해 봐.”

수사 회의에서는 이런저런 의견이 쏟아졌고 그중 하나의 가설은 나이였다.

“혹시 80대가 아닐 수도 있지 않을까요?”

“바로 그거야. 머리카락과 손은 나이를 짐작할 수 있는 신체 특징이야. 이 사람이 자신을 80대로 소개했지만, 사실은 그 나이가 안 되었을 가능성이 있어."

"그럼 같은 70대나 혹은 60대일까요? 다른 노인을 쉽게 다루기 위해 나이가 많다고 거짓말을 한 걸까요?"

"그럴 수도 있지만 사실 70대면 모자와 장갑을 동원할 필요가 없고 60대도 마찬가지야."

"그러면 서장님 생각은 그보다 더 나이가 적을 수 있다는 거네요."

"그래, 나이를 속이기 위해 언제나 장갑을 끼고 있을 정도라면 나이가 훨씬 더 적을 수도 있어. 만약 그렇다면 모든 CCTV가 다 무용지물이야. 이 사람 잡기는 글렀어. 노인들이 워낙 아는 게 없고 CCTV에 나온 모습은 다 거짓이니까."

과연 서장의 예감대로 주범의 흔적은 전혀 찾을 수 없었고 시간이 흘러도 나오는 실마리가 없었다. 대통령실이 지대한 관심을 두고 있는 사건이다 보니 서장은 날마다 등줄기가 후끈거렸지만 억지로 범인을 만들어 낼 수도 없는 일이어서 하루하루가 좌불안석이었다.

"죄송합니다. 범인이 워낙 지능적이라 아무 데도 흔적을 남기지 않았습니다. 검거에는 시간이 꽤 걸릴 것 같습니다."

"여보세요?"

"덕분에 나이파 이한필베의 난제를 풀었으니 내가 저녁 살게."

은하수는 큰 숙제를 해결해 준 형연을 그냥 넘길 수 없었기에 식사라도 대접하고자 전화했다.

"범인을 아직 못 잡은 것 같던데. 뉴스에 안 나오는 걸 보니."

"범인 잡는 건 수사기관이 할 일이고 그 주문이 뭔지 알아낸 걸로 내 임무는 끝이야. 네 덕분에 잘 끝낼 수 있었어."

"대통령에게 문자를 보낸 사람과 미래 예측 연구원을 납치한 사람이 동일인이야?"

"경찰에서는 그렇게 보고 있어."

"범인이 노린 건 대통령과 국민의 관심인가?"

"그래. 노이즈 마케팅이야."

"효과가 대단하겠는걸? 그런데 그 뒤 '저주의 예언이 이루어지도다.'란 뭐지? 누구의 어떤 예언이 이루어진다는 건가?"

"응. 우리나라 사람의 예언일 거라 생각하고 있어. 나이파 이한필베는 우리나라 인구 절벽을 예고하는 거니까."

"우리나라에 어떤 예언가들이 있지?"

"글쎄다. 나는 잘 모르지. 근데 동료 직원이 재밌는 얘기를 해준 게 있어. 탄허 스님이라는 분이 예언을 남겼는데

꽤 그럴듯하다는 의견들이 있거든. 나머지는 밥 먹으면서
얘기해 줄게."

16
보리산 가는 길

　형연이 이끈 광화문의 식당은 밖에서 보기에는 헌책방 같은 곳이었다.

　"격식 없고 소박해 보이지만 프랑스식, 이태리식, 다 되는 맛집이야."

　"하하, 의외로 미식가구나?"

　두 사람은 와인 잔을 계속 부딪쳤고 기분 좋게 취했다.

　"은하수, 아까 탄허 스님이라 했나?"

　"그래. 직원들이 조사한 바에 의하면 이분이 이런저런 일들을 꽤 잘 알아맞혔다고 하더라고? 예전에 기자들이 김영삼, 김대중, 김종필의 3김 중 누가 대통령이 되나 물으러 갔을 때 눈을 감고 한참 묵상하더니 민머리만 보인다고 했다는 거야."

　"민머리? 전두환?"

"당시 누구도 생각지 않았던 사람인데 결국 그가 대통령이 되었어."

"대통령 알아맞히는 정도는 좀 약하지 않나? 이렇게 저렇게 찍다 보면 어쩌다 맞는 운의 영역도 있는 것 같은데."

"뭐 사실 나는 예언을 믿지는 않으니까. 그냥 웃자고 하는 얘기 정도로 생각해. 그래도 신기하니까 한번 들어나 봐봐."

"그래. 방해해서 미안."

"1975년에 월악산 영봉 위로 뜬 달이 호수에 비치면 30년 뒤에 여자 임금이 나타나고 그 3, 4년 후 통일이 된다고 했어. 하지만 월악산 부근에는 호수가 전혀 없었거든. 그래서 사람들이 우습게 들었는데 놀랍게도 1985년에 충주호가 생긴 거야. 그리고 30년 가까이 지나 박근혜 대통령이 나왔으니 사람들이 경악한 거지. 그러나 통일이 되지는 않았으니 이 예언은 반은 맞고 반은 틀렸어. 연대에 조금 차이가 나는 건 차치하고라도."

"여자 임금이라는 건 당시에 생각도 못 했을 테니까. 이건 예언이라고 볼 수 있다면 있겠네."

"또, 40여 년 전 이분이 하셨던 일본 침몰 예언이 재미있어. 북극의 얼음이 녹아 일본이 바닷속으로 가라앉는다고 예언하셨는데 최근 유명한 브라질 예언가 주세리노 노브레가 역시 일본이 2040년 무렵 해수면 상승으로 인해 물

속으로 잠긴다 했어."

"탄허 스님이 나이파 이한필베와 연관될 만한 예언도 했나?"

"아니. 그건 계속 찾아봐야지. 네가 주문을 풀어낸 덕에 또 숙제가 생긴 느낌이야. 지시받은 일은 아니지만."

"네가 예언에 대해 이런저런 얘기를 하는 게 신기해. 그렇게 풍수를 비난하더니 예언은 또 괜찮은 건가?"

"말했잖아. 나 안 믿는다고. 가만, 근데 너 웬만한 예언에 대해서는 다 알고 있는 것 아니었어? 탄허 스님의 예언은 꽤 유명한 편 아닌가?"

"그렇지."

"뭐야, 다 알면서 모르는 척한 거야?"

"네가 하도 열심히 설명하길래 복습한다 생각했어."

"나 참. 놀리는 방법도 너답다."

대통령에게 보내진 문자를 추적하는 과정에서 형연과 함께했던 얼마 전과는 달리 제법 화기애애한 분위기 때문인지 은하수는 와인을 거듭 들이켰고 종내는 취하고 말았다. 그녀는 문득 형연이 이렇게 친절한 사람이었나 하는 생각이 들었다. 그와 보내고 있는 이 시간이 꽤 즐거웠다.

"그런데 토요일에 뭐 해?"

"보리산 오하산방에 가."

"왜?"

"오하산인이 일본에서 돌아오셨어. 중요한 일로 꼭 봐야 해."

"네가 일본 관계 일을 한다는 게 그거야?"

"그래."

"나도 가면 안 돼?"

"네가? 왜?"

"지질학자를 데리고 가볼 거야."

"무슨 소리야?"

"그 보리산 흙 색깔 말이야. 지긴지 지맥인지 때문에 흙 색깔이 하얬잖아."

"그건 『장경』에 나와있다고 확인되었잖아."

"나는 못 믿겠단 말이야. 거기만 동그랗게 흙이 하얗다 는 게 말이 돼? 온 산의 흙이 다 고동색인데 거기 혈맥인 지 혈터인지 하는 데만 하얀 게 말이 되냔 말이야."

"눈으로 봤으면서."

"아니, 나는 원리를 말하는 거야. 이번 토요일에 지질학 자를 데리고 가서 왜 그런 현상이 생겼는지 알아보고 싶 어."

"오하산인을 만나러 가는 자리에 지질학자를 데리고 간 다는 건 실례야. 노골적으로 의심한다는 얘기인데."

"그분이 누굴 속일 의도가 없다면 오히려 자신 있어 하 지 않을까?"

"토요일이면 약혼자 만나야 하는 거 아냐?"

"어차피 자주 안 만나는 사람이야. 프라이버시는 지켜주면 좋겠는걸? 그런 건 묻지 말고. 돼, 안 돼?"

은하수가 거듭 조르자 형연은 결국 고개를 끄덕였다. 취한 은하수의 억지를 못 이긴 부분도 있었겠지만, 그녀가 어떤 이유에서든 자꾸 자신이 하는 일에 끼어드는 게 싫지 않은 듯 보였다. 식당에서 나온 은하수는 형연에게 인사를 건넨 뒤 택시를 타고 떠났고 혼자 남은 형연은 그녀가 떠난 자리를 한참 바라보았다.

토요일이 되어 기어코 지질학자를 데리고 집 앞까지 찾아온 은하수의 모습에 형연은 실소를 지었다. 진리에 대한 열정인지 비과학에 대한 응징인지 어느 쪽이든 집착이 강한 건 예전과 전혀 다름이 없었다.

"오하산인을 뵙기 전에 먼저 혈터부터 가도 될까?"

"그게 좋겠어. 그분 면전에서 진짜니 가짜니 할 수는 없으니까."

혈터에 도착한 지질학자는 손으로 흙을 조금 집어서 손톱으로 까보기도 하는 등 한참 살피더니 은하수를 바라보며 고개를 가로저었다.

"뭘 칠한 건 아니에요. 여길 한번 파보면 좋긴 하겠는데 유리 뚜껑까지 덮어 소중히 모시는 걸 파자고 할 수도 없고."

"일부러 칠한 게 아니라면 흙 색이 이렇게 되는 원리는 뭐예요? 지열을 받은 걸까요?"

"일반적으로 하얀 흙은 응회암이나 화산재와 같은 화산 물질의 화학적 변질에 의해 생성되는 벤토나이트를 주성분으로 하거든요. 그런데 여기는 이 특정 부분만 하얘졌고 이 산은 화산과는 거리가 멀어 보이니 과학적으로 뭐라 말하기는 어렵네요."

"원리를 모르신다는 거네요. 그런데 지기가 이렇게 흙 색을 변화시켰다고 주장하는 사람들의 견해에 대해서는 어떻게 생각하세요?"

"지기라는 건 과학 장비로 측정이 안 되니 과학자로서 쉽사리 인정하기는 힘듭니다."

"결론적으로 조작은 아니나 원리는 알 수 없다는 거죠?"

"그렇게밖에 얘기할 수 없군요."

"하, 그 말만큼은 정말 듣기 싫었어요."

말과는 달리 은하수는 지질학자의 대답을 듣고 나서도 기분이 나쁘지 않았다. 오히려 어째서인지 지질학자의 대답을 듣고는 마음이 편해지는 부분도 있었다. 하지만 그녀는 조금씩 달라지고 있는 자신의 모습을 형연에게 들키기 싫어 살짝 짜증을 부렸다. 형연은 그런 은하수를 부드럽게 달랜 뒤 오하산방을 가리켰다.

"자, 이제 그만 가자. 기다리고 계시니."

"좋아. 그러자."

은하수는 지난번 방문에서 아름드리 원목들이 천장을 가로지른 오하산방의 단순하면서도 평안한 분위기에 마음이 편해졌던 걸 떠올리며 기분 좋게 대답했다.

"설마 오하산인 앞에서 흙에 색을 칠했느니 하는 얘기를 하지는 않겠지?"

"눈치 봐서."

세 사람은 다 같이 웃었다.

17
다이이치의 편액

오하산인은 뜻밖에도 수수한 사람이었다. 그는 풀이나 나무 같은 것을 태워 향을 피우고 차를 냈다.

"침향이 차 맛을 더욱 그윽하게 합니다."

은하수는 오하산인의 편안함에 숨기지 않고 지질학자를 데리고 온 이유를 말했다.

"실례가 될지 모르지만 저는 혈터라는 걸 처음 보았기 때문에 과학적 원리를 알고 싶었어요."

"잘하셨어요."

오하산인이 선선히 웃어주자 마음 졸이던 은하수는 편해졌다.

"문헌을 좀 찾아보니 보리산이 예로부터 기운이 센 영산이란 소문이 있던데요. 여기 가평을 십승지로 보기도 하고요."

"혈터가 여기 보리산에 아홉 곳이나 있으니 예사로운 일은 아니지요."

"이 보리산 덕분에 한컴그룹이 세계로 뻗어가는 것일까요?"

하얀 흙이 못내 의심스러워 오하산인을 조사하다 그가 한컴그룹 회장이라는 사실에 놀란 은하수의 입에서 불쑥 나온 말이었다. 오하산인은 그런 은하수를 바라보며 선선히 웃었다. 어떤 생각을 하는지 이해한다는 표정이었다.

"오히려 그 반대예요. 땅을 소유한 사람은 그 땅으로 득볼 생각을 하는 게 아니라 그 땅에게 득이 되도록 생각해야 맞아요."

처음 들어보는 생소한 말이 풍수가이자 기업 회장의 입에서 나왔다는 사실에 은하수는 묘한 표정을 떠올렸다.

"땅이 주인에게 어떤 도움이 되느냐가 풍수의 초점인 줄 알았는데 거꾸로 땅 주인이 땅에 도움이 될 걸 생각하시니 놀랍네요."

"땅을 소유해서 주인인 것이 아니라 땅을 그 땅의 성질에 맞게 관리하는 사람이 주인인 거예요. 영산 보리산에 이 나라 최고의 생태계를 조성해 후손에 남긴다면 나의 소명을 다하는 것일 테지요."

처음 지맥이니 혈터니 하는 데 대한 반감을 느꼈던 은하수였지만 오하산인의 이야기를 계속 들으면서 거부감이 서서히 없어지는 걸 느꼈다. 그리고 동시에 자신이 사회적 지위나 명성에 따라 상대방을 판단하는 속물은 아닌가 하는 생각에 약간의 반성도 일었다.

"그런데 이 서까래 굉장해요."

은하수가 지질학자를 데리고 온 미안함과 조금 전 느꼈던 답답함을 일소하려는 듯 화제를 돌리자 오하산인은 미미하게 고개를 끄덕이며 내력을 설명했다.

"오래전 어느 한옥을 철거할 때 사둔 것이에요. 보통 좋은 서까래는 절에 있는데 이 고택은 아주 굉장했어요. 어떤 힘에 이끌리듯 했으니 이런 서까래는 신물입니다."

"나무나 돌 같은 것에도 영혼이 있다 믿으시는 거예요?"

"오대산 월정사 천정을 가로지르는 서까래는 누구라도 신물인 걸 느끼지요."

"풍수를 안 믿는 사람도요?"

"누구에게나 느껴져요."

은하수와 어느 정도 응대를 하고 난 오하산인은 형연을 바라보며 눈을 빛냈다. 시원하고 후련한 표정이었으나 한편으로는 미궁 속에서 첫 단서를 찾아낸 사람처럼 의욕 또한 활활 타오르는 얼굴이었다.

"형연, 마침내 찾아냈어요, 그걸."

순간 두 사람은 누가 먼저랄 것도 없이 두 손을 맞잡았다. 무엇을 찾았다는 것인지 평생의 숙원을 성취한 사람들처럼 마주 보며 기쁨을 나누었다.

"어디서 어떻게 찾으셨어요?"

"오쿠라 컬렉션 회수 건으로 오래전부터 알고 있는 기미히토 법사의 소개를 받아 어느 집에 섬돌 하나 사러 갔었지요. 길이가 아홉 척이나 되는 긴 섬돌인데 의금부에서 떼어냈다더군요. 척 보니 억울한 사람들의 수백 년 하소연을 들어주던 신물이에요. 앞면에는 연꽃, 옆면에 연잎을 섬세하게 선각한 게 과거 어전 앞 노둣돌에서 보던 무늬와 기가 막히게 닮아있어 값 따지지 않고 얼른 잡아버렸어요."

은하수는 인공위성 사업까지 한다는 이 오하산인이 무지몽매하여 신물이니 뭐니 하는 걸 일본까지 가 돈 들여 사 오는 건 아닐 거라는 생각이 들었다.

"술법사나 풍수사들이 엄청 좋아할 만한 물건이네요?"

은하수는 속으로 다소 놀랐다. 입에 올리는 것조차 싫어하던 이상한 단어들이 자신의 입에서 자연스럽게 나가고 있는 게 아닌가.

"일본인들이 수백 년 된 섬돌, 노둣돌, 복조리, 솟대 같은 신물을 열심히 모은 데는 무라야마라는 풍수사가 배후에 있어요. 이 무라야마는 명성황후 시해 당시 무수리들이 입었던 저고리까지 찾아내라 지시했으니까요. 그런데 기미히토 법사가 이 집에 가서 섬돌을 사라 하신 데는 다른 이유가 있었어요. 알고 보니 그 집이 이케다의 손자가 사는 집이었어요."

"오오!"

형연의 입에서 탄성이 새어 나오는 걸 본 은하수가 얼른 물었다.

"이케다는 어떤 사람인가요?"

"조선총독부에 근무하던 사람인데 무라야마가 조선에 거대한 저주 풍수를 펼치는 데 핵심적 역할을 했었지요."

풍수를 전혀 믿지 않는 은하수였지만 이 예사롭지 않은 말에는 큰 흥미가 일었다.

"거대한 저주 풍수가 뭐였는데요?"

풍수에 남다른 깊이와 집착을 가진 오하산인은 은하수를 위해 자세한 설명을 해주었다.

"일본 제국주의에 앞장을 서 큰 재산을 모았던 김용달이란 분이 있어요. 다행히도 이분이 돌아가시기 전 크게 잘못을 뉘우치고 중요한 고백을 했는데, 무라야마가 앞장서고 이케다가 뒤를 밀어 조선에 영원히 벗어나지 못할 저주를 걸었다는 겁니다. 하지만 그 내용은 모르고 다만 묵지 위에 쓰인 여덟 자의 검붉은 글씨가 그 저주 풍수의 단서라 했어요. 그리고 그 여덟 글자를 쓴 사람은 무라야마의 스승 다이이치라 했지요. 그 사실을 알게 되자마자 일본 전역을 뒤졌는데 10년이 넘도록 성과가 없었어요. 그런데 이번에 기미히토 법사가 이케다의 후손이 사는 곳을 일러주신 거죠. 섬돌 매매를 구실로 그 집을 방문할 수 있도록 하셨고요."

"그 집에 초대형 저주와 연관된 뭔가가 있었나요?"

"마당에 들어서서 보니 이 집이 양택풍수 그 자체예요. 놀랍게도 무라야마의 스승인 다이이치가 설계한 집이라는데 정원의 돌멩이 하나까지 정통 풍수에 어긋나는 게 없었어요."

"일본은 풍수를 전혀 받아들이지 않은 줄 알았는데요."

"다이이치는 일본 풍수를 만든 사람입니다. 그는 좌도밀교의 대가로 저주 풍수에 아주 능한 사람이었지요. 무라야마는 그의 제자인데 조선에 온 후 총독부 촉탁으로『조선의 풍수』라는 책을 썼지만 실제로는 다이이치의 명을 받아 초대형 저주 풍수를 시현하는 게 그가 조선에 온 목적이었어요."

"그 저주가 무엇인지 너무도 궁금합니다."

은하수는 본능적으로 어쩌면 이 저주의 풍수와 대통령에게 보내진 저주의 예언이 관계가 있을지도 모른다 생각했다. 둘 다 한국의 운명이 가라앉는 걸 내용과 목적으로 하는 것이 아닌가.

오하산인은 책상에서 종이를 한 장 꺼내 형연의 눈앞에 펼쳤다.

"바로 이것입니다."

형연의 눈길이 전광석화 같은 속도로 종이 위의 귀기 가득한 여덟 글자에 쏘아졌다. 마치 글자를 빨아들이듯 한 자 한 자 더듬어 나가는 그의 눈빛은 날카로움을 넘어 살기마저 띤 듯했다. 은하수는 이제까지 한 번도 보지 못했던 형연의 표정을 대하자 그가 전연 다른 사람처럼 느껴졌다. 언젠가 도서관에서 갑골문이라는 알지도 못할 한자를 죽도록 파고들 때 느꼈던 불안함과 낯섦이 이 글자들을 대하는 형연의 표정에서 되살아나고 있었다.

오하산인은 아쉬움이 진하게 밴 목소리로 당시의 상황을 설명했다.

"묵지에 암적색 글씨 여덟 자가 살아있는 걸 본 순간 무조건 한국으로 가져와야 한다는 생각이 온몸을 엄습했어요. 달라는 대로 줄 테니 팔라고 수십 번이나 회유하고 유혹했지만 죽는 한이 있어도 팔지 않는다고 하더군요. 왜 그런가 했더니 반드시 지켜야 할 유언이라 해요."

"그 유언이란 필시 글자에 다이이치의 주문이 걸린 걸 알고 있는 사람이 남겼겠네요."

"네, 바로 조선총독부의 이케다예요. 동시에 이 여덟 글자가 이 나라에 내린 저주를 풀 수 있는 열쇠라는 얘기도 되는 거지요."

"그렇군요."

"후손의 고집이 하도 완강해 어쩌나 싶었는데 다행히 사진을 찍어 종이에 인쇄하기까지는 해냈어요. 거기까지만도 웬만한 국보급 보물을 구입하는 돈을 주었어요. 그것도 사정사정해 가며."

"아!"

"이렇게 기계로 인쇄했음에도 귀기가 잔뜩 뱄으니 실제 묵지에 암적색 글씨로 쓰인 편액의 느낌이 어떨지는 짐작할 수 있을 거예요."

　

- 회신령집만축고선淮新嶺縶萬縮高鮮 -

　

과연 여덟 글자는 밝은 빛 아래서도 사람이 아닌 귀신이 쓴 것처럼 그늘이 져있고 축축한 느낌을 주었다.

"놀랍네요. 글씨를 보는 자체만으로도 음산하고 눅눅한 기분이 들어요. 왜 이럴까요? 어떻게 글씨 하나로 이런 느낌을 가지게 할 수 있죠?"

한참이나 글씨에 머물러 있던 은하수의 시선이 아래쪽의 정관에 가서 머물렀다. 대정. 바로 다이이치였다.

"그 순간부터 지금에 이르기까지 뜻을 생각해 보았지만 전혀 해석을 할 수 없었어요. 형연을 한시바삐 만나고 싶었던 건 갑골문 해석까지 하는 그 실력에 기대를 거는 수밖에 달리 방법이 없었으니까요."

오하산인은 한 자씩 짚어가며 갈래를 잡았다.

"회신淮新 다음이 산봉우리 령嶺이니까 해석하자면 회신령에 그다음 글자는 잡을 집……."

"맬 집縶입니다. 잡을 집執 밑에 실 사絲가 있어 잡아맨다는 뜻이 되지요."

"아!"

"잘 안 쓰는 글자이긴 합니다."

"그럼 여기까지의 뜻은 회신령 고개에 잡아맨다는 뜻인가요?"

"일단 그렇게 보입니다."

"그다음은 숫자 만萬이니 회신령에 만을 잡아맨다로 해석하는 게 맞지요? 만이 무엇인가는 차치하더라도."

"사람, 혹은 사물일 수도 있겠어요."

"일단 사람이라 하지요. 해석상 편의를 위해. 그럼 회신령에 만 명을 잡아매 두면, 그다음은 뭐라 해석하지요?"

"어렵군요."

형연은 오하산인이 말하는 중에도 골몰히 생각에 잠겨 있었다.

"만 명은 아마도 군사를 말하는 거겠지요? 평민을 만 명이나 고개에 집결시킬 이유는 없을 테니. 어딘지 군사 작전 같은 느낌의 문장 같은데요."

형연은 의미를 알 수 없는 고갯짓으로 대답을 대신했다.

"회신령에 군사 만 명을 매어두고 축고선縮高鮮을 한다, 축은 줄인다는 뜻일 테고 한자의 어순으로 보아 이 축 뒤에 나오는 두 글자는 목적어가 되지 않을까요?"

"그건 확실해 보입니다."

형연은 고개를 끄덕이며 동조했다. 뒤의 두 글자 고선高鮮이 목적어가 되는 게 통상적인 한자의 문법이었다.

"그리고 고선은 고려와 조선을 말하는 것 같습니다."

오하산인 또한 겸손과는 달리 문장구조를 제대로 파악하고 있었는지 바로 응답했다.

"그렇겠지요? 그렇게 보면 이 편액이 저주를 담은 주문인 건 확실해요. 고려와 조선을 줄인다는 거니 이 축이란 글자는 분명 글 쓴 사람의 의지가 담긴 글자예요. 저주의 의지지요."

그 자신이 비보풍수의 대가인 오하산인은 글자의 성격을 본능적으로 파악하고 있었다.

"그런데 회신령에 만 명을 잡아맨다는 게 뭔지는 짐작조차 할 수가 없어요. 한문의 대가들도 마찬가지였고요."

한동안 시간을 들인 형연이 결론 내듯 말했다.

"뒤의 세 글자는 달리 해석할 여지가 없는데, 문제는 앞의 다섯 글자입니다. 회신령에 만 명을 잡아맨다. 회신령은 어디이고 만 명은 무엇인지 시간을 갖고 잘 생각해 봐야 할 일입니다."

18
갑골문의 발음

오하산방을 다녀온 이후 은하수는 생각이 약간 달라졌다. 그간 풍수니 뭐니 하는 얘기만 들어도 비위가 상할 정도로 강한 거부감을 가지고 있었지만 자신이 알지 못하는 세계에서 살고 있는 사람들의 삶은 의외로 치열했다.

잃어버린 신물이 나왔다는 얘기만 들으면 바로 일본으로 건너가 값을 따지지 않고 사들여 오는 오하산인이나 현대의 삶과는 아무 상관도 없는 갑골문을 무섭도록 파고들던 형연을 비과학이라는 단순한 잣대로 치부할 것이 아니란 생각이 드는 것이었다. 오히려 모든 열정과 시간을 눈에 보이는 일에만 쏟는 데다가 그 모든 것이 오로지 개인적, 이기적 방향을 향하고 있는 자신이 좀 부끄럽다는 생각을 하며 은하수는 형연에게 전화를 걸었다.

"해답이 나왔어?"

"표면적 의미는 짐작이 가는데 문장의 심원한 의미가 무엇일지 생각 중이야."

"참 너는 어렵게도 말한다. 쉽게 얘기할 수 없을까? 이 심원한 부탁을 표면적으로라도 들어줄 수 있을지도 생각 좀 해줄래?"

은하수의 능청에도 형연은 계속 설명을 이어나갔다.

"고선은 분명 고려와 조선을 말하는 거야. 그때가 일제 강점기인 걸 감안하면."

"그때 그랬잖아. 그런데 '회신령에 만 명을 잡아맨다'가 문제였지. 그 만 명이란 군사야? 회신령에 군사 만 명을 주둔시키면 고려와 조선이 축소된다야?"

"그 비슷한 의미일 텐데 문제는 회신령이 어디인지, 만 명이 과연 군사인가, 아니 그 전에 사람인가 아니면 사물인가를 가려야 하는데 쉽지가 않아."

"회신령이 어디야? 틀림없이 고개를 말하는 거지? 산봉우리이거나."

"그럴 것 같긴 한데."

"우리나라에 회신령이란 고개가 있나? 그리고 무슨 고개에 사람을 만 명이나 잡아매?"

"풍수에서는 사물을 의인화하기도 해. 만 명이란 게 꼭 군사나 사람이 아니어도 된다는 거지."

"가령 나무나 돌 같은 것일 수도 있다는 거지?"

"그래."

"그럼 회신령에 나무 만 그루를 심거나 돌멩이 만 개를 쌓는다는 거야? 그게 더 풍수적이네."

"그런 식으로도 해석해 볼 수 있겠어."

"회신령에 나무 만 그루를 심어 고려와 조선을 축소시킨다? 회신령이 어딘지가 아연 중요해지네. 글을 쓴 사람이 희대의 풍수사이니 갑자기 기분이 이상해지는데."

"다이이치는 신화적 인물이라 따르지 않는 사람이 없었어. 이것이 조선에 건 주문이라면 조선총독부에서도 그 내용을 알았을 거야. 어쩌면 총독부가 앞장서서 이 주문을 실행했을 가능성도 있고. 무엇보다 김용달의 고백으로 미루어 볼 때 현재 진행형 같아."

"지금에 이르기까지 이 주문이 위력을 발휘한다는 뜻이야? 그건 너무 심하잖아. 아무리 대가라 해도 백 년 전에 건 주문이 아직까지 유효하겠어?"

"총독부가 이 주문을 실행했고 아직 아무도 다이이치의 여덟 글자를 풀지 못했으니 주문이 아직 살아있다 볼 수밖에 없어. 우리가 모르는 새 어딘가에서 숨 쉬고 있을 거야."

"내 눈에는 풍수니 주문이니 하는 게 허황되기 짝이 없지만 너는 죽도록 이 숙제 아닌 숙제에 도전하겠지. 돈 한 푼 안 나오는 케케묵은 갑골문까지 연구하는 참이니."

형연은 후후 웃더니 경쾌한 휘파람 소리를 냈다.

"잠깐 환기할까?"

"응?"

"갑골문 연구는 아주 중요한 거야."

"알아, 한자는 본래 은나라 사람들이 만들었으니 은자殷字라 해야 한다. 그리고 이 은나라 사람들은 동이족이다. 한국인은 동이족의 후예이니 한자는 실상 우리 글자이다. 그런 거잖아. 나름대로 일리 있는 주장이긴 하나 그렇다고 지금 와서 한자가 우리 거라고 주장하는 건 좀 억지가 아닐까?"

"더 놀라운 사실이 있어."

"뭔데?"

"바다를 한자로 뭐라 그러지?"

"해海. 바다 해잖아."

"중국어로 뭐라 발음하지?"

"글쎄, 하이인가? 베이징에 있는 중남해를 중난하이라 하잖아."

"맞아. 하이야. 그런데 이 해라는 글자가 만들어진 은나라 당시에도 하이라 발음했을까?"

"글쎄."

"중국어는 시대마다 발음이 달라. 여하튼 이 해라는 글자가 만들어진 은나라 때는 뭐라고 발음되었는가 하면."

형연은 잠시 말을 끊었다. 은하수는 그런 일에 별 관심이 없다는 걸 나타내기 위해 구태여 한마디 했다.

"하이가 아니라면…… 혹시 헬로우라고 했나?"

"그건 아냐."

"하하, 좀 받아주지 민망하네. 그럼?"

"바다."

"바다를 뭐라 했냐니까?"

"해를 바다라 발음했어. 은나라 때는."

"뭐? 그게 정말이야? 그게 말이 되는 소릴이야? 해를 은나라 때 바다라 발음했다고?"

"그랬어."

"믿지 못하겠어. 도대체 누가 그런 황당한 소릴 해?"

"그럼 넌 뭐라 발음했다고 생각해?"

"그거야 모르지. 처음부터 하이였거나 아니면 뭔가 다른 발음이 있었겠지. 그런데 바다는 아니었을 거야. 그런데 누가 무슨 근거로 그런 주장을 하는 거야?"

형연은 대답 대신 질문을 한 번 더 했다.

"바람을 한자로 뭐라 그러지?"

"풍. 바람 풍風이잖아."

"지금 중국인들은 훵이라 발음해. 그런데 은나라 때는 풍을 뭐라 발음했을까?"

"글쎄, 설마?"

"바람이라 발음했어."

"……."

은하수는 화도 나지 않았다. 풍수나 예언에 대해 운운할 때는 형연이 워낙 엉뚱한 친구라 장단을 맞춰주었지만 이건 해도 너무한다 싶었다.

"이건 네 주장이야?"

"아니, 한자 발음에 가장 정통한 학자들의 연구 결과야."

"어디서 연구한 거야?"

"프린스턴대학교."

"미국의 명문 프린스턴대학교를 말하는 거야? 거기서 왜 그런 연구를 해?"

"한자 발음을 연구하는 사람들이 중국에만 있는 건 아니야. 스웨덴의 칼그렌 교수나 미국의 토마스 교수 같은 사람들이 오히려 권위자야. 물론 우리나라에도 있지. 유창균 교수는 세계적으로 가장 인정받는 분이야."

"그런데 한자 발음이 프린스턴대학교와 무슨 연관이 있어?"

"이 프린스턴대학교에서 2년간 한자 음운 석학들과 함께 시대별로 달랐던 한자 발음 연구를 했어. 바람 풍을 예로 들면 현대 북경음은 횡이지만 그 전 당나라, 수나라 때는 비융, 한나라, 진나라, 주나라 때는 브람이야. 맨 처음 상나라 때는 수많은 학자들이 연구를 거듭했으나 어떻게 발음했는지 밝혀낼 수 없었어. 그런데 상나라 직후의 주나라가 브람이라 발음했으니 그것과 유사하지 않겠어?"

"바람이라 추측하는 거야?"

"다른 글자의 발음 변화 규칙으로 보았을 때 확실히 바람이야."

은하수는 처음 듣는 놀라운 얘기에 고개를 갸웃거렸으나 이미 주나라 때 발음이 브람이었다면 이 브람은 바람과 너무 닮아있어 마냥 부정하기는 어렵다는 생각이 들었다. 게다가 갑골문을 동이족이 만들었다면 그 발음이 동이족의 것에 가까울 수밖에 없다는 생각도 드는 것이었다.

"동이족이란 게 부여, 고구려, 백제 같은 거지?"

"그래."

"그러니 지금 우리는 뜻은 바람이고 읽기는 풍이라 읽지만, 은나라 때는 바람이 뜻이면서 동시에 발음이었다는 거네."

"맞아."

미심쩍게 듣던 은하수는 핸드폰을 꺼내 검색을 해보았다. 곧 그녀는 경악하지 않을 수 없었다. 세계적 석학들이 시대별 한자 발음을 정리한 사전에는 분명 은나라에 가까워질수록 한자의 발음이 우리말과 같아지고 있다는 내용이 있었다.

"유창균 교수가 갑골음에 있어 중국의 석학들을 따돌리

고 세계 최고 권위자로 인정받게 된 건 그가 바로 한국인
이기 때문이야. 한국말 그대로 하면 갑골음이 되니까 연구
에 크게 도움 될 수밖에."

"다른 예는 없니?"

"너무도 예가 많아 네가 한번 깊이 들여다보는 게 좋겠
어. 이미 세계의 많은 학자들이 한자의 발음을 현대 북경
어에서부터 청대, 명대, 송대, 당대, 한대, 진대, 주대에 이
르기까지 정연하게 정리해 두었어. 비록 은대의 발음이 정
확한 근거가 없기는 하지만 충분히 유추할 수 있는 정도
야."

"상식적으로는 은이 시간적으로 주와 진에 가까우니 발
음도 현대 중국어보다는 그 시대에 가깝겠지."

은하수는 동의하며 고개를 끄덕였다. 늘 허황된 것만 같
은 형연의 말은 항상 따라가다 보면 튼튼한 근거와 논리가
이어져 있었다.

"위로 올라갈수록 한자 발음은 지금의 중국어와는 점점
멀어지고 우리말과 가까워지는 걸 발음 사전을 보면 금방
알아. 가령 천자문에서 하늘 천 따 지라 읽지. 땅을 지라
읽으라는 거잖아. 하지만 한대 이전에는 이 지라는 발음은
없고 땅을 따라고만 읽었어. 여기에 은대의 발음 규칙을
적용하면 땅이지. 너는 단번에 고시 합격할 정도로 똑똑하
니 정리해 둔 것을 대충 보면 금방 알 거야."

"지금 고시 공부만 했다고 비꼬는 거니?"

"전혀."

"그런데 나는 왜 네가 비꼬는 것 같지?"

"그렇지 않아."

"솔직히 갑골문을 한국인의 조상인 동이족이 만들었다거나 한자의 본래 발음이 우리말이라는 네 말이 무척 부담스러워. 그냥 한자는 중국 거라 인정하면 마음이 편한데. 내가 잘못된 걸까?"

"글쎄. 나는 언젠가 어느 순간부터 우리 한국인은 작아져야 마음이 편하게 되었을 거라는 생각을 한 적이 있어. 과거의 빼앗긴 역사를 알고 나면 뭔가를 해야 하는데 그 상대가 중국이나 일본 같은 강대국들이니 피하고 싶은 잠재의식도 있겠지."

은하수는 형연이 긴 이야기로 우회하여 자신을 꾸짖고 있다고 생각했다. 왜 너는 우리의 역사에 관심이 없냐고. 의미를 상실한 현대인들처럼 이기적인 삶만을 추구하냐고.

"나는 이 편하고 재미있는 세상에 그런 거 생각하는 자체가 싫어. 너는 왜 그런 데 관심을 가지는 거야? 그냥 경제나 잘 꾸리고 일상에 충실하면 행복하지 않을까?"

"마주하든 않든 역사는 이미 우리 안에 들어와 우리를 형성하고 있어. 그러니 올바른 역사를 밝히는 건 바로 내가 누구인지를 찾아가는 거야."

"역사를 모르면 나 자신도 모른다? 나는 그렇게 생각하고 싶지는 않아. 멀리 이민 가서도 얼마든지 잘 살 수 있다고 생각하지."

"존재란 시간이 쌓여 형성되는 거야. 종적 개념이지. 여기저기 횡적으로 좋은 것만 짜깁기해서는 정체성이 없어. 스스로를 깊숙이 돌아보면 반드시 역사를 마주치게 돼. 그러나 마주칠 때마다 보이는 건 중국과 일본에 의해 형편없이 구부러지고 축소된 모습이지. 싫을 수밖에 없어. 외면하고 싶은 게 당연해."

"바로 나처럼?"

은하수가 스스로 비웃는 듯한 한마디를 던지고 입을 다물자 형연은 화제를 돌렸다.

"환기하자고 한 이야기인데 많이 빗나가 버렸다. 돌멩이 만 개 얘기에서."

"아니, 의미 있었어. 네 말대로 나는 작아져야 마음이 편한가 봐. 역사가 싫어서 외면하고 물질적인 가치만 따져서 짜깁기한 작은 사람. 너한테 한참 혼나니까 이제야 내가 어떤 사람인지 알겠네."

"너를 비난하려고 했던 건 아냐. 너의 길에도 충분히 큰 의미가 있어. 단지 나는 누구에게든 역사의 중요성을 말할 수밖에 없어."

"알았다고요. 중요한 역사나 더 얘기해 보자. 축고선, 고려와 조선을 줄인다. 총독부의 이케다는 과연 어떤 방법으로 이 축고선을 실현했을까?"

"네가 꼭 내게 동의하거나 공감할 이유는 없어. 나는 나의 길이 있고 너는 너의 길이 있으니까."

"알았다니까! 왜 자꾸 쓸데없는 말을 하는데?"

한껏 짜증을 낸 뒤 전화를 끊어버린 은하수는 형연과 조금 가까워지나 싶다가도 또 옛날처럼 어긋나기만 하는 것을 느꼈다. 이렇게까지 화낼 일이 아니었는데도 형연은 항상 은하수의 깊은 곳을 아프게 찔러왔다.

19
은하수의 고뇌

　은하수는 한없이 기분이 가라앉는 자신을 느꼈다. 그간 고시에 합격하고 승승장구의 길을 걸어왔다 자부했고 미래에 대한 자신감도 넘쳤지만 방금 나눈 대화는 자신의 빈 구석을 날카롭게 찔러왔다. 그녀를 위로하려는 형연에게 짜증이나 내고 대화를 끝낼 수밖에 없었던 자신의 부실함이 견딜 수 없을 정도로 아프게 내면을 흔들었다. 솔직히 말한다면 법학, 경제학, 행정학 등 세상을 구축하는 공부에 통달하고 단번에 고시 합격까지 이루어 낸 자신이 괴짜에 불과했던 형연에게 뒤진다는 감정을 느낀다는 건 상상조차 하지 못했던 일이었다. 종일 머릿속이 텅 빈 듯한 느낌으로부터 헤어날 수 없었던 은하수는 갑골문이니 역사니 하는 것들은 자신의 미래나 행복과 아무 상관도 없는 주제들이라 스스로 강변하며 머리를 세차게 흔들었다.

"혁진 씨, 저녁에 시간 좀 내요."

은하수는 약혼자 혁진을 이름난 이태리 식당으로 불러 냈다. 평소와 달리 와인 잔을 자주 비우는 은하수를 보자 혁진은 얼굴에 미소를 머금었다.

"오늘 무슨 일 있어? 요즘 술을 거의 안 하더니."

은하수는 고개를 가로저었다.

"분명 무슨 일이 있는 게 틀림없어. 지난 몇 년 중 오늘 같은 표정은 처음이거든."

"표정이 어떤데?"

"우울하달까, 자신감을 잃었달까, 언제나 자신감이 넘쳤 잖아."

은하수는 뭐라 말하려다 포기한 채 잠자코 고개를 끄덕 였다.

"무슨 일이야? 내가 해결할게."

두 사람이 약혼한 지 벌써 3년이 지났지만 결혼은 이런 저런 이유로 미루어지고 있었다. 혁진은 만날 적마다 끊임 없이 은하수에게 사랑을 고백했고 은하수 또한 깔끔한 외 모에 쾌활하고 똑똑한 성형외과 의사 혁진이 싫지 않아 순 조롭게 약혼까지 흘렀으나 왜인지 그다음은 잘 나가지지 않고 있었다.

"형연이라는 대학 동기가 있거든요."

은하수의 입에서 남자의 이름이 나오자 혁진은 예민한

표정을 보였다. 그가 싫어하는 것을 아는 은하수가 지금껏 배려해 온 부분이었지만 이날만큼은 개의치 않고 담담히 형연의 이야기를 이어나갔고 눈을 가늘게 뜬 채 듣던 혁진은 그녀의 이야기가 끝나자 한껏 깔보는 언사부터 꺼내놓았다.

"법학과를 나온 친구가 그 나이에 뚜렷한 직업도 없이 인문학이니, 풍수니 하고 돌아치면 그 자체로 꼬인 인생이네."

은하수는 웃었다. 별로 웃기는 말은 아니었지만 어딘가 시원한 데다 동조하는 모습을 보이고 싶었다. 그녀는 형연의 말을 흉보듯 옮겼다.

"자기는 법학이 철학의 좀 더 엄중한 단계라 생각했대. 철학이 옳고 그름을 따지고 그치는 것에서 더 나아가 법학은 옳지 못하다는 판단이 서면 처벌까지 다루니 철학을 깊이 공부하기 위해 법학을 택했대."

"그럼 철학이나 해야지, 풍수는 무슨 풍수야? 풍수 그거 죄 거짓말이잖아?"

"그 친구가 딱히 풍수를 믿는 건 아니에요. 원뜻은 일본의 풍수사가 우리나라를 상대로 거대한 주문을 걸어놓았다 생각하는 게⋯⋯."

혁진은 말을 잘랐다.

"하하하하! 백두대간에 쇠말뚝 박았다는 거? 그거 미친

놈 아냐?"

"그런 것보다 더 큰 걸로 생각하나 봐."

"그런데 도대체 그런 이상한 친구 때문에 의기소침할 필
요가 뭐 있어? 그 친구가 하는 건 애국이 아니야. 사회에
제대로 뿌리를 내리지 못한 패배자의 몸짓일 뿐이야. 사람
들에게 제발 좀 봐달라는 거지. 그런 것에 넘어가면 안 돼.
그 친구는 잘 알아. 본인 스스로 본인을 기만하고 있다는
걸."

"······."

"애국은 당연히 대통령실에 근무하는 은하수가 제대로
하는 거야."

"그런 생각이 들지는 않지만, 여하튼 이제 화제를 돌리
기로 해요."

그날 밤 은하수는 술을 꽤 많이 마셨다. 자신보다 나이
가 많아 거의 사십 줄에 들어선 혁진이 늘어놓은 의대 동
창생들의 돈 긁어모으는 얘기, 자신이 어느 집안의 누구를
고쳐주었고 앞으로 어떻게 병원을 확장해 나가겠다는 창
창한 미래의 청사진들, 친구들이 잘나가는 집안과 결혼한
얘기 등을 한참 들었고 혁진의 강요에 못 이겨 자신도 대
통령실의 이것저것을 말했으나 집으로 돌아오는 동안 마
음이 편하지 않았다. 딱히 뭐라 집어 얘기할 수는 없지만,
자신의 인생에 무언가 결여된 느낌, 알 수 없는 허전함이

아직도 사라지지 않은 채 머리 한 곳에 남아있는 것이었다.

'그 친구 패배자야! 애국은 대통령실에 근무하는 은하수 씨가 하는 거지, 풍수가 어쩌고 주문이 어쩌고 하는 그런 친구가 하는 게 아니지.'

은하수는 혁진의 판정이 그리 틀리진 않았다고 생각하면서도 기분이 좋지 않았다. 신나게 혁진과 형연의 흉을 보았지만 속은 전혀 시원해지지 않았다. 오히려 한편으로 과거 도서관에서 사회에 나가 도움 될 공부는 내팽개친 채 온갖 쓸데없는 책을 읽어대는 그를 보고 잠시 부러워했던, 깊게 감추어 뒀던 기억이 되살아나는 느낌이었다.

'다른 공부를 좀 해볼까. 아직 늦은 건 아닐지도 몰라.'

그러나 은하수는 이내 고개를 가로저었다. 이제 그럴 나이도 아니고 자신이 누군가를 부러워할 위치에 있는 것도 아니었다. 은하수는 많이 취했지만 침대에 몸을 던지는 대신 책상 앞에 앉았다. 생각을 이어간 끝에 은하수는 자신을 괴롭히는 감정이 형연이든 누구든 남이 아니라 자신으로부터 기인하고 있으며 그 실체는 헛돌고 있다는 무력감이라는 결론에 도달했다. 문제의 핵심을 정면으로 마주하지 않고 주변을 빙빙 돌고 있는 느낌, 은하수는 이 느낌이 어디에서 오는지 곰곰 생각하다 최근 자신이 깊이 관여하고 있는 사건을 떠올렸다.

나이파 이한필베.

그리고 은하수는 무언가 깨닫는 바가 있는지 작은 탄성을 흘렸다.

문제의 핵심은 형연과 마주친 것 때문이 아니었다. 그가 어떤 일을 하건, 그것이 과학적으로 의미가 있건 없건 자신이 이토록 처지는 현상의 근본적인 원인이 아니었다.

'본질?'

형연과 자신 사이에 존재하는 커다란 차이였다. 허황되기 짝이 없어 보이지만 나라에 걸린 주문을 풀겠다고 외치는 형연과 달리 자신은 떠맡은 일의 본질을 외면하고 있었다. 대통령에게 보내진 주문을 푼 일, 그것이 인구 감소의 비극을 경고하는 메시지인 것을 알아낸 일, 그 주범을 잡는 경찰들을 독려하는 일 등, 그 모두가 껍데기에 불과한 것인지도 몰랐다.

나라가 한없이 후퇴하고 심지어 국가 소멸까지 우려되는 인구 절벽. 그런 문제에 닿고서도 정면으로 마주해 필사적으로 풀어낼 생각은 않고 거기까지 이른 과정들만 훈장처럼 늘어놓고 있지는 않은가 하는 내면으로부터의 묵직한 자책이 어쩌면 방황의 원인은 아닐까.

자신뿐이 아니었다. 보통 사람들은 물론이고 정부의 어떤 공무원도 이 일에 나서지 않고 평안한 나날을 보내고 있었다. 반대로 나라를 위해 나선 노인들은 범죄자가 되어

있었다. 물론 아무리 목적이 정당해도 수단이 불법적이라면 금지되고 처벌받아야 할 일임에 틀림없지만 과연 그들을 범죄자로 매도할 수 있는가라는 질문을 스스로 던진 은하수는 한국 사회 전체가 껍데기가 되어간다는 상실감에서 헤어나기 힘들었다.

오늘만큼은 그냥 피해버리고 싶지 않은 은하수는 과거를 돌아보았다. 처음 고시에 합격했을 때 나라와 국민을 위해 최선을 다하리라 다짐했고 이제까지 자신이 해야만 할 일을 피하거나 대충 넘긴 적이 없다고 자부해 왔다. 그런 자신이 어째서 이 심각한 인구 문제의 본질은 피하려고만 했을까. 너무나 거대한 숙제인 탓에 자신의 일이 아니라며 무의식적으로 넘겨버렸던 것일까.

삶의 의미를 찾아내고 싶었다. 껍데기에서 벗어나고 싶었다.

20
회신령은 어디인가

다음 날 사무실의 따가운 눈총을 외면한 채 막무가내로 휴가를 낸 은하수는 형연에게 전화를 걸었다.

"어디야? 좀 봤으면 해."

"여기 제천인데."

"제천? 어떻게 거기까지 갔어?"

"생각을 집중해 보려고."

"거기선 생각이 더 잘돼?"

"여기 정방사라는 절이야. 절벽 바로 밑인데 산하가 한 눈에 다 들어와."

"나 거기 가도 돼?"

"뜻밖인데."

청량리에서 KTX로 불과 한 시간밖에 안 걸리는 제천까 지 가는 길은 기찻길을 따라 흐르는 시냇물과 치악산의 절경이 끊임없이 이어진 기분 좋은 여행이었다. 형연은 제천 역 앞에서 기다리고 있었다.

"플랫폼까지 나와주지는 않는구나."

"역 앞에서 걸어 나오는 모습을 지켜보는 것도 좋을 것 같았어."

"오는 길이 참 좋던데. 여기 자주 와?"

"가끔. 그런데 직장은 어떻게 하고?"

"휴가 냈어. 영혼 없는 근무만 반복하는 것 같아서. 의미 있는 시간을 보내고 싶어졌어."

"머리가 시끄러운가 보구나."

"여기 좋은 곳들 많다는 얘긴 들었어. 의림지던가 삼한 시대의 호수도 있지 않나?"

"그래, 그 뒤로 산속에 호수가 하나 더 있어. 물이 아주 맑고 호수 곁으로 산책로가 있어서 조용히 걷기에 더할 나 위 없어. 그리 갈까?"

"좋아."

역 앞에서 버스를 타고 의림지에 내린 두 사람은 탁 트 인 의림지와 아름드리 소나무들이 울창한 숲을 이루고 있 는 공원을 지나 산속의 호수로 걸어 올라갔다. 오염원이 하나도 없는 맑은 호수를 바라보며 은하수는 청량한 기운 을 가슴속 깊이 받아들였다. 물 빛깔은 짙은 푸른색으로 빛나고 있어 보는 것만으로 마음이 고요해졌다.

"하아! 물 빛깔이 이리도 아름다울 수가. 너무 서울에만 갇혀있었어."

"서울에도 자연을 느낄 곳은 많아. 마음이 안 가질 뿐이지."

"맞아. 사실 갈 곳이야 많지."

두 사람은 때로는 나란히, 때로는 앞뒤로 호수 위로 뻗어있는 데크 브리지를 걸었다.

"그러고 보니 우리가 밤낮으로 도서관에서 함께 했던 시간이 거의 4년이나 되는 것 같아. 나는 고시 공부, 너는 인문학 공부로 갈렸지만 말이야."

"그 결과 너는 사회적 신분과 수입, 그리고 퇴직 후 연금까지 보장되지만 나는 무직에 수입도 없는 형편이지. 같이 열심히 했는데 경로 선택 하나로 이렇게나 갈렸어."

"그때 사실 나는 너를 이해할 수 없었어. 아니 사실 우습기까지 했지. 그런데 넌 나를 어떻게 보았을까?"

"전형적 엘리트. 그리고 대단히 똑똑한 사람. 그게 네 존재이자 본질이지. 아마 모든 사람이 네 삶을 부러워할걸."

형연의 말이 끝나자 은하수는 천천히 호수로 눈길을 돌렸다. 잠시 아무 말도 없이 생각에 빠진 그녀는 이내 어지러운 머릿속을 정리했다.

"여기 물 참 맑다. 마음이 온통 깨끗해지는 느낌이야. 그렇지 않니?"

"그래."

"그럼 우리 이제 좀 솔직해지지 않을래?"

"무슨 말이야?"

"기분 나쁘게 듣지는 말아줘. 내게는 너무 중요한 문제야."

"뭐든 편하게 얘기해."

"모든 사람이 날 부러워할 거라고 했지? 하지만 너는 날 전혀 부러워하지 않고 있어. 너는 네가 마치 경로를 잘못 택한 것처럼 말하지만 실은 거짓말이잖아. 너는 내가 부러워? 정말로 그래? 솔직히 나를 무시하고 있지는 않아?"

형연은 잠시 생각하다 대답했다.

"하나는 맞고 하나는 틀려. 내가 너를 부러워하지는 않아. 그러나 너를 인정하는 건 사실이야."

"나는 내가 성공했고 너는 실패했다고 생각했어. 그러나 최근 너를 만나고 나서는 생각이 바뀌고 있어. 그게 내게 혼란을 줘. 이상하잖아? 그 어렵다는 고시에 합격하고 앞으로 나아갈 길만 있는 내가 대체 왜 실업자에 불과한 너를 이렇게까지 의식하고 있는 거지? 너는 뭐가 그렇게 대단하길래 날 부러워하지 않는 거야?"

형연은 소리 내 웃었다. 그의 웃음이 호숫가를 건너온 바람에 실려 하늘가로 날아올랐다. 웃음소리 때문인지 잔물결이 이는 것 같아 은하수는 망막에 맺히는 물결의 수를 세어보았다. 하나, 둘.

"너는 지극히 정상이고 가장 모범적으로 살아왔어. 점수를 준다면 최고점이야. 내가 살아온 길은 글쎄, 과연 낙제나 면할 수 있을까? 하지만 이것은 줄 세우기에 불과해. 사회의 평가일 뿐이지."

"사회의 평가가 아닌 어떤 다른 평가가 있지?"

"사회는 구조적으로 경쟁을 붙이게 되어있어. 태어나면서부터 죽을 때까지. 그 경쟁에서 이긴 사람들이 경쟁하고 또 경쟁하지. 끝날 수 없는 굴레야."

"그게 나빠? 경쟁을 통해 능력 있는 사람들을 만들어야만 미국이든 중국이든 다른 강대국들과 싸움을 해나갈 수 있잖아. 그게 더 나은 세상을 만들어 가는 것 아니야?"

"누군가는 경쟁에서 이탈하겠지. 또 누군가는 경쟁 자체를 싫어할 수도 있고."

"오해하지 마. 나도 경쟁 사회가 무조건 옳다고 말하는 건 아니야. 세상 모두가 치열하게 살아가며 역할을 하고 있다고 생각해. 그렇지만 이 시대에 어떻게 경쟁이 없을 수 있겠냐는 거야. 조금이라도 더 능력 있는 사람이 더 중요한 일을 해야 하잖아."

말을 끝마친 은하수는 대통령실에 들어가기까지의 기억을 떠올렸다. 단 한 번의 미끄러짐도 없는 완벽한 삶. 고시 합격의 순간부터 지금에 이르기까지 그녀는 찬란히 빛

나는 자신을 너무나 사랑하고 있었다. 그러나 형연을 처음 만나고서 그녀의 마음속에 생긴 아주 작은 혼란은 그 빛을 조금씩 잠식해 나갔다. 겉으로는 치켜세워 주지만 너의 삶은 정말로 완벽한지 묻는 형연의 눈빛과 표정 그리고 분위기는 그녀를 차츰 이상한 기분에 빠지게 했다. 마치 그보다 한참 아래에 있는 것과도 같은 기분. 은하수는 도저히 받아들일 수 없었다.

"다른 힘이 있어. 인문학이지. 세상의 모든 학문은 사회가 잘 돌아가게 하고 일이 잘 풀리도록 하는 게 그 본연의 역할이지만 인문학은 그 반대야. 잘 돌아가는 세상에 대해 줄곧 시비를 걸어대는 거지. 왜 그렇게 잘 돌아가는 거요? 그렇게 잘 돌아가는 데는 필시 문제가 있을 거요, 하는 거야."

"갑자기 무슨 말이야?"

은하수는 갑자기 엉뚱한 소리를 하는 형연에게 말을 돌리지 말고 이야기에 집중하라고 화를 내려 했지만 형연은 틈을 주지 않았다.

"인문학이 추구하는 힘은 실용적, 실질적 학문과는 갈래가 아예 달라. 과거에 네가 했던 공부는 직업을 구하고 평생의 벌이가 되는 공부지만 인문학 공부는 사회의 쓸모와 그다지 연결이 잘 되지는 않아."

"인문학만 죽어라 파고든 너도 결국 실업자니까."

형연은 은하수의 날 선 비난에도 신경 하나 쓰지 않은 채 말을 이어나갔다.

"대신 인문학 공부는 돈이나 지위 같은 다른 힘과 비교도 할 수 없는 큰 힘을 가져다줘. 바로 내면의 힘이지. 눈에 바로 보이지는 않지만 가지면 가질수록 마음이 편해지고 자신감이 차오르며 삶이 떳떳하고 행복해져. 나는 돈을 많이 안 벌겠다, 조금 벌고 그 대신 검소하게 살겠다, 그리고 남는 시간과 열정을 더 의미 있는 일에 쏟겠다고 생각하는 거지."

"좋게 들리기는 한다만 그게 그리 쉽게 될까?"

"불안하지. 하지만 인문학이 깊어지면 불안이 인간의 존재 조건임을 알게 돼. 인간이란 어차피 불안에 시달리며 살게 되어있다는 말이야. 그래서 당황하거나 극단적으로 반응하지 않아. 오히려 실패와 푸대접을 즐기면서 자신만의 방식으로 해소하는 힘이 있기 때문에 자아의 품위를 간직하며 어려움의 한복판에서 오히려 상대를 위해 베풀기도 해. 일을 할 때도 과정의 진실에 천착하기 때문에 성공과 실패에 덜 좌우돼."

"네가 무슨 얘기를 하는지 알겠어. 또 네가 무슨 삶을 살아왔고 또 살아가려고 하는지도 알 것 같아. 하지만 나는 여전히 너의 말에 공감할 수 없어. 그게 옳은 길이라고 할 수는 없을 것 같아."

"그럼 너는 왜 지금 그렇게 괴로워하고 있는 거야?"

"……."

대화가 멈추자 형연은 작은 돌을 들어 호수에 던졌다. 잔잔하던 호수 표면에 돌이 부딪히자 그 중심으로 파장이 뻗어나가는 것을 바라보며 은하수는 깊은 생각에 빠졌다. 세상에는 다른 힘이 있으며 불안이 인간의 존재 조건이라니. 그렇다면 지금 그녀가 느끼는 혼란은 바로 그 힘을 알아가는 과정에서 생기는 자연스러운 인간의 본능일까? 은하수가 생각에 잠긴 사이 호수에 생겼던 파장이 잦아들자 형연은 다시 돌을 던졌다. 호수는 다시 일렁이다 고요해졌고, 형연은 또다시 돌을 던졌다. 조금 더 세게, 그리고 더 세게.

"고요한 호수에 돌을 던지면 모두가 싫어하겠지. 어째서 안정을 깨느냐고. 조용히 살아갈 수는 없겠냐고. 그러나 누군가는 이런 삶을 살아야만 해. 누군가는 계속 돌을 던져야만 해."

뭔가 달랐다. 항상 속을 알 수 없이 구름 같은 사람으로만 보이던 형연이 어떤 실체를 가지고 다가오고 있었다. 대학 시절부터 그녀가 가지고 있던 그에 대한 괴리와 의문, 어째서 인생을 그렇게만 낭비하는 건지, 세상에 뛰어들지 않고 항상 한 발 뒤로 물러나 살아가고만 있는 건지 물어왔던 자신에게 그가 지금 대답하고 있는 것만 같았다.

이내 다시 잔잔해진 호수를 바라보며 형연은 아무 말도 하지 않았고 은하수 또한 아무 말도 할 수 없었다.

21

풀려가는 여덟 글자

두 사람은 걸음을 옮겨 근처의 카페로 들어갔다. 호수가 훤히 내려다보이는 자리에 앉은 은하수는 형연이 자신의 고뇌를 은연중에 해부해 주었다는 생각이 들었다. 수상한 문자를 보낸 사람, 팔순 노인들, 그리고 형연. 이 모두는 자신과는 너무도 다른 사람들이었지만 스스로 믿는 일을 거침없이 행하고 있었다. 자신의 상실감이란 이들처럼 본질에 닿지 못하고 껍데기에만 집착하는 데서 오는 것임이 분명했다. 하지만 해답은? 지금으로서는 뚜렷한 답을 내릴 수 없다고 생각한 은하수는 화제를 바꾸었다.

"일본에서 건너온 여덟 글자의 수수께끼는 실마리가 좀 풀려가니?"

"회신령이 어디인지 알아야 정확히 풀 수 있을 것 같아. 그런데 문제는 이 고개를 어떤 지도나 어떤 문서에서도 찾을 수 없어."

"혹시 옛 지명이 아닐까? 지금은 다른 이름으로 부르는."

"그런 생각도 했어. 우리나라는 지명이 바뀐 곳들이 많은데 문제는 옛 지명을 문서로 보존하거나 지도에 병행 표기하는 경우가 거의 없어."

"방법이 없을까?"

"사람을 찾아야 해. 그런 지명을 들어봤을 만한 나이 드신 어르신을."

"닭이 먼저냐, 달걀이 먼저냐네. 회신령이 어딘지 알아야 그곳에서 사신 분을 찾을 텐데."

"북한일 가능성이 더 커. 북한은 지명을 많이 바꾼 데다 갱신 자체도 잘 안되는 것 같거든."

"그러면 국립지리원을 비롯해 이북 5도청 같은 델 다녀야지 절벽 아래 절에서 묵상한다고 될 일이 아닐 것 같은데."

"내 나름의 방법인걸."

"내가 한번 알아볼까?"

"시간과 노력이 많이 드는 일인데."

"사색으로 알아질 일은 아니잖아. 전국의 노인정을 찾아본다든지 해야지."

"직장은 어떻게 하고?"

"지금은 다른 생각 없이 이 일을 하고 싶어."

형연은 은하수의 말에 다소 놀랐지만, 그녀의 단호한 모습에 결국 동의했다. 그가 고개를 끄덕이자 은하수는 한껏 미소를 짓고는 가방에서 종이를 꺼내 테이블 위에 펼쳤다. 그리고 종업원에게 부탁하여 펜을 받아 쥔 뒤 가만히 손을 뻗은 채 형연에게 고갯짓을 했다. 형연은 은하수가 하는 양을 가만히 쳐다보고만 있다 가볍게 웃고는 펜을 넘겨받아 종이에 여덟 글자를 써 내려갔다. 이윽고 종이에 여덟 글자가 모두 담기자 은하수는 온 신경을 집중하여 들여다보았다.

회신령집만축고선淮新嶺縶萬縮高鮮.

"자, 먼저 주문의 뜻을 확실하게 하자. 회신령집만축고선. 회신령에 사람 만 명, 혹은 나무든 돌이든 뭔가를 만 개를 잡아 가두면 고려와 조선이 찌부러진다는 거지?"

"그래."

"그 외 어떤 해석이 가능해?"

"회신령집만. 일단 회신령에 만 개의 무언가를 잡아 가둔다는 것 외에 다른 해석은 할 수 없어."

"그럼 뒤의 글자들을 달리 생각해 볼 수 있지 않을까?"

"축고선. 고려와 조선을 축소시킨다. 이 또한 바뀔 수는 없어."

"그런데 나는 아무리 생각해도 사람을 만 명이나 잡아 묶어둔다는 게 이상해. 또 사람이 아니라고 생각해도 대체 뭘 만 개씩이나 붙잡아 가둔다는 거야? 만이라는 숫자에 무슨 특별한 의미가 담기기라도 한 걸까?"

"다이이치의 의지를 담은 글이니 동사인 모을 집과 줄일 축이 중심이야. 그래서 만 명이나 만 개라는 숫자로 보는 게 맞아."

"참 어렵네. 회신령집만. 축고선. 회신령집만축고선. 회신령에 만을 잡아두면 조선과 고려가 줄어든다. 이 만이 대체 뭘 말하는 걸까? 만 명의 사람. 만 개의 돌맹이. 만 개의 나무. 말하는 대로 다 말이 되는 것 같은데 딱히 뭐가 정답인지 알 수가 없으니."

글자를 파고들수록 은하수는 머리가 아파지는 것을 느꼈다. 그녀가 살아왔던 정답과 오답의 세상에서는 이런 모호한 문제 풀이가 익숙하지 않았기 때문이다. 그녀는 마음속으로 여덟 글자를 계속해서 외웠다. 회신령집만축고선. 회신령집만축고선.

"어? 잠시만. 뒤에 네 글자를 붙일 수도 있지 않을까?"

형연은 고개를 들어 은하수의 눈을 바라보았다.

"네 글자를 붙인다면 만축고선?"

"맞아. 회신령집만, 축고선이 아니라 회신령집, 만축고선 이렇게 말이야."

몇 번 다시 읊은 형연은 헛웃음을 흘렸다. 은하수의 말대로 네 글자를 붙이는 것이 훨씬 자연스러웠다. 한문학에 정통한 입장에서 접근하다 보니 동사인 모을 집과 줄일 축이 중심이라는 생각에서 벗어나지 못한 것이 함정이었다. 저주나 주문의 음율이라 생각하면 그편이 더 자연스러운데도. 한자에 익숙하지 못한 은하수이기에 오히려 자유로운 상상을 펼칠 수 있었을까.

"네 말대로 한다면 만을 숫자가 아니라 다르게 해석할 수 있어. 아주 오랜 시간. 혹은 영원히 끝나지 않는 시간으로. 만세, 만년 이런 단어들처럼."

"그래. 그렇게 보면 만축고선이 앞의 네 글자 회신령집과 대구가 되어 더 자연스럽지 않을까? 집의 목적어를 만으로 보지 않고 생략된 것으로 볼 수 있으니까. 그렇다면."

은하수는 자신의 말에 힘을 담았다. 도무지 알 수 없었던 여덟 글자의 해석이 조금씩이나마 정리되고 있었다. 그녀의 입에서 새로운 해석이 흘러나왔다.

"회신령집淮新嶺縶, 회신령에 잡아 가두어."

그녀의 해석에 형연이 덧붙였다.

"만축고선萬縮高鮮, 영원히 고려와 조선을 축소시킨다."

기차역에 도착한 은하수는 형연에게 작별 인사를 한 뒤

서울행 기차에 올라탔다. 기차가 달리며 휙휙 바뀌는 창밖 풍경은 여느 때와 다름없었지만, 지금은 새롭게 다가왔다. 나무와 물이 조화롭게 어우러진 시골에서 사람들로 가득 찬 도시로. 다시 농사짓는 사람들의 평화로운 일상에 이르 렀다가 이내 화려한 빌딩 숲으로.

문득 은하수는 그녀가 보고 있는 풍경의 변화가 자신의 상황 같다는 생각이 들었다. 대통령실 행정관으로서 각층 의 엘리트들과 나라의 일을 논의하던 그녀가 어느새 형연 을 만나고는 무당과 풍수사를 찾아가 주문을 추적하고, 스 님과 신비한 자연현상에 대해 논의하고 급기야 백 년 전에 일본 술사가 내렸다는 저주를 추적하는 중이라니. 너무도 엄청난 변화였다.

그런데 이상하게도 은하수는 오히려 지금 진정으로 살 아있다는 느낌을 받았다. 그녀는 계속해서 다이이치의 글 자의 비밀을 좇고 싶었다. 그래서 형연을 놀라게 하고 싶 었다. 정확히는 그에게 자신도 할 수 있다는 것을 보여주 고 싶었다.

'은하수. 대단한걸. 사실 이번 일에서 네게 이렇게 도움 받으리라 예상하지는 않았는데. 정말로 대단해.'

아까 그녀가 새로운 해석을 내놓았을 때 그의 입에서 나 왔던 말은 기억 속에 있는 그 어떤 칭찬과 격려보다도 심 장을 뛰게 하는 것이었다.

"며칠씩이나 들여다봤다면서 바보처럼 헤매기나 하고. 나 없이 그 저주는 어떻게 풀려고?"

형연을 생각하자 괜히 떠오른 민망함에 흰소리를 한번 해본 그녀는 다시 창밖으로 고개를 돌렸다. 한참 밖을 바라보던 그녀의 머릿속에 형연과 함께했던 대학 시절이 떠오르기 시작했다.

22
옛날 이야기

12년 전.

스무 살의 은하수는 스스로에 대한 자부심이 컸다. 교수들 모두 사석에서조차 그녀를 칭찬하기 바빴고, 한다는 학생들만 모인 토론 동아리에서도 그녀는 단연 반짝였다.

"은하수. 너는 분명 나중에 큰일을 할 사람이야."

"자네, 계속 공부해서 학교에서 일할 생각은 없나?"

칭찬할 수밖에 없는 가장 빛나는 인재. 그런 그녀가 더욱 대단한 점은 가장 뛰어난 두뇌로 가장 열심히 노력한다는 점이었다. 그녀는 입학한 날부터 졸업하는 날까지 학교 안에 있는 날이면 반드시 도서관에 들렀다. 시험이 끝나는 날에도, 방학이 시작되는 날에도 도서관 열람실에 앉아 법전을 들여다보는 그녀를 보며 동기들은 혀를 내두르고는 했다.

"너는 수석인데 왜 그렇게 열심히 해?"

"열심히 하니까 수석이라는 생각은 안 해봤어?"

"아니, 더 안 해도 될 것 같으니까 그렇지."

"나름의 목표라고 해둘게. 도서관에서 사는 것. 괜찮지 않아?"

"그런 사람이 너 말고 또 있을까 싶다."

그런데 도서관 생활을 한 지 두 달쯤 지난 언젠가부터 한 남학생이 은하수의 눈에 띄기 시작했다. 항상 구석에 박혀 전혀 존재감이 없는, 정돈되지 않은 더벅머리에 같은 옷만 입고 다니는 이상한 학생. 바로 형연이었다. 나중에 동기들로부터 형연도 같은 과 동기라는 이야기를 전해 들었을 때는 꽤 놀랐다. 그래도 같은 과 동기로서 모르는 척 하는 것보다 공부하다 같이 식사라도 하면 좋겠다는 생각에 그에게 다가갔었고 그날 이후 둘은 항상 도서관 옆자리에 서로 앉게 되었다.

형연은 이상한 학생이었다. 둘은 함께 한 학기 내내 모의재판을 진행하는 실습 위주 강의를 함께 들었는데, 언제나 날카로운 논리를 펼쳐 박수를 받는 은하수와는 달리 그는 재판에서 단 한 번도 이기지 못했다. 은하수가 봤을 때 그의 변론은 법의 논리와 한참 멀어져 있었다. 때로는 작은 범죄에 너무나 강한 엄벌을 주장했으며 또 흉악한 범죄에 한없이 너그러운 변론을 하기도 했다. 전혀 기준점이 없는 뒤죽박죽이었다.

"더 준비하면 더 나은 변론을 할 수 있을 텐데. 자네는 기초 실력이 너무 부족해. 그러니까 항상 논리가 무너져 버리는 것 아닌가. 나중에 실제 재판에서도 그따위로 할 건가?"

교수에게도 항상 지적받는 그의 모습에 은하수는 요령을 가르쳐 주고 싶었다. 그녀는 형연의 문제점이 지나치게 감정에 치우쳐 처음 설계했던 논리가 어긋나는 것이 문제라고 생각했기에 어떤 도움을 줄 수 있을지 생각을 마친 터였다. 은하수는 노트에 논리를 세우는 방법부터 시작해 변론하는 법, 나아가 그녀가 이긴 모든 모의재판의 준비 과정을 필기하여 그에게 내밀었다. 혹시 자존심을 건드리는 건 아닐까 많이 고민하며 조심스레 내민 노트를 형연은 별 머뭇거림 없이 받아 들었다. 웃으며 고맙다는 인사를 하는 그를 보며 은하수는 보람을 느꼈다. 그녀가 건넨 노트를 한번 보는 것만으로도 큰 도움을 얻을 수 있을 것이었다.

"고마워. 이런 배려를 다 해주다니."

"다음번에는 잘할 수 있을 거야. 힘내, 원래 그 교수님 깐깐하잖아."

"너한테는 별로 깐깐하시지 않은 것 같던데."

"네가 잘하면 너한테도 친절하실걸?"

그러나 다음 강의에서 은하수는 온몸에 힘이 빠지고 말았다. 형연은 그녀가 이틀이나 꼬박 밤을 새워 준비한 노트를 전혀 읽지 않은 것이 분명했다. 또다시 형연의 입에서 나오는 근거 없는 논리와 변론에 은하수는 화가 치밀어 강의가 끝나자마자 그를 붙잡아 따졌지만, 그는 이해할 수 없는 대답을 할 뿐이었다.

　　"은하수. 네가 준 노트는 꼼꼼히 읽었어. 하지만 나는 지는 변론을 하고 싶어. 다양한 사람들의 입장을 겪고 싶어. 이겨서 승리를 만끽하는 것은 너무나 쉬운 일이야. 그렇지만 나는 법을 공부하는 사람으로서 필사적으로 대처해도 무지하거나 혹은 법리에 닿지 못해서 질 수밖에 없는 약한 사람들의 억울함을 생각해 보고 싶어."

　　형연의 별난 행동은 이뿐만이 아니었다. 은하수는 대학교 3학년 때 전국의 대학생들이 함께하는 국토대장정에 참가했는데 형연 또한 명단에 있었다. 해당 대장정은 당시 남북한의 상황이 제법 괜찮아 북한 초입까지 그 여정이 이어지는 의미 있는 프로그램이었다. 그래서인지 전국에서 다양한 학생들이 모여 서로의 이념을 불태우며 밤새 토론하는 게 대장정 내내 이어진 일상이었다. 은하수는 평소 정치 이념에 별 관심을 두지는 않았지만, 전국의 대학생들과 함께 고생하다 보니 가슴이 뜨거워져 힘들어도 토론에 참여해 의견을 펼쳤다.

"북한은 당연히 우리의 주적이야. 여자들은 군대 안 다녀왔으니 그렇게 속 편한 소리나 해대는 거지."

"무슨 소리야? 북한은 우리 동포야. 다른 나라들에 의해 지금은 갈라져 있지만 언젠가 꼭 다시 함께해야 해."

"우리 증조할머니 고향이 북한이야. 두고 떠난 동생이 평생 생각나 돌아가신 그날까지도 우셨는걸? 형연아, 너는 어떻게 생각해?"

이것이 옳다, 무슨 소리냐 저것이 옳다며 모두가 신이 나 떠들었지만, 형연은 언제나 말이 없었다. 학생들이 너의 생각이 어떠냐고 물을 때마다 자기는 잘 모르니까 듣고만 있겠다고 했던 그의 모습에 은하수는 적이 실망했었다. 법 공부야 그렇다 쳐도 신념도 없고 자기 의견도 말하지 못하는 모습이 답답하고 한심했다.

마침내 북한에 도착해 대장정의 막을 내릴 때, 대장정에 참가한 학생들은 모두 어떻게 하면 사진에 잘 나올 수 있을까 고민했다. 신문 기자들이 대거 촬영을 나왔다는 사실에 여학생들은 땀범벅이 된 와중에도 거울을 보며 머리를 정돈했고 남학생들은 서로 각자 앞에 서겠다며 자리싸움을 했다. 그 어수선하고 떠들썩한 사이, 슬그머니 움직인 형연은 일렬로 늘어서 기계적으로 박수를 쳐대던 북한 주민들에게로 다가갔다. 그러고는 적잖이 당황한 북한 주민한 명을 덥석 껴안았다.

"어? 뭐야! 저놈 저거 뭐 하는 거야? 빨리 데려와!"

"저거 이형연 아니야? 쟤 미친 거니? 조용하던 애가 왜 저래?"

친선의 자리라고는 하나 총 든 군인들이 엄밀히 감시하는 연출된 자리였다. 소스라치게 놀란 양측 진행 요원들이 급히 그를 제지하였고 그것은 형연이 몇 명의 북한 주민을 더 끌어안은 뒤였다. 다행히 별문제 없이 수습되고 책임자들은 물론 다른 대학생들 모두가 형연의 경솔한 행동을 크게 나무랐다. 그러나 은하수는 아무 말도 할 수 없었다. 무엇이 마음에 사무쳤는지 그 자리에 못 박힌 듯 서있을 뿐이었다.

형연은 최소한의 학과 행사는 참여해서 눈도장을 찍었지만 그가 평소 어디서 무엇을 하는지 은하수를 제외하고는 아무도 알지 못했다. 사실 알 필요가 없었다. 그를 찾을 만한 일이 잘 없을뿐더러 그를 찾으려면 은하수를 찾으면 됐기 때문이다.

"넌 왜 그 이상한 애랑 맨날 붙어있어? 혹시 사귀어?"

"딱히 붙어있는 건 아냐. 그냥 도서관에 매번 같이 있으니까 옆에 앉는 거지. 같은 과 동기인데 굳이 멀리 떨어져 앉는 것도 웃기잖아?"

"극과 극은 통한다더니. 딱 그 꼴이네. 아주 평생 붙어 다녀라."

"뭐, 계속 같이 공부하다 보면 그럴지도?"

"어? 뭐야? 너 진짜로 걔한테 관심 있는 거야?"

"헛소리 그만하고 너도 공부나 좀 해."

다른 동기들이 훨씬 먼저 고시 공부를 해온 것과 달리 은하수는 졸업 학기가 되어서야 본격적으로 준비하기 시작했다. 자신이라면 금방 합격할 수 있을 것이라는 강한 자신감과 더불어 가능한 오랫동안 순수 학문으로서의 법을 공부하고 싶었기 때문이다. 그녀는 이미 합격한 선배들이 가능성이 있는 후배들만 선별해서 받아주는 고시 공부 스터디에 들어가고자 결심했다. 평소처럼 혼자 공부하려고 마음먹은 그녀에게 동기들이 사회에 진출하면 인맥을 관리해야 한다느니 이미 합격한 선배들이 노하우를 전수해 준다느니 바람을 넣었기 때문이다. 은하수는 형연에게도 물었다.

"너는 고시 공부 안 해?"

"아직은 할 때가 아니야."

"곧 졸업이야. 이제 동기 중에서도 합격하는 애들이 나오는데 대체 언제 하려고? 그러지 말고 나랑 같이 스터디에 가자. 거기 전용 라운지에서 공부할 수도 있어."

"나는 신경 쓰지 말고 가."

"그래? 알았어. 그럼 잘 지내. 이제 도서관에 거의 못 올 거야. 라운지에서 다른 사람들과 같이 공부해야 할 테니까."

"그래. 너라면 금방 합격할 거야. 응원할게."

은하수는 형연과 인사를 나눈 뒤 도서관을 나왔다. 매번 도서관 폐관 시간에 형연과 함께 나왔는데 미리 혼자 나오니 이상한 기분이 들었다. 스터디 시간에 맞추기 위해 발걸음을 옮기던 은하수는 갑자기 멈추고는 제자리에 한참을 서있었다. 이대로 가버리면 형연과 다시 볼 수 없을 것만 같은 기분이었다. 그녀는 도서관으로 다시 뛰어들어 가 형연을 찾았다.

"내일 저녁 9시까지 학교 정문으로 와. 무조건 와. 안 와도 기다릴 거야."

일방적으로 말을 마친 은하수는 다시 도서관을 나섰다. 그러나 다음 날 형연은 나타나지 않았고, 마지막이란 생각에 두 시간이나 기다리던 은하수 또한 이후로 그를 찾지 않았다.

23
회신령을 찾아서

제천을 떠나 신촌에 있는 오피스텔에 도착한 은하수는 남은 휴가 동안 형연에게 공언한 숙제를 풀어야겠다고 생각했다. 그녀는 제천을 떠날 때 형연과 나눴던 대화를 복기했다.

"의미는 확실해졌어. 회신령에 잡아 가두어 고려와 조선을 축소시킨다. 네 해석 덕분에 만을 목적어로 둔 것이 아니라 목적어가 생략되었다는 걸 알았으니까. 이제 남은 일은 회신령이 어디인가 찾아내는 것뿐이야."

"그런데 생략된 목적어가 뭘까? 무엇을 회신령에 잡아 가둔다는 거지?"

"어떤 해석을 하든 회신령을 찾아야만 해. 목적어가 생략되었기에 회신령의 위치를 찾는 게 더 절실해졌어."

"내가 뭘 하는 게 가장 도움이 되지?"

"네 본업이 있잖아. 이미 큰 도움이 되었어."

"아까도 얘기했지만 너를 위해서가 아니라 나를 위해서야. 나는 끝을 봐야겠어."

은하수가 몇 번이나 계속해서 의지를 내비치자 형연은 하는 수 없다는 듯 말을 이었다.

"먼저 서울에 올라가면 무라야마가 쓴 『조선의 풍수』 원본을 구해 거기 나오는 모든 고개 이름을 한번 찾아봐. 한국어 판본으로는 안 돼. 최근의 개발 등으로 지명이 많이 바뀌었을 테니."

"알았어."

"그리고 과거 조선총독부에서 이케다라는 사람을 좀 찾아볼래? 후손까지 그 편액을 죽어라 지키고 있으니 뭔가 자취를 남겼을지 몰라."

"그래. 정보가 모이면 전화할게."

생각을 마친 은하수는 중앙도서관의 조선총독부 관보 데이터베이스 등을 통해 이케다의 직위와 역할을 검색했다.

-내무부 학무국장-

이케다는 학무국장이라는 총독부의 핵심 인물로서 조선의 일본화 교육을 총괄했던 이였으며 무엇보다 조선사편수회 운영을 책임졌던 인물이었다. 조선사편수회는 조선의 백성을 일본 국민으로 만들기 위해 세워진 역사편찬 기구로 사이토 마코토 총독의 "조선인들로 하여금 자신의 역사를 모르게 하라." 하는 지침을 실현하는 데 앞장섰던 기관이었다.

"참 한심하네. 이런 자가 우리나라의 역사에 관여하다니."

이케다가 학무국장이라는 직위를 갖고 있었다는 사실은 많은 것을 설명해 주고 있었다. 고려와 조선을 축소시킨다는 의미의 만축고선이란 바로 총독부 역사 편찬의 핵심 원칙인 반도사관과 완전히 일맥상통하니만큼 다이이치의 여덟 글자는 바로 총독부의 지침으로 식민지 역사와 교육에 침투했을 것이었다.

은하수의 뇌리에 일본에서 저주의 풍수를 설계하는 다이이치, 조선으로 가지고 온 무라야마, 그리고 역사와 교육에 침투시키는 이케다의 모습까지 일목요연하게 그려졌다. 은하수는 단편적인 스케치들을 모아 하나의 그림을 만들었다.

"이케다는 조선총독부 학무국장으로 조선사편수회에 깊이 관여하고 있는 인물이었어. 그는 무라야마의 하수인이었고 또 무라야마는 다이이치의 제자였으니 결국 다이이치의 저주는 조선총독부의 역사 교육에 배어들었을 가능성이 커."

은하수는 머리를 질끈 동여매고 생각에 조금씩 색을 입혀나갔다. 흩어져 있는 정보를 취합해 하나의 가설을 세운 뒤 논리를 발전시켜 답을 찾아내는 끈기가 그녀의 가장 큰 장점이었다.

생각을 정리한 뒤 인터넷으로 『조선의 풍수』 최고본을 주문하려고 인터넷을 검색하던 은하수는 배송까지 4주가 넘게 걸린다는 안내문을 확인하고는 주일 한국대사관에서 근무하는 동기에게 전화했다.

"정말 미안한데 급한 일이야. 꼭 좀 부탁해."

"책 한 권을 언제 다 스캔해서 보내지? 여하간 알았어. 나중에 보답해 꼭."

"당연하지. 대신 꼭 두 권 사. 나 한 권, 너도 한 권 주문한 셈이 되어야 하니까."

"애초에 불법을 부탁하지를 말지?"

"최소한의 양심이라고 해두자."

전화를 끊은 은하수는 역사학자 또한 만날 필요가 있다고 느꼈다. 마침 친한 친구의 남편이 사학과 교수임을 떠올려 친구에게 전화를 걸어 조만간 만남을 주선하겠다는 친구의 약속도 받아냈다.

은하수는 『조선의 풍수』가 도착할 때까지 당장 할 수 있는 일을 했다. 그녀는 인터넷 주요 사이트에서 회신령을 검색했으나 마땅한 결과가 나오지 않았다. 지인들에게 부탁해 SNS 및 여러 인터넷 커뮤니티에도 질문해 봤지만, 사람들은 관심도 없었을뿐더러 괜히 시비나 걸지 않으면 다행이었다. 뾰족한 수가 떠오르지 않자 잠시 고민하던 은하수는 인맥을 통해 대한노인회와 이북 5도청 관련자에게 회신령을 아는 사람을 찾아달라 부탁하였고, 국립지리원의 동료에게도 알아봐 달라고 연락했다. 게다가 일본과 중국의 사이트들까지도 검색해 보았으나 결국 어디에서도 회신령을 찾을 수는 없었다.

세상 모든 정보가 공유되는 인터넷에서 찾을 수 없는 지명이 있다니. 게다가 남한이든 북한이든 그리 넓지도 않은 땅에 아무도 모르는 곳이 있다니. 회신령이 지금은 이름이 바뀌어 그렇게 부르지 않는 옛 지명일 것이라는 데 마지막 희망을 건 은하수는 이윽고 『조선의 풍수』가 도착하자마자 출력한 뒤 최고의 집중력으로 읽어 내려갔다. 혹시나 놓치는 게 있을까 자를 대고 줄까지 쳐가며 꼼꼼하게 확인했다. 회신령. 신회령. 회령. 신령. 그러나 아무리 찾아봐도 비슷한 이름조차 찾지 못했다. 혹시 예전과 지금 한자의 음이 바뀌었을 수도 있다는 생각에 한문학과의 교수에게까지 문의했으나 마땅한 답을 찾을 수 없었다.

'없는 이름이구나.'

이렇게까지 했는데도 찾을 수 없다면 회신령이란 고개는 없는 고개일 것이었다. 은하수는 다이이치의 여덟 글자를 보았을 때 그 글자들이 무서운 귀기를 내뿜으며 살아 꿈틀거리는 것처럼 보였던 기억을 떠올렸다. 없는 고개, 다이이치의 편액 속에서만 존재하는 실제로는 없는 고개.

'다이이치가 만든 이름. 하지만 전혀 허무맹랑한 이름을 만들지는 않았겠지.'

생각에 생각을 거듭한 은하수는 종이를 펼쳐 머릿속에 떠오르는 대로 적어보았다.

- 다이이치의 편액 속에만 존재하는 지명이다.
- 다이이치에게는 분명한 목적이 있었다.
- 고려와 조선을 축소시키는 저주다.
- 회신이란 허무맹랑한 은어는 아닐 것이다.

펜을 내려놓은 은하수가 한참이나 종이를 들여다보며 생각을 점검하던 차에 갑자기 전화가 걸려 왔다. 조금 전 보낸 문자를 본 친구의 전화라고 생각해 재빨리 받았으나 뜻밖에도 대통령실 수석비서관으로부터 걸려 온 전화였다.

"휴가 중에 미안하네. 그러나 전해야 할 말이 있어 연락했어."

"괜찮습니다. 수석님. 말씀하세요."

"대통령님께서 김 행정관을 한번 보자고 하시는군."

"대통령님께서요? 혹시 무엇 때문일까요?"

"왜 그 주문 있잖아. 나이파 이한필베. 그걸 도대체 어떻게 알아냈는지 궁금하다고 하시네. 대단한 직원이라고 아주 좋아하셨어."

"알겠습니다. 언제 찾아뵈면 될까요?"

"휴가 중이라 말씀드렸더니 편할 때 뵙자고 하시더군. 일단 복귀하고 더 얘기하지."

대통령이 자신을 찾는다는 말에 은하수는 상념에 빠졌다. 불과 얼마 전만 하더라도 기뻐서 날뛰었을 일이었다. 능력을 증명하고 인정받기 위해 필사적으로 일에 몰두하지 않았던가. 그러나 막상 전화를 끊고 나니 크게 감흥이 없었다. 오히려 약간 귀찮다는 생각마저 들었다.

"후, 대통령 면담이라니."

은하수는 스스로 변했다고 느꼈다. 그 변화가 어디서부터 왔는지도 잘 알고 있었다. 형연. 그와 만나고서부터 그녀는 계속 변화하고 있었다. 물론 그가 옳다고만 생각하지는 않았다. 세상에 여러 갈래의 길이 있다지만 그가 하는 일이나 살아온 인생은 너무나 터무니없었다. 나이파 이한 필베의 암호를 풀어낸 것도 우연히 현대경제연구소의 발표를 읽었기 때문일 뿐 풍수나 인문학 등이 도움을 준 것은 아니었을 터였다. 풍수? 보리산에 갔던 날 풍수사들 수십 명이 나이파 이한필베를 외쳐대는 진풍경은 정말 얼마나 어이가 없었는지.

"푸하하, 정말 무슨 공연장이라도 간 줄……."

은하수는 한바탕 웃음을 터뜨리고는 집을 나섰다. 전화를 받고 집중이 흐트러지기도 했을뿐더러 더는 책상에 앉아 무언가 찾아내기는 힘들 것 같다는 판단에서였다.

은하수는 무작정 밖으로 나와 신촌 변두리의 거리를 거닐었다. 차를 타고 동서남북 어느 쪽으로든 조금만 이동해도 고층 빌딩으로 가득한 도심지인 것과 달리 그녀가 사는 동네는 작은 빌라들이 골목을 따라 옹기종기 붙어있어 어지러우면서도 아늑했다. 게다가 곳곳에 맛집들이 많아 근처에서 자취하거나 하숙하는 학생들도 만족하는 눈치였다. 그녀는 집과 멀리 떨어져 있지 않은 모교 쪽으로 걸어갔다.

딱히 이사할 필요를 느낀 적이 없기에 은하수는 대학 시절부터 지금까지 10년이 넘는 시간 동안 이곳에서 살았다. 그러나 모교와 그녀의 집은 그리 거리가 멀지 않은 곳에 있었음에도 자주 들르지는 않았다. 바쁜 탓도 있고 굳이 들를 마음이 든 적도 없었다. 그런 그녀가 오늘은 왠지 모교 쪽으로 발걸음을 옮겼다.

"간만에 학교 근처에서 식사해야겠네. 예전 그 식당들 아직도 있으려나?"

은하수는 신입생 시절 형연과 함께 식당을 찾아다니던 기억이 떠올랐다. 그는 학교 근처 식당들이 비싸기만 하고 맛은 없다며 투정 부리던 그녀를 그가 아는 맛집들로 이끌곤 했다. 학교 앞 자취방 근처의 같은 건물에 붙어있는 순두부집과 국밥집을 소개하며 순국열사라면 이 두 집만 다녀도 잘 먹을 수 있다는 이상한 소리. 그게 순두부와 국밥의 앞 글자를 딴 재미없는 농담이라는 사실을 깨달은 건 시간이 꽤 지난 다음이었다.

'그러고 보니 형연이랑 추억이 꽤 있네. 다 잊고 있었어. 얼마나 됐다고 벌써 다 까먹었…….'

은하수는 갑자기 머릿속에 간지러운 느낌이 들어 말을 멈췄다. 무언가 떠오를 것만 같은 기분이었다. 그러나 한참을 생각해도 머릿속에 있는 게 무엇인지 뚜렷하게 잡히지 않아 잔뜩 인상을 찌푸렸다. 멍청히 서있던 그녀는 문득 형연이 했던 것처럼 아랫입술을 잡아 휘파람을 불었다. 휘이익, 형연처럼 깨끗한 소리는 아니었지만 바람 빠진 소리를 내면서도 한참 그렇게 휘파람을 불며 멈추어 섰던 그녀는 어느 순간 입을 크게 벌렸다.

순국? 아! 순국이라니, 이렇게 쉬운 것이었다니. 그녀는 급히 핸드폰을 꺼내 형연의 번호를 눌렀다.

"할 말 있어. 당장 학교 정문 앞으로 와. 무조건 와. 안 와도 기다릴 거야."

전화가 연결되자마자 자기 할 말만 하고 전화를 끊어버린 은하수는 대학 도서관으로 뛰어갔다.

24
회양군과 신고산면

은하수의 전화를 받은 형연은 그녀가 던진 말에 옛 기억을 떠올렸는지 씁쓸한 표정으로 가슴을 매만졌다. 아련한 기억을 쓸어내리듯 잠시 서울로 향하는 기차의 창밖에 시선을 두었던 그는 곧 몇 번 고개를 가로저었다.

학교 근처의 풍경은 그대로였다. 가게 몇 개가 바뀌었을 뿐 익숙한 거리 그대로를 지나친 그는 정문에 이르러 기다리는 은하수를 발견했다. 꽤 시간이 걸렸을 텐데 언제부터 기다렸을까, 문을 열고 내리는 그의 팔을 은하수가 바로 잡아챘다,

"왔어?"

"응. 갑자기 이렇게 급하게 부른 이유가 뭐야?"

은하수는 먼 길을 온 형연에게 고생했다는 말도 하지 않은 채 바로 본론을 꺼냈다.

"회신령의 키워드는 역사야. 역사의 은어인 셈이지."

묵묵히 듣고 있는 형연을 향한 목소리가 한층 빨라졌다.

"다이이치의 여덟 글자는 나라에 건 주문이야. 자, 교육을 담당하는 학무국과 역사를 편찬하는 조선사편수회에다 축고선, 고려와 조선을 줄이라 했다면 무엇을 어떻게 하라는 걸까? 교육과 역사를 담당하는 이들에게 무엇을 줄이라 했겠어?"

"기록에 남은 국경의 크기를 줄이라는 거겠지?"

"바로 그거야. 그래서 이케다의 직책을 알고 나서는 일이 되게 쉬울 거로 생각했어. 고려와 조선의 국경선 부근의 지명들을 훑다 보면 금방 회신령을 찾을 줄 알았으니까."

"계속 얘기해."

"그런데 도저히 찾을 수 없었어. 이북 5도청, 국립지리원, 인터넷 심지어 『조선의 풍수』까지 샅샅이 뒤졌지만 회신령은 없었어. 나는 회신령이 없는 지명이라고 결론 내렸어."

"일일이 다 찾아보느라 힘들었겠는걸. 정말 고생했어."

은하수는 형연의 위로를 들은 척도 않고 말을 쏟아냈다.

"대체 회신령이라는 게 뭘까 한참을 고민했어. 령은 골짜기를 뜻하는 보통 명사니 바뀔 리 없고 고유명사 회신의 뜻을 알아내야 했지. 하지만 이건 은어야. 대놓고 저주를 내릴 장소가 어디인지 드러난다면 바로 발각될 테니까 이 은어 안에 실체를 숨긴 거지."

형연은 은하수를 빤히 바라보았다.

"어떤 식으로 만들어진 은어일까?"

은하수는 대답 대신 형연의 눈앞에 손가락을 갖다 댄 다음 천천히 손가락을 움직여 어딘가를 가리켰다. 은하수의 손가락을 따라간 형연의 눈길은 이내 순두부집과 국밥집에 머물렀고 그는 어렵지 않게 옛 기억을 떠올렸다.

"어때, 형연. 순국열사께서는 그 비밀을 알겠어?"

"순두부와 국밥. 옛날 일이네. 순국."

"그래. 참 우습지만 이게 회신령의 비밀이야. 나이파 이한필베를 풀어낸 너라면 이제 알겠지?"

순두부집과 국밥집. 순국. 옛 기억에 잠시 머물렀던 형연의 입술이 회신령이라는 글자를 소리 없이 몇 번 따라 움직였다. 회신령. 회와 신. 설마. 은하수는 그럴 줄 알았다는 듯 당황한 형연의 얼굴을 바라보며 소리 없이 가볍게 웃었다.

"그래. 대단한 게 아니었어. 나이파 이한필베마냥 주문처럼 보이게 만들어진 말이지. 우리는 다이이치가 주는 무게감에 너무 어렵게만 생각해서 멀리 돌아왔어."

"회와 신."

형연은 길게 숨을 쉬었다. 만축고선의 네 글자 때와 같았다. 알고 생각하면 헛웃음이 나올 만큼 간단한 일에 영 닿지 못했던 것은 무슨 이유일까. 반면에 은하수가 매번 쉽게만 풀어내는 이유는 무엇일까. 짧은 생각을 하던 형연은 벤치에 앉아 비스듬히 숙였던 허리를 펴며 은하수를 바라보았다.

"더 말해볼래?"

"거기까지 생각이 미치자 나는 도서관으로 뛰어가서 회와 신으로 시작하는 지명들을 검색했어. 당장 가까운 회기동 신설동부터 시작해서 회현동, 회원리, 회령군, 신철원, 신포, 신의주 등 회와 신으로 시작하는 남북한의 모든 지명을 다 찾아냈어."

"너다운 접근이야. 그래서 어떻게 됐어?"

"모든 지명의 짝을 지어 회신이라는 합성어를 계속 만들어 보던 중에 그런 생각이 들더라. 좀 전에 얘기했었지. 다이이치의 명을 받은 이케다가 조선사편수회를 통해 무언가 수작을 부렸다면 반드시 고려와 조선의 국경선에다 무슨 짓이든 했을 거라고."

은하수는 주머니에서 여러 번 접힌 종이를 꺼내 펼치고 형연에게 내밀었다. 종이에는 수없이 많은 지명의 합성어가 어지럽게 쓰여있었고 그 위에는 빨갛게 가위표가 쳐있었다.

형연은 문득 그녀와 대학 도서관에서 같이 공부하던 때

를 생각했다. 동그라미로 가득한 그녀의 시험지와 가위표로 가득한 그의 시험지를 서로 보여주던 때. 처음부터 시험을 잘 보고 싶은 마음이 들지 않아 그냥 풀고 싶은 문제만 풀어 엉망인 그의 시험지를 몰래 보려고 힐끔거리던 그녀의 눈길. 그러고는 슬쩍 다가와 가위표 사이에 있는 동그라미가 진정 가치 있다며 몇 개 없는 그의 동그라미를 찾으며 위로해 주던 은하수의 표정.

수백 개의 빨간색 가위표 사이에 파란 동그라미 두 개.

"회양군과 신고산면."

회양은 함경남도 안변과 맞붙은 강원도 최북단의 지역이고 신고산은 고산의 신시가지로 철도가 생기면서 만들어진 지명이었다.

"그래. 그 두 곳을 인터넷에 검색해 보니 바로 험한 고개가 하나 나오더라."

"철령."

"맞아. 회신령은 바로 철령이야."

순간 형연은 벌떡 일어섰다. 철령, 다시 한번 그 이름을 입술 사이로 흘린 그는 갑자기 먼 곳을 홀린 듯 바라보았다. 그러고는 망부석처럼 그 자리에 한참을 굳어있었다. 철령. 긴 시간이 흐른 후에야 그는 다시 한번 그 단어를 되풀이했고 그것은 기대 어린 얼굴로 형연의 감탄과 칭찬을 기다리던 은하수의 얼굴이 의문으로 바뀔 즈음이었다.

"회신령집만축고선淮新嶺縶萬縮高鮮. 철령집 만축고선."

"형연아?"

"철령에 매어놓아라. 고려와 조선이 영원히 줄어들도록."

실핏줄이 일어나 붉어진 눈이 너무나 어색했다. 늘 작은 미소를 머금어 편안한 얼굴로 상대의 이야기를 듣기만 하던 형연이 가슴을 긁어낸 듯한 목소리로 풀어낸 뜻을 중얼거리고는 부서져라 주먹을 쥐고 있었다. 분노. 형연과는 도무지 어울리지 않는 그 낯선 감정의 정체를 발견한 은하수는 저도 모르게 살짝 몸을 떨었다. 그것은 너무나도 진한 분노였다.

"미안하다. 어디 좀 들어갈까?"

조용한 음성이 이어진 것은 한참이 지나서였다.

자리에 앉아 바깥 경치를 바라보던 은하수는 형연이 음료를 가지고 돌아오자 그를 빤히 쳐다보았다. 형연은 왜 그리 이상한 모습을 보였을까? 철령에 매어놓아라. 무엇을 어떻게 매었기에 고려와 조선이 영원토록 줄어든다는 것일까. 은하수는 잠자코 형연이 내어놓을 답을 기다렸고 형연은 그녀의 앞에 커피를 내려놓으며 무슨 생각을 하는지 안다는 듯 고개를 끄덕였다.

"은하수. 너는 아무도 할 수 없는 일을 해냈어."

"혼자서는 아무것도 못 했을걸? 네가 주문을 거의 해석해서 넘겨주었고 또 이케다도 찾아보라고 했고. 나는 네가 다 준비한 밥에 숟가락만 얹었다고 생각하는데."

"그 일이 가장 힘든 일이야. 원래 네 일이 아니었는데도 이미 누구보다 잘 해낸 거야."

칭찬이 몇 마디 이어졌지만 은하수는 그저 기뻐하는 대신 형연의 얼굴을 뚫어져라 바라보고만 있었다. 지금은 자취를 감춰버렸지만 형연의 얼굴에 서렸던 분노, 그것은 아직 남은 의문의 답을 알고 있다는 방증이었다.

"내 이야기를 듣고 철령을 바로 떠올린 이유가 있겠지?"

"……."

"철령에 매인 국경선, 그게 무엇을 뜻하는 건지, 결국 다 이이치가 무슨 저주를 내린 것인지 알아차렸다는 말이고. 말해 봐, 전부 다."

형연은 생각을 정리하는 듯 몇 번 눈을 감았다 떴다. 곧이어 그는 차분한 목소리로 이야기를 시작했다.

"예전에 철령위 문제를 고민한 적이 있었어."

"철령위? 이성계가 위화도에서 회군할 때 나오는 그 철령위? 교과서에서 본 거 같은데."

"그래. 원명元明 교체기에 고려는 철령위와 관련한 명나라의 요구를 거부하고 전쟁으로 나섰어. 그런데 싸우러 나간 이성계가 돌연 군사를 돌려 최영을 죽이고 조선을 세웠지."

"그 철령위가 다이이치의 저주와 연관이 있는 거야?"

"그렇다고 생각해."

"잠깐. 먼저 철령위에 대해 정확히 알아야겠어. 철령위와 관련된 명나라의 요구라는 게 정확하게 어떤 거야?"

"고려 말기 고려와 명나라 사이에 발생한 문제야."

"조금 더 자세히 말해봐."

"몽고가 쇠하면서 명나라가 일어났지. 그런데 명태조 주원장은 철령 이북의 땅이 원래 원나라의 것이었으니 원을 이은 명나라의 것이라며 철령위를 설치하고 병참군영으로 만들고자 했어. 그 계획은 명나라를 다녀온 사신에 의해 고려에 알려졌지."

형연은 손끝으로 유리컵을 두드렸다.

"그래서 고려는 철령에 성을 새로 쌓아 명나라의 침략을 대비했어. 동시에 사신을 보내 철령 이북의 땅이 고려의 것임을 분명히 밝히며 철령위 설치를 중지하라 요구했지."

"그래서?"

"명나라는 듣지 않았어. 고려에 70여 개 병참을 두는 철령위 설치를 정식으로 통고해 왔지. 이에 분노한 고려는 요동 정벌을 결심하고 이성계에게 정병 3만 8천을 보냈어. 이성계가 도중에 회군해서 오히려 칼끝을 고려로 돌리긴 했지만."

"그게 위화도 회군이지?"

"맞아. 여기까지가 철령위에 얽힌 고려의 역사야."

은하수는 형연의 말을 곱씹었다. 그녀는 학창 시절에 교과서를 달달 외워 위화도 회군이나 철령위에 대해서는 익히 알고 있었다. 오랜만에 다시 들어 새롭기는 했지만 형연의 이야기에 특별한 건 없었다.

"명나라가 철령위를 설치한다고 했고 고려는 평화롭게 해결하려 했지만 여의치 않아 결국 요동 정벌을 나갔다. 명나라가 철령위를 설치한다 해서 요동 정벌을 나갔다. 잘 모르겠어. 뭐가 문제지?"

"······."

아무 대답도 하지 않고 무언가를 골똘히 생각하던 형연이 말했다.

"내게 며칠 시간을 줘. 확인해야 할 것이 있어."

평소 같으면 기가 차서 따질 일이었다. 들을 것은 다 듣고 설명할 것은 남겨둔 채 말을 맺어버리다니. 그러나 은하수는 선선히 고개를 끄덕였다. 오늘의 형연은 낯설었다. 꾹 눌러 참아내던 것은 분명 치솟는 울화였으며 그 말미에는 일말의 비장함까지 있었다. 무언가 있겠지. 원래 독특한 사람이니까. 게다가 당장 너무나 피곤했다. 며칠의 밤샘 작업에 지쳐 사실 이야기를 따라가는 것조차 힘들던 터였다.

은하수는 형연과 헤어진 뒤 오피스텔로 돌아왔다. 평생 이렇게까지 녹초가 된 건 처음이었다. 고시 공부를 할 때나 대통령실에서 철야 작업할 때나 거뜬했던 그녀였지만 이번에는 정말로 힘들었다.

"정신력으로 될 게 아니네."

정해져 있는 코스를 따라가는 일과 아무 단서도 없는 백지에 토대를 쌓아 나가는 일에 소모되는 정신력의 차이는 차원이 달랐다. 지난 며칠간이 꿈으로 느껴질 만큼 의식이 흐릿했다. 겨우 샤워를 마친 그녀는 침대에 눕자마자 잠들었다.

다음 날 은하수는 핸드폰이 울리는 소리에 잠에서 깼다. 친구 소희의 전화였다.

"미안. 오늘 막 집에 들어와서 이제야 전화했어."

"괜찮아. 나도 깜박 잊고 있었네. 내가 보낸 문자 봤어?"

"응. 친한 친구가 역사 관련해서 조언을 구하려 한다고 남편한테 전했더니 무지 좋아하던데? 원래 친화력이 좋은 사람이기도 하지만 네가 대통령실 직원이라니까 입이 쫙 벌어지더라."

"대통령도 아니고 일개 직원인데 뭘. 하여튼 편한 시간 잡아서 알려주고 고맙다고 전해줘."

전화를 끊은 은하수는 문득 자기가 대통령실 직원이 아니면 어떨까 생각했다. 가족들, 약혼자 혁진, 친구들, 지인들 모두 그대로일까? 아닐 것 같았다. 오직 형연을 빼고는. 형연, 무언가 이상했던 것 같은데. 잠시 어제의 기억을 더듬던 그녀는 고개를 저었다. 원래 진심으로 역사를 고민하고 나라를 걱정하는 사람이니까. 충분히 그럴 만한 일이라 생각하며 그녀는 다시 베개에 얼굴을 묻었다.

25

철령위의 비밀

형연의 연락은 사흘 뒤에 왔다. 화장은커녕 씻지도 못하고 만났던 저번과 달리 한참을 꾸미고 가장 아끼는 옷을 꺼내 입은 은하수는 한층 가벼운 발걸음으로 약속 장소를 향했다. 그러나 카페에서 기다리던 형연은 별다른 반응 없이 여느 때와 같은 인사를 건넸고 은하수는 뾰로통한 표정을 지으면서도 그럼 그렇지 하는 생각을 했다. 형연은 항상 변함없는 사람이었다.

"무슨 조사를 했길래 시간을 달라고 한 거야?"

"명나라는 왜 철령위를 설치하려고 했을까?"

"철령 이북의 땅이 원래 원나라의 땅이었으니 명나라가 돌려받아야 한다고 했다며?"

"그럼 고려는 왜 화가 났을까?"

"갑자기 자기 땅을 내놓으라는데 화가 나지 당연히."

"그래서 고려가 어떻게 했지?"

"철령에 새로 성을 쌓아 방비하고 사신을 보내 철령 이북의 땅도 고려의 땅이라고 선언했다며. 그런데도 명나라가 무시하고 철령위를 설치하려고 하니 요동 정벌을 나갔고. 근데 오늘 화법이 왜 이래? 좀 시원하게 설명하지 않고."

"고려는 왜 철령에 성을 쌓았지?"

"전쟁이 나도 철령을 지키기 위해서겠지? 명나라가 노렸던 영토가 다 철령 근처니까."

"그럼 고려는 왜 요동 정벌을 나갔을까?"

"살짝 짜증이 나려고 하네. 명나라가 철령위를 설치하려고 하니까. 땅을 내놓으라고 하니까."

"철령위 때문에 전쟁에 대비하여 철령에 성을 새로 쌓고는 요동으로 정벌을 나갔다. 맞지?"

"맞아."

"철령은 어디지?"

"함경남도, 강원도 사이. 야, 너!"

은하수는 형연의 이상한 화법에 화를 내려다 멈추었다. 아무 이유 없이 그러진 않을 테고. 그가 무엇을 말하고자 하는지 생각하던 그녀는 알았다는 듯 화를 가라앉히고 피식 웃었다.

"그래, 멀다는 이야기지? 그래. 한참 멀리 요동을 정벌하러 가면서 이 앞 철령에 성을 쌓는다는 건 분명 이상해. 하지만 상대가 철령위를 설치한다고 하니까 그냥 요동으로 보복 정벌을 나간 걸 수도 있잖아?"

"이게 바로 다이이치의 저주야. 너조차도 홀려버린."

"……?"

"네 장점은 논리야. 합리에 어긋나는 건 받아들이지 않지. 그런 네가 지금 어떤 말을 하고 있는지 잘 생각해 봐. 왜 평소처럼 그 뛰어난 머리로 생각하지 않는 거지?"

"……."

"은하수. 이케다와 조선사편수회를 기억해. 다이이치가 저주를 내려 달성하려고 했던 목적을 생각해."

형연은 은하수의 어깨를 붙잡았다.

"철령위는 명나라가 설치한 기관이야. 세상 그 어떤 기록도 명나라의 기록보다 정확할 수는 없어. 그리고 명나라의 사료들은 모두 철령이 요녕성에 있다고 정확히 말하고 있어."

"뭐?"

요녕성? 은하수는 이상한 눈으로 형연을 바라보았다. 요녕성은 강원도의 철령과는 수백 킬로미터 떨어진 중국의 땅이었다.

"『명사』의 지리지에서는 철령의 서쪽에 요하遼河가 흐르고 있다고 기술하고 있어. 요하는 요녕성을 가로지르고 있고."

"잠깐만. 정말이야?"

"게다가 일본에 의해 나라를 빼앗긴 1910년에 조선에 온 일본 학자들은 철령위의 철령은 현 중국의 철령시라고 발표했어. 그런데 1930년대 중반을 넘어서면서부터 조선사편수회는 철령을 함경도와 강원도 사이 철령으로 못을 박아버리지."

"아, 혹시."

"그래. 철령은 뒤바뀐 거야. 두 개의 같은 지명이 있었고 북서쪽의 철령은 동남쪽의 철령으로 둔갑해 버렸지. 바로 다이이치와 조선사편수회에 의해서."

은하수는 저도 모르게 입을 벌렸다. 퍼즐의 큰 부분이 끼워 맞추어지고 있었다.

회신령집만축고선淮新嶺縶萬縮高鮮.

고려와 조선의 국경을 철령에 잡아매어 영토를 줄여라, 요동의 철령을 강원도의 철령으로 잡아매어 역사로 가르쳐라! 은하수는 순간 숨이 막히는 것을 느꼈다. 괴이한 얼굴로 고함치는 풍수사 다이이치의 모습이, 이케다를 비롯한 총독부와 조선사편수회의 비열한 얼굴이 연이어 그녀의 머릿속에 그려졌다. 아무것도 모른 채 역사를 강탈당하는 한국인의 얼굴도 떠올랐다. 일제 치하에 신음하는 얼굴이, 책상에 앉아 철령의 위치를 강원도로 받아 적는 학생들의 모습이.

"그런 거였어."

형연은 은하수가 무슨 생각을 하는지 안다는 듯 담담한 목소리를 이어갔다.

"당시 우리나라 학자들은 일제강점기였으니만큼 아무것도 할 수 없었지. 아니 오히려 일본인 학자 밑에서 그들의 연구를 도왔어. 따르지 않으면 파멸이었을 테니까. 그리고 해방 이후 그들이 우리 역사학계의 거목이 된 거야."

"아아."

"그게 80년 넘게 이어져 고려의 국경선이 의주에서부터 원산까지로 그려져 있는 이유야."

은하수는 손끝을 떨었다. 그제야 며칠 전 형연의 분노를 이해할 수 있었다. 어두운 곳에 숨어서 고려의 국경을 잘라내 버리는 자들과 그들의 음모를 그대로 가르치는 처참한 현실이 가슴에 사무쳤다. 문제를 풀었다고 생각한 순간, 그보다 수백 배는 갑갑한 현실이 다가와 있었다.

"왜 지금까지 아무도 문제를 제기하지 않았지? 역사학자들은 또 뭐 하고 있는 거야? 다이이치의 저주를 몰랐다고 해도 철령위에 대해서 생각해 보면 이상하다는 점을 느낄 수 있잖아."

"누가 80년이나 가르쳐 내려오는 교과서를 의심할 수 있겠어. 게다가 조선사편수회에서 일본인 학자들을 따르던 사람들이 학계의 거두가 되었으니."

"역사학자들을 만나야겠어. 안 그래도 곧 만나기로 한 친구 남편이 학계에 제법 이름이 있다고 했으니 따져 물어봐야겠어."

형연은 고개를 가로저었다.

"은하수. 이제 네 본업으로 돌아가."

"네가 말 안 해도 그럴 거야. 하지만 끝은 봐야겠어. 이런 걸 어떻게 그냥 놔둬? 역사학자들을 추궁하고 대책을 촉구할 거야. 이런 일이 있다는 걸 세상에 어떻게든 알릴 거야. 꼭."

형연은 그런 은하수를 깊은 눈빛으로 쳐다볼 뿐이었다.

26
외로운 싸움

　형연과 헤어진 은하수는 집에 돌아와 소희에게 전화를 걸었다. 소희는 가능한 빨리 만나자는 은하수의 요청에 흔쾌히 그날 저녁 식사에 초대했다. 남편이 좋은 식당을 예약했다는 소희의 말에 은하수는 고마운 마음이 들었다. 시간이 남아 의자에 몸을 누인 채 천장을 바라보던 그녀는 어떻게 자신의 말을 전할지 정리했다. 대통령실에 온 괴상한 주문을 해독하며 형연을 만났고 그에게 휩쓸려 다이이치의 저주를 추적한 끝에 철령위에 이르기까지, 짧은 시간이었지만 정말 많은 일을 겪었다고 생각한 그녀는 자신의 변화를 실감했다.

　나이파 이한필베를 쫓아가다 발견한 대한민국의 심각한 인구 절벽 문제, 다이이치의 저주를 쫓아가다 발견한 조선 사편수회의 음모. 눈에 보이는 경쟁과 성공만이 전부라 여기며 살아가던 그녀는 이제 정말로 거대한 위기와 위협이 무엇인지 뼈로 느끼고 있었다. 예전 같으면 공허한 정의로 치부하고 넘겼을 일들이 이제는 반드시 맞서야만 할 과제로 다가와 있었다.

"누군가는 해야만 하는 일이야."

대한민국의 미래를 책임져야 할 학생들은 조선사편수회의 음모로 얼룩진 역사를 배우고 있었고 미래를 걱정해야 할 정치인들은 인구 절벽을 피해야만 할 문제로 외면하고 있었다.

형연을 만나지 않았다면.

그녀 또한 마찬가지였을 것이었다. 세상에 그보다 중요한 일이 너무나도 많다며, 세상이 그렇게 흘러가는데 누가 무엇을 할 수 있을 것이냐며 유난 떨지 말라고 비웃고 말았을지도 몰랐다. 그녀는 문득 형연이 했던 말을 떠올렸다.

- 스스로를 깊숙이 돌아보면 반드시 역사를 마주치게 돼. 그러나 마주칠 때마다 보이는 건 중국과 일본에 의해 형편없이 구부러지고 축소된 모습이지. 싫을 수밖에 없어. 외면하고 싶은 게 당연해. -

이어서 그녀를 만류하던 형연의 말도 떠올랐다.

- 은하수, 이제 네 본업으로 돌아가. -

그럴 수는 없었다. 이제 이것은 은하수 자신의 문제이기
도 했다. 해낼 수 있으리라는 생각이 들었다. 역사학계에
진실을 알리고 그들을 설득해 철령위 문제를 해결하고 말
겠다고, 은하수는 주먹을 꼭 쥐며 결심을 다졌다.

저녁이 되어 소희가 보내온 주소로 찾아간 은하수는 눈
살이 찌푸려졌다. 조용하게 대화할 수 있는 식당을 기대했
는데 도착한 곳은 시끄러운 음악과 소리로 가득한 스테이
크집이었다. 중요한 말을 해야 한다고 몇 번이나 강조했는
데 굳이 이런 곳을 약속 장소로 정해야 했을까. 하지만 은
하수는 내색하지 않고 밝게 인사를 건넸다.

"이야기는 정말 많이 들었지만 실제로는 처음 뵙네요.
김은하수예요."

"반가워요. 박성진입니다."

성진은 대학 졸업 후 바로 미국으로 유학을 떠나 예일대
학교에서 박사 학위까지 마치고 온 엘리트로, 모교에서 역
사를 가르치며 다각적 시각으로 역사를 바라보는 논문을
여럿 발표해 학계에서 인정받는 학자였다. 은하수는 식사
내내 이어진 소희와 성진의 연애 이야기가 끝나자 어색하
지 않게 본론을 꺼냈다.

"역사에 정통하시다 들었어요. 여쭤보고 싶은 게 있어서 뵙자고 했어요."

"물론이죠. 뭐든 물어보세요."

"철령위에 대해 아시나요?"

"예. 고려 시절 명나라에서 함경남도와 강원도 사이 철령에 설치하려고 했던 기관이죠. 명 태조가 고려를 길들이려고 한 거예요. 철령위는 왜요?"

곧 은하수는 천천히, 그러나 빠짐없이 철령위의 문제를 설명했다. 처음에는 진지하게 듣던 성진은 이야기가 깊어져 가자 때로는 작게 웃고 간간이 한숨도 내쉬었다. 긴 이야기가 끝나자 그는 깍지 낀 두 손을 머리 뒤로 넘기며 물었다.

"은하수 씨. 혹시 역사 공부를 따로 하신 적이 있나요?"

"아뇨. 학창 시절 그리고 시험 준비 때 잠시 했던 게 전부예요."

"그래서 이런 얘기에 혹하게 되는 거예요. 아, 오해하지 마세요. 비난하는 건 아닙니다. 역사에 정통하지 못하면 어쩔 수 없이 이런 사이비 같은 이야기에 속게 되거든요. 듣고 싶은 이야기만 해주니까요. 가려운 곳만 잘 골라서 살살 긁어준다는 거죠."

"사이비라고요?"

성진은 깍지를 풀어 두 손을 탁자에 내려놓은 뒤 탁자를 툭툭 쳤다.

"세상에 이런 사람들이 너무 많아요. 다 정신 나간 사람들입니다. 정공법으로 나가려니까 증명할 수 있는 게 아무것도 없어서 흥미나 끄려는 잡배들이에요."

슬쩍 은하수를 쳐다본 성진은 피식 웃더니 한층 더 강한 말투를 이어갔다.

"당장 인터넷에 찾아보면 그들이 주장하는 헛소리가 산더미처럼 쏟아져 나와요. 출처는 자기들끼리 다 돌려쓰고 유튜브에 얼굴이나 비춰 인기몰이 하는 사기꾼들이죠. 인용도 자기들끼리 해요. 누가 그랬다더라, 어디서 봤다더라, 다 인터넷에만 떠도는 것들이에요. 그래서 역사는 전문가에게 얘기해야 합니다. 아무 말이나 그럴듯하게 말한다고 진짜 역사가 될 수는 없어요."

"하지만 분명히 나와있잖아요. 『명사』를 비롯한 기록들에 철령의 위치가."

"그 말을 은하수 씨에게 한 사람이 누구죠? 말해봐요. 어느 교수에게 사사한 어느 대학의 누구인지. 혹시 이름 한 줄 제대로 못 올리는 직함만 교수인 작자들 아니에요? 역사는 그렇게 공부하면 안 돼요. 작게 보면 할 말이 너무도 많죠. 그래서 겸손해야 하는 겁니다. 제대로 공부한 사람들한테서 제대로 배우는 동안 할 말이 많아도 참아야 해요. 그렇게 쌓고 쌓다 보면 이름을 얻고 큰 학자가 돼서 한

마디 할 수 있는 겁니다. 위화도에 끌고 간 말이 2만 1천6백82필인지, 아니면 2만 1천6백83필인지, 그 한마디 하는 게 그렇게 어려운 거예요."

"……."

"그래서 우리는 그런 덜 여문 사람들 상대하지 않아요. 무시하고 말죠. 그런 거 하나하나 들어주다 보면 정말 한도 끝도 없으니까요."

은하수는 아무 말도 하지 않았고 그런 그녀를 웃으며 바라보던 성진은 세련된 손동작으로 웨이터를 불러 와인을 한 병 더 시켰다. 소희가 낌새가 이상하다 싶었는지 팔꿈치로 그를 툭 치고는 나무라는 말을 했다.

"그런데 일제강점기로 인해 우리 역사가 많이 왜곡된 건 사실이잖아? 그걸 바로잡겠다는 은하수의 말이 나는 좋게 들리는데?"

"그야 그렇지. 그래서 학자들이 연구에 평생을 바치는 거야. 그런 사기꾼들이 아니라. 저주? 풍수? 아니, 뭐 무슨 주문이라도 외우면서 하는 그런 건가? 하하하하!"

손가락까지 마구 움직여 가며 우스꽝스러운 모습을 흉내 내던 성진은 이내 분위기가 이상한 것을 느꼈는지 흠흠 헛기침을 하고는 점잖게 말했다.

"그래도 역사에 관심이 없는 것보다는 낫죠. 그렇게 시작해서 제대로 공부하게 되는 경우도 몇 번 봤어요. 그러니 그 친구에게 내 전화번호를 줘요. 헛된 시간 낭비하지 않게 제가 제대로 좀 가르쳐 줄게요."

은하수는 자리에서 일어섰다. 식당 바깥에 따라 나온 친구가 남편의 무례함을 대신 사과했고, 은하수는 다시 연락하겠다고 말하고는 걸음을 옮겼다. 한참이나 홀로 걷던 은하수는 막막한 기분에 한숨을 쉬었다. 할 수 있을까, 첫걸음부터 단단한 벽에 꽉 가로막힌 기분이었다.

27

은하수의 사직

몇 명의 역사학자들을 더 만난 은하수는 오히려 성진이 말이 통하는 편이었다는 사실을 알 수 있었다. 친절하게 이야기를 듣기 시작하던 학자들은 몇 마디 듣기도 전에 대다수가 불쾌한 표정으로 변해 입을 닫아버렸고 어느 노학자는 모욕적이라며 대화 도중에 자리를 박차고 일어나는 일조차 있었다. 그제야 은하수는 학자들을 설득하여 역사를 바로잡는다는 게 얼마나 허무맹랑한 기대였는지 깨달았다. 그들은 퍼즐의 수많은 조각 중 그들이 허용하고 원하는 조각만 선별해 맞추는 사람들이었다. 그들이 필요로 하지 않는 조각은 들어갈 틈조차 없었다. 대통령실에 복귀할 때까지 그녀는 결국 아무것도 하지 못했다.

사무실에 복귀한 은하수를 보며 직원들은 환호했다. 한

사람의 손이라도 더 필요한 힘든 시기에 까다로운 문제들을 도맡아 해내던 인재가 돌아왔으니 당연한 일이었다. 신이 나서 맞이하는 동료들과 달리 은하수는 어딘지 모르게 착잡한 표정이었다. 사무적인 웃음과 함께 몇몇 사람과 인사를 나눈 그녀가 자기 책상으로 가는데 선임행정관은 자리를 정리할 시간도 주지 않은 채 그녀를 바로 회의로 끌고 들어갔다.

"알다시피 현대경제연구원 납치 사건 때문에 떠오른 인구 문제로 사무실이 마비될 지경이었어. 언론이고 국민이고 우리 대답만 기다리고 있으니까."

"어떤 대책들이 나왔어요?"

"인구 문제에 딱 떨어지는 해결책이란 게 가능하겠나. 대충 적당히 발표하고 언론사에 로비 좀 해서 가라앉혀야지."

"최소한 획기적 예산 확보안이라도 내야 하지 않나요?"

"예산? 어림도 없는 일이야. 지금까지 푼 돈이 얼만데. 어쨌건 답이 없는 문제니 일단 달래고 봐야지."

"미시적으로는 그렇다 하더라도 거시적으로는요?"

"응?"

선임행정관은 뚱한 눈으로 은하수를 쳐다봤다.

"거시적으로? 뭘 어떻게?"

"보다 근본적 대책들이요. 어떤 것들이 논의됐었는지."

탐탁지 않았던 선임행정관의 표정이 조금 더 찌푸려졌다. 누구보다 순발력 있게 어려운 순간마다 현실적인 답안들을 탁탁 내놓던 그녀가 오래 자리를 비우고 돌아와서는 이상한 소리를 하고 있었다.

"근본? 갑자기 왜 이상한 소리를 해? 그런 단어는 학교에서나 쓰던 거 아니야?"

그는 은하수가 무어라 대답하기도 전 그간의 스트레스를 쏟아내듯 볼멘소리를 토해냈다.

"이봐 김 행정관, 이 정신없는 시기에 쭉 자리를 비웠으면서 너무 쉽게 말하는 거 아니야? 우리라고 좋아서 언론사 로비 운운하고 있겠어? 방법이 없잖아. 방법이. 그럼 당신이 한번 말해봐. 어떻게 할까?"

"내 의견이 중요한 게 아니라 각 부처가 협의해서 뭔가 대책을 의논해야지요. 지금까지처럼 상황을 모면하는 정도로만 생각해서는 바뀌는 게."

"하아."

선임행정관은 큰 한숨을 토해내며 은하수의 말을 잘랐다. 더불어 다른 동료 직원들도 그만 좀 하라는 듯 눈치를 주었다. 당연한 일이었다. 이전이나 지금이나 사무실의 분위기는 같았고 유난인 것은 은하수였다. 은하수도 그 사실을 알고 있었다.

"좋은 쪽으로든 나쁜 쪽으로든 변화는 딱 그만큼의 표를 잃는다, 그거 김 행정관이 하던 말 아니었나?"

"······."

"왜 그래? 일 잘하던 사람이 왜 이렇게 바뀐 거야? 머리 좀 식혀. 머리 좀 식히고 사무실 분위기에 적응 좀 해."

은하수는 말없이 일어나 회의실을 나갔다. 겉옷과 가방도 정리하지 않은 채 잠시 자리에 앉아서 무언가를 골똘히 생각하던 그녀는 곧 핸드폰을 꺼내 수석비서관에게 전화를 걸었다. 대통령 호출 건으로 복귀하거든 바로 연락을 달라던 이야기가 생각나서였다. 의외로 비서관의 연락은 빠르게 돌아왔고 커피 한 잔을 내려 마시며 시간을 기다리던 그녀는 적당히 옷매무새를 가다듬고 엘리베이터로 향했다.

여럿이 몇 번 수행한 적은 있으나 대통령을 일대일로 대면하는 것은 처음이었다. 심호흡을 한 뒤 집무실 문을 열고 들어가자 창가에 서서 바깥을 내다보던 대통령이 밝은 얼굴로 반겼다.

"안녕하십니까. 김은하수 행정관입니다."

"어서 와요. 이야기를 한번 나눠보고 싶었어. 편하게 앉지."

인사를 나눈 뒤 대통령은 자리에 앉아 차를 권했다.

"나이파 이한필베. 은하수 씨가 수수께끼를 풀었지?"

"제가 푼 게 아닙니다. 저의 대학 동기가 풀었습니다."

"그래? 대단하네. 대학 동기라면 그 친구도 법조인인 가?"

"아닙니다. 다양한 세상 공부를 하는 친구입니다."

은하수의 말에 대통령은 잠시 생각하다가 알겠다는 듯 호탕하게 웃었다.

"하하, 그런 친구를 가진 것 자체가 능력이야. 대체로 한 가지 공부에만 몰두해서는 성공하기 어렵거든. 마찬가지 로 법학만 파고들어서는 좋은 법조인이 될 수 없어. 검사 든 판사든 사람을 심판하는데 심판이라는 게 사실은 끝없 는 사색이잖아. 그러니 법조인들은 법학 못지않게 철학 공 부가 필요해."

"저도 이번에 많이 느꼈습니다. 세상엔 다양한 힘이 있 다는 것을 알게 된 것 같습니다."

"그렇지. 나도 나이를 꽤 먹고서야 느끼던 부분이야. 단 지 머리에 든 게 많다거나 말주변이 좋다고 대단한 게 아 니더군. 말로 내뱉은 걸 지킬 수 있는 진짜 힘이 있어야 해."

대통령은 높은 자리에 있음에도 경직되지 않은 시선을 갖고 세상의 일을 여러 각도로 볼 줄 아는 사람이었다. 소 탈한 성격에 어울리게 순수한 호기심을 가진 듯 이런저런 질문을 해오던 대통령은 나이파 이한필베를 추적한 이후의 일까지 물었고 간략하게 이어진 은하수의 보고는 자연스레 그간 역사학자들에게 물어오던 일까지 닿았다.

"의미 있는 일을 했군."

관심을 갖고 듣던 대통령은 턱을 매만지며 말했다.

"혹자는 그깟 기록과 역사가 무엇이 중요하냐 하겠지만 우리의 오늘은 내일의 역사이기도 해요. 결코 좌시해서는 안 될 문제지."

웃음 띤 얼굴로 그간의 이야기를 들어준 대통령이 간단한 치하까지 건네오자 은하수는 경직된 마음이 다소 풀어짐을 느꼈다. 그 누구도 들어주지 않던 문제에 놀랍게도 대통령이 공감을 표해준 것이었다. 혹시 대통령이 어떤 길을 열어주지는 않을까, 하는 기대까지 일었다. 그러나 거기까지는 지나친 바람이었다.

"학계에도 자꾸만 새바람이 불었으면 좋겠어. 하지만 나는 그들의 무거움 또한 존중해요. 신념을 위해서 때때로 죽음도 불사하는 사람들이 학자니까."

대통령은 가볍게 손뼉을 한 번 쳤다.

"나이파 이한필베를 풀어낸 은하수 씨가 어떤 사람인지 궁금했어요. 역시 즐거운 대화를 나누었으니 오늘은 이쯤 할까. 자, 은하수 씨. 따로 할 말이 있으면 해요."

자리를 마치면서 하는 간단한 요식행위 같은 말이었다. 모를 리 없는 은하수도 영광이었다 말하며 물러나는 것이 당연한 수순이었지만 일어선 은하수는 왜인지 잠시 멈추어 서서 침묵을 지켰다. 할 말, 평소라면 당연히 그냥 넘겼어야 할 단어에 그녀는 자리를 떠나지 못하고 매여있었다.

"음?"

"대통령님."

사뭇 다른 목소리가 대통령을 불렀다. 대통령도 은하수의 꼭 다문 입술을 바라보았다.

"대한민국의 영업사원으로 뛰는 모습도, 일고의 흔들림 없이 불법을 응징하는 단호함도 존경합니다. 하지만 대통령님께서는 이 나라의 가장 중요한 문제에 완전히 손을 놓고 계십니다."

그녀 스스로도 어째서 그런 말을 꺼내놓는지 알 수 없었다. 마치 마음속에 있었던 둑이 터진 양, 그 터진 둑으로 거센 물길이 흘러나오는 양 은하수는 속에서 날뛰는 무언가를 토해냈다.

"금년, 전국 초등학교의 25퍼센트가 열 명 이하의 입학생을 받았습니다. 출산율은 0.78명을 기록하고 있으며 OECD 국가 중 꼴찌를 3년째 계속하고 있습니다. 지금 대한민국은 인구 소멸국 1순위 후보라는 평가를 듣고 있습니다."

"……."

"나이파 이한필베, 저주의 예언이 이루어지도다. 대통령님, 그것은 풀어내야 할 특별한 예언 같은 것이 아니었습니다. 이미 우리 모두가 잘 알고 있는 눈앞의 위기에 대한 경고였습니다."

"……"

"골드만삭스는 36개 주요국가 가운데 오직 대한민국 한 나라만 마이너스 성장을 할 것이라 예측했습니다. 오직 인구 때문에, 불과 7년 후인 2030년부터 전 산업이 영향을 받아 차차 무너지기 시작합니다. 2050년에는 파키스탄에게 밀려나고, 2075년에는 20위권 밖으로 밀려난다고 합니다."

대통령도 너무나 잘 아는 이야기들이었다. 그러나 대통령은 잠자코 듣고 있었고 은하수는 멈추지 않았다.

"인구 소멸, 너무나 익숙한 말입니다. 너무나 흔히 보이고 너무나 흔히 쓰는 말입니다. 그러나 대통령님, 저는 이 말을 진심으로 생각해 본 날 잠을 이루지 못했습니다. 비어가고 있습니다. 학교도, 회사도, 한국이 점점 없어지고 있습니다. 불과 10년 전 1.2명이라는 숫자를 보고 모두가 느꼈던 위기감이, 지금은 0.78명이라는 숫자가 되어서도 어쩔 수 없는 일이라며 무감각해지고 있습니다."

"그렇지요."

"그런데 어째서 아무것도 안 하십니까? 정권을 잡고 있는 동안 효력을 거둘 수 있는 일이 아니기 때문입니까? 대통령님의 업적으로 남지 않기 때문입니까? 바로 그렇게 모든 정권이 외면했기에 이런 상황까지 이르렀습니다. 대통령님 탓은 아닙니다. 그러나 대통령님의 책임입니다. 누구도 책임지지 않는 일이야말로 바로 대통령이 짊어져야 할 책임이라고 생각합니다."

무거운 신음 소리가 이어졌다. 은하수도 잠시 말을 멈추었다. 대통령의 잘못은 아니다, 그러나 대통령의 책임이다. 마치 메아리치듯 그 말이 두 사람 사이의 공간에 떠돌았다. 잠시간의 침묵이 이어지던 끝에 다소 낮아진 은하수의 목소리가 다시 흘렀다.

"대통령실에서 근무하는 내내 저는 무감각해져 있었습니다. 인구 절벽, 역사 논쟁, 세대 분쟁. 그런 것들은 모두 너무나 당연하고 익숙한 단어들이었습니다. 그러나 바깥에서 마주한 문제는 그렇지 않았습니다. 하나하나가 몸서리치게 실감 나는 무서운 문제들이었습니다."

이어 은하수는 머리를 깊이 숙였다.

"확신이 들었습니다. 저는 더 이상 껍데기의 삶을 살고 싶지 않습니다. 그렇게 결심하자 대통령님께 이 말씀을 드려야겠다는 생각이 섰습니다. 이 자리에서 사직서를 내겠습니다."

입을 꾹 다문 채 잠자코 듣고만 있던 대통령은 은하수가 말을 마치자 말없이 손을 내밀었다. 그것이 분노를 감내하는 모습이든, 혹은 다른 감정을 나타내는 제스처든 은하수는 개의치 않았다. 아니 개의치 않으려 애썼다. 이미 까마득한 하급직의 토로를 여기까지 들어준 것만으로도 고마운 일이었다. 어쩌면 어떤 공치사도 만류도 없는 이 담담한 악수야말로 대통령의 배려일지 모른다 생각하며 은하수는 대통령의 손을 잡았다.

"김은하수 행정관."

그리고 다음 순간 대통령은 힘주어 잡은 손을 놓지 않은 채 예상치 못한 물음을 던져왔다.

"인구 문제, 혹시 따로 생각한 해답이 있나?"

대답할 수 없는 문제였다. 그 어떤 정치인도, 학자도, 아니 세계적인 석학들을 포함해 해외 유수의 기관도 확실한 해결책이라고 내놓을 수 있는 것이 없는 문제였다. 무수히 많은 미시적인 미봉책들이 경제를 꼬집으며 나오지만 어림없었다. 경제의 구조적 문제를 일거에 해소하려면 천문학적인 액수의 자금이 필요했다. 돈을 무한히 찍어낼 수 있다면 세상에 그 무엇이 문제가 될까.

그러나 은하수는 저도 모르게 입을 열었다. 무엇도 생각한 바가 없었지만, 스스로도 무슨 말을 하는지, 왜 그런 말을 하는지도 몰랐지만 그녀는 입을 열어 떠오르는 그대로를 대통령의 앞에서 세상에 내보냈다.

"저는 해답이 없는 문제를 고민하겠습니다. 비록 당장은 얘기 못 해도 뭔가 있을 겁니다. 죽음을 각오하고 고뇌하면 뭔가 반드시 찾아낼 겁니다."

용기인지 분노인지 가늠되지는 않았지만 죽음을 각오하고 고뇌한다는 의도치 않은 말을 끝으로 은하수는 말이 없는 대통령에게 고개를 숙이고 문을 나섰다.

28
사명당의 예언

기미히토 법사는 보기 드물게 크게 깨우친 선승이었다. 본시 승려의 아들인 그는 젊은 시절 일상 및 민속과 결합한 일본불교를 떠나 세계 곳곳을 돌아다닌 끝에 한국에 들어와 송광사를 거쳐 해인사에 정착해 수도에 몰입했다.

그는 8년 동안 세상과 담을 쌓고 공력을 쌓았다. 하루 땅콩 여섯 알과 솔잎만 먹고 살아 입술과 혀가 녹색으로 변했으며, 말을 한마디도 하지 않아 몸에서 소리가 사라지기도 했다.

천둥과 번개가 온 하늘을 떨어 울리던 날 새벽 무렵에 그는 가야산 계곡 어느 나무 아래에서 깨달음을 얻었고 감정과 욕망의 흐름으로부터 헤어났으며 무의식 깊은 곳으로부터 일어나는 본능조차 잠재웠다. 그리하여 더위도 추위도 느끼지 않으며 천 길 낭떠러지 앞에서도 미동조차 하

지 않는 단계에 올라섰고 그 절정의 순간에 벽력처럼 토해
낸 한마디가 '무無'였다.

무. 수행하는 모든 이들이 여기에 이르고자 평생을 바치
고는 했다. 아무것도 없으니 어떤 일도 중요하지 않고 어
디에도 얽매이지 않아 순수한 정신세계에서만 살아갈 수
있는 단계. 하늘도 없고 땅도 없고 우주도 없는 그야말로
세상 모든 것이 없어지는 단계였다.

해인사의 많은 승려들이 8년간의 장좌불와長坐不臥 수련
을 거쳐 마침내 열반에 이른 기미히토를 스승으로 여기고
가르침을 청했지만, 뜻밖에도 그는 열반에 든 지 한 달도
되지 않아 스스로 파계승이 되고 말았다. 노상 술을 퍼마
시고 심지어 혼례를 올리겠다며 색시를 찾아다니던 그는
어느 날 바위에 누워있다가 눈앞을 지나가는 수도승을 불
러 세웠다.

"어찌 부르셨는지요?"

"너는 왜 도를 닦느냐?"

"깨달음을 얻기 위해서입니다."

기미히토는 바위에서 내려와 땅에서 나무 막대를 주워
들더니 허공에 대고 이리저리 휘둘렀다. 글자를 쓰는 것
같기도 그림을 그리는 것 같기도 한 동작이었다.

"깨달음이란 아무것도 아니야. 밥만 안 먹으면 다다를

수 있어. 나는 번쩍하는 순간 부처가 되었다고 생각했지만, 부처? 그건 같잖은 착각이었어. 나는 부처는커녕 그의 발뒤꿈치도 못 따라가는 존재에 불과할 뿐이야. 왜 못 따라가는지 아나?"

"저는 아예 깨달음에 다가가지도 못했으니⋯⋯."

"부처는 부처의 시대에 도를 이루었기 때문에 부처야. 만약 부처가 지금 시대에 태어났어도 황야에서 수십 일 굶고 부처가 되었을까? 절대 안 돼. 워낙 난 양반이니 뭐 다른 길을 찾아도 찾았겠지. 지금 세상에 다 비우고 다 버리고 그런 건 아무짝에도 쓸모가 없어."

"그럼 도를 닦지 말아야 할까요?"

기미히토는 손에 든 나무 막대를 높이 들고는 수도승의 머리통을 세게 내리쳤다. 어찌나 아팠는지 수도승은 참지 못하고 벌떡 일어섰다.

"스승님!"

"고놈 머리통이 얼마나 깨끗한지 목탁보다 더 깨끗한 소리가 나는구나."

"⋯⋯."

"이놈아, 밥이나 처먹고 똥이나 싸면서 살아. 그러다가 심심하면 남이나 돕든지. 부처나 예수나 결국 남을 위해 살라는 거잖아. 뭘 깨치려 들고 그래. 그러니까 설익은 놈들이 헛짓거리나 해대고 그러는 거야. 다 헛것이야. 나쁜

일 안 하고 남 돕고 같이 잘 사는 게 열반이야."

이렇듯 기미히토는 끊임없이 자신을 세속으로 던지며 알 수 없는 말만 해대고 괴상한 짓을 일삼더니 어느 날 쪽지 한 장 남겨놓지 않고 일본으로 돌아가 버렸다.

일본불교에서도 기미히토는 크게 존경받는 인물이었다. 그가 한국에서 돌아오자 승려는 물론 재벌이나 고위관료에 이르기까지 그에게 가르침을 청하고자 전국에서 모여들었다. 특히 좌도밀교의 수장 이케마츠는 틈날 때마다 그에게 방문해 달라는 요청을 보냈는데 한 번을 응하지 않던 기미히토가 어느 날 갑자기 나타나자 맨발로 뛰어나와 그를 맞이했다.

"기미히토 선사님을 뵙습니다. 다이이치 선사께서 교에 큰 복을 내려주셨군요."

"복은 무슨! 그자 때문에 안 오려다 온 거야."

"그분이 아니었다면 어찌 일본의 기가 세계에 뻗어나갈 수 있었겠습니까."

"그래서 뭐가 남았지? 원한만 남았잖아. 사람의 힘으로 억지로 기를 끌고 매고 하면 땅에는 상처만 남는 법이야."

"……."

좌도밀교는 다이이치를 부처와도 같이 숭배하고 있었기에 기미히토가 다이이치를 힐난하는 것을 본 교인들은 얼굴을 굳히며 그를 노려보았고 이에 이케마츠는 일어나 기미히토의 시선을 교묘히 가린 뒤 그 앞에 조용히 웃으며 무릎을 꿇었다.

"와타나베 경시총감에게 통일교를 가만히 놔두라고 하셨더군요. 이번 기회에 통일교로 흘러 들어가는 자금을 끊어버렸으면 좋았을 텐데요."

"의미 없는 이야기야. 가만히 놔두면 알아서 제 자리를 찾아갈 터인데 뭘 자꾸 하려고 하고 그래?"

"일본의 것이 끊임없이 한국으로 흘러가고 있는데 어찌 가만 보고만 있어야 한다는 말씀을 하십니까?"

"그건 진혼이야. 우리가 그들에게 어떤 짓을 했는지 잊었는가. 그나마 죄를 씻는 중인데 그걸 막으면 원한만 쌓일 뿐이지."

꺼내는 말마다 꾸중만 돌아옴에도 이케마츠는 선선히 고개를 끄덕이며 공손히 차를 따라 올렸다. 그러곤 미간을 찌푸린 채 자못 근심 어린 목소리를 내었다.

"원한을 쌓는 것이 과연 틀린 일일지요. 벌써 수십 년 전부터 일본의 기운이 역으로 한국에 흘러가기 시작한 것은 선사께서 더 잘 아시지 않습니까."

"기운은 왔다 갔다 하는 것이네. 사람이 잡아맬 것이 아니라는 말이야."

"크게 걱정되는 바가 있어서 그렇습니다. 선사께서도 세간에 떠도는 사명당의 예언을 들어보셨지요?"

"수도한다는 자가 불경이나 욀 것이지. 그런 예언이 어디 한둘인가? 그게 진짜인지 지어낸 건지는 어떻게 알고?"

기미히토는 역정을 내면서도 들어보지 못했다는 말을 하지는 않았고 이에 이케마츠는 더욱 은근한 목소리로 걱정하는 투를 내비쳤다.

"사명당이라는 이름을 경시할 수는 없습니다."

일본 좌도밀교에서는 당연한 일이었다. 과거 사신으로 건너왔던 사명당의 이름이 높음을 경계했던 도요토미는 온갖 암수를 펼쳐 그를 해치려 했었고 그때 사명당을 대적하도록 나섰던 것이 바로 좌도밀교의 인물들인 까닭이었다.

말 타고 지나는 십여 리 길에 병풍을 온통 깔아놓고 그 내용을 외지 못하면 세상에 허명을 떨친 죄로 죽이겠다 했으나 병풍에 눈길조차 준 적 없었던 사명당이 막힘없이 그 글을 모두 외었던 일화, 백 사람이 먹을 음식을 내어놓고 모두 먹지 못하면 성의를 무시한 죄로 죽이려 했으나 사명당은 맛있게 그 음식을 모두 비웠다는 일화, 무쇠로 만든 방을 내어주고 불을 때 죽이려 했으나 사명당은 빙氷이라는 글자 하나를 붙여놓곤 추워 죽겠다며 도리어 호통을 쳤다는 일화 등 그 내용을 누구보다 구구절절이 보존한 것이 바로 좌도밀교였으니 그들에게 사명당이라는 이름은 두려움과 경계의 대상이 아닐 수 없었다.

"선사, 그 예언에 따르면 사명당은 조선이 히데요시의 저주를 풀어내면 운이 크게 트일 것이라 하였습니다. 히데요시의 저주를 풀어낸다면 그 풀려난 부정한 기운은 어디로 가겠으며 운이 크게 트인다면 그 운은 어디서 가져오겠습니까?"

"……."

"망국의 은원이 한국과 얽힌 나라가 일본 외에 또 어디에 있겠습니까? 지금 일본을 보십시오. 세계에 뻗치던 힘이 이 작은 섬에 자꾸만 묶이려 하지 않습니까?"

"……."

"기시다 같은 자가 아무것도 모르고 한국과 자꾸 손잡고 함께 나아가자 합니다. 양국이 급속도로 가까워지고 우의를 다지려 합니다. 이 또한 흉한 미래의 전조가 아니겠습니까?"

"그만!"

기미히토는 법장을 들어 바닥을 세게 두드렸다.

"어찌 그리 삿된 소리에 얽매여 세상의 이치를 해치려 들어! 한국의 기가 흥하면 흥하는 것이지 일본의 기가 그 때문에 쇠한다니, 너희는 어째서 그렇게 모든 일을 싸워 빼앗고 속여 훔치는 것에만 몰두하는 것이냐!"

"선사!"

"네놈보다 몇 수는 높은 다이이치가 온갖 수를 펼쳐놓은 것을 내 이미 안다. 조선을 망치겠다고 그리 많은 저주를 다 뿌려댔으면 지금 한국은 완전히 찌그러졌어야지 네놈은 왜 한국의 기가 다시 뻗을까 걱정하느냐? 그따위 저주 백날 읊어봐야 결국 순리의 흐름에 미치지 못함을 사실은 네놈도 아는 까닭이 아니더냐!"

어찌나 세게 두드렸는지 마루를 다 부숴버린 법장을 들어 이케마츠를 가리키며 기미히토는 크게 호통쳤다.

"순리가 흐르면 화해를 하고 어깨동무를 하여 함께 누리고, 흐름이 막히면 도와 역경을 함께 넘고, 그리 기를 다스려야 만민이 함께 복을 누림을 어째서 모르느냐. 열을 빼앗아 가지면 셋만 얻고 일곱은 사라지되, 열을 반으로 다섯씩 나누면 그것이 스물이 되고 서른이 됨을 어째서 모른단 말이냐. 이놈 이케마츠야, 이놈 다이이치야! 너희는 대체 무슨 수행을 하기에 음지에 숨어 세상에 해될 일만을 꾸미느냔 말이다!"

"가만히 놓아두면 일본도 그 덕을 누린다는 말씀입니까?"

"그 간단한 것을 왜 몰라! 네가 풍작을 거두면 이웃이 함께 배부르고 이웃이 풍작을 거두면 네가 함께 배가 불러야지, 서로 물길을 끊고 불을 질러서 무엇이 남는단 말이야!"

안타깝다는 듯 기미히토가 크게 한숨을 쉬자 이케마츠는 무릎 꿇은 자세를 가다듬고 머리를 깊이 숙였다. 그러고는 두 손을 모아 합장해 보이며 다시 공손한 목소리를 조심스레 내었다.

"방금 선사의 말씀에서 큰 깨달음을 얻었습니다."

"흥! 고작 이따위 말에서 깨달음은 무슨!"

기미히토는 코웃음을 치면서도 워낙 공손한 이케마츠의 태도에 더 역정을 내지는 않았다. 오히려 쯧 소리를 내며 이케마츠를 흘겨보다 한 층 누그러든 목소리로 말했다.

"네가 나를 불러 그리 고개를 숙이니 뭔가 물어볼 것이 있는 거겠지."

"본래 여쭈어볼 것이 따로 있었으나 이제 다른 것을 여쭙고 싶습니다."

"물어봐."

"혹시 선사는 히데요시의 저주를 풀어낼 만한 인물을 한국에서 만나신 적이 있으셨는지요?"

기미히토는 크게 고개를 저었다.

"없어. 한국에는 이제 풍수니 기운이니 떠들면 미친놈이나 사기꾼으로 여겨. 아마 그런 인물이 정말 난다면 큰 과학자나 사업가 같은 것쯤 되겠지."

털어내듯 대답한 기미히토가 이제 더 할 말이 없다는 듯 자리에서 일어나려 하자 이케마츠는 급히 무릎걸음으로 다가가 한 가지 물음을 더 던졌다.

"저주라 하면 지독한 주술 아니겠습니까?"

"그래서?"

"히데요시의 저주라 하면 셀 수도 없는 코를 베어 온 것일 터, 도대체 한국 어디를 가야 그 저주를 풀 수 있을지요?"

기미히토는 빤히 이케마츠를 바라보며 되물었다.

"무엇을 하려고?"

"아까 선사께서 순리의 흐름을 따라 함께 덕을 누리라 하지 않으셨습니까? 그간 한국에 손 뻗었던 것이 있으니 찾아가 매듭을 풀고자 함입니다."

"진심이야?"

"물론입니다."

"이놈아, 매듭을 풀려면 히데요시 무덤 밑의 코 무덤에 해야지."

"코 무덤이야 선사님께서 늘 하시니까요."

"도요토미의 저주는 왜덕산倭德山이 풀었어."

"거기가 어딘지요."

"진도."

그 한마디를 듣자 이케마츠는 더욱 깊이 고개를 숙여 마치 엎드리듯 바닥에 손을 대었고 기미히토는 됐다는 듯 코

웃음을 치고는 법장을 들고 곧 사라져 버렸다. 이윽고 기미히토의 모습이 완전히 보이지 않을 즈음이 되자 이케마츠는 몸을 일으켰다. 천천히 왜덕산이라는 이름을 다시 한 번 되뇌는 그의 얼굴이 무섭도록 깊이 가라앉아 있었다.

29
진도 왜덕산

며칠 전 기미히토로부터 한국으로 들어온다는 연락을 받은 오하산인은 페리 터미널 창밖으로 잔잔하게 반짝이는 푸른 바다를 바라보며 그와의 인연들을 회상했다.

'검은 묵지에 적갈색 글자를 쓴 편액을 가진 집에 가 옛 조선의 섬돌 하나를 사시지요.'

기미히토는 알 수 없는 말과 함께 쪽지를 전해주었었고 거기에 적힌 주소를 찾아가니 다이이치의 편액을 보관하던 이케다의 후손을 만날 수 있었다. 무엇을 미리 알고 느꼈기에 연을 그렇게 이었을까? 형연으로부터 전해 들은 여덟 글자의 비밀을 떠올리자 기미히토의 안배가 더욱 신비롭게 느껴졌다.

이윽고 나타난 기미히토는 오하산인을 보자 반갑게 두 손을 모았다.

"바쁘신 분께서 힘든 걸음 하셨습니다."

"일전에는 정말 감사했습니다. 한국에는 어쩐 일로 오셨습니까?"

"가야 할 곳이 있습니다. 오하산인께서 함께 가보면 좋겠다는 생각에 연락드렸지요."

"잘하셨습니다. 법사님을 모시는 건 저의 큰 기쁨입니다."

"여기 부산에 계신 고승 한 분 뵙고 가도 좋겠습니까?"

"물론입니다."

오하산인은 과거 열반에 들었던 기미히토의 법력을 잘 아는지라 그가 어떤 고승을 만나는지 무척 궁금해 차 안에서 물었다.

"부산에 계신다면 범어사梵魚寺에 거하시는 모양이군요?"

범어사는 해인사, 통도사와 함께 영남 3대 고찰로 수많은 고승이 수행정진 한 곳이라 자연스럽게 오하산인의 머리에 떠올랐다.

"저는 홍법사弘法寺의 심산 스님이 좋습니다."

기미히토는 절에 도착하자 지극히 평범해 보이는 승려와의 해후가 각별히 반가운지 몇 번이나 합장 배례를 했지만 법당에서 삼존불에 절하는 것 말고는 별말 없이 돌아섰다.

"하하, 서로 무척 반가워하시는 것 같았는데 어떻게 말씀 한마디 없이 돌아서십니까?"

"얼굴 보았으면 된 거지요."

"그렇습니까? 그런데 저분은 어떤 고승이실까요? 저도 이 나라 불교계를 좀 알고 여러 고승을 뵙고 있습니다만 익히 듣던 분은 아니라서요."

"편하지 않으시던가요?"

"네, 참 편하기는 한 분이었습니다."

"깨달음이 깊은 고승대덕보다 대했을 때 편한 승려가 더 높이 있습니다."

"허, 그렇습니까?"

"고승대덕은 신도를 가르치지요. 하지만 신도를 가르치지 않고 모시는 경지가 더 높습니다. 저분이 편한 것은 신도 밑에 들어가 신도를 모시기 때문입니다."

"그런 경지가 있는 줄 몰랐습니다."

"자비란 높은 곳에서 낮은 곳으로 배급해 주는 게 아닙니다. 자신을 바쳐 남을 이루어 주는 것이지요. 자신을 아래에, 사부대중을 위에 둘 수 있으면 진정한 고승입니다. 네가 부처라는 가르침이 바로 그것이지요. 자신을 바쳐 누군가를 위하겠다는 마음이 바로 부처입니다."

오하산인은 편안함이라는 경지를 들으며 자연히 한 사람의 얼굴을 떠올렸다. 아는 것이 있어도 항상 상대의 말을 찬찬히 다 듣고 진심으로 할 수 있는 조언을 해오는 젊은이. 그도, 좀 전의 심산 스님도, 눈앞의 기미히토도 무언가 결이 비슷하다 생각하며 오하산인은 저도 모르게 웃음을 지었다.

"도착했군요."

기미히토의 행선지는 전라남도 진도에 있는 왜덕산이었다. 오하산인은 왜덕이라는 이름과 구릉 위의 무덤 간의 불일치를 느꼈는지 의아한 표정이었다.

"낮은 구릉이긴 하나 참으로 길지로군요. 풍수가 바다를 품는 일은 별로 없지만 양지바른 이곳에서 바라보는 저 잔잔한 바다는 더할 나위 없는 해원의 명당이군요."

"그러합니다. 일본과 한국의 미래를 품은 땅이지요."

"무슨 사연이라도 있는지요?"

"명량대첩을 아시지요?"

"물론입니다. 불과 13척의 배로 적선 1백30여 척을 격퇴한 그 싸움을 어떻게 모르겠습니까? 저는 어려운 순간마다 충무공의 상유십이척 미신불사尙有十二隻 微臣不死를 떠올립니다."

"참 기개가 높은 말씀이지요. 저도 인생의 역경을 만날 때마다 오하산인과 마찬가지로 그 말씀에 귀의합니다."

기미히토는 바다 너머 어딘가를 한참이나 쳐다보다 천천히 말을 이어나갔다.

"참으로 아름다운 바다입니다. 그리고 더욱 아름다운 사람들이 계셨지요."

수양이 깊어 희로애락을 이미 오래전에 초월한 기미히토지만 어느새 그의 눈시울이 붉어졌다. 이 풍수를 설명하기 위해 명량대첩을 꺼냈던 그이지만 갑자기 목이 메는지 기미히토는 뜻 모를 소리만 중얼거렸다.

"어찌 그럴 수 있었을까요. 사람으로 어찌 그럴 수 있었을까요?"

뜻하지 않은 기미히토의 동요에 어딘지 숙연해진 오하산인은 이 해원의 길지에 들어선 이후 까닭 없는 감정의 일렁거림이 있음을 깨달았다. 신묘한 일이었다. 한없이 마음이 편해지는 바다 앞에 이토록 강한 망자의 기가 뻗치다니.

"히데요시는 이길 수 없는 전쟁을 벌였던 것입니다. 수백만을 동원해도 이길 수 없는 전쟁을 벌인 거지요. 어떻게 이길 수 있었겠습니까?"

오하산인은 손가락을 입가에 갖다 대고는 고개를 가로저었다. 설명을 하지 말라는 뜻이었다. 그 자신 뛰어난 풍수사인 오하산인은 이 풍수의 내력을 결코 알고 싶지 않아졌다. 두고두고 여기를 찾아 이 기묘한 불일치를 두고두고 느끼고 싶어졌다. 오하산인의 이런 심정을 짐작하는 듯 기미히토 또한 몇 번 고개를 주억거리더니 말머리를 바꾸었다.

"실은 오하산인께 드릴 말씀이 있어 굳이 뵙자고 했습니다."

"무엇이든 말씀하십시오."

기미히토는 돌연 오하산인에게 고개를 깊이 숙였다. 오하산인은 깜짝 놀라 만류하려 했지만 이어서 들려온 말에 멈칫했다.

"다이이치라는 이름을 아시지요?"

"예. 일전 법사님께서 그의 편액을 찾는 데에 큰 도움을 주시지 않았습니까."

"다이이치는 좌도밀교의 인물이고 본디 일본 좌도밀교는 음지에 숨어 성性을 숭배하며 시체와 정을 통하는 수단으로 대수대명을 추구하는 무리였습니다. 유골에 영을 입혀 그 생기를 가져와 삶을 연장한다는 것이지요."

"예. 들어본 바 있습니다."

"허나 신통력이 하늘에 닿았다는 다이이치가 나타난 이후 이들은 세상으로 나왔고, 대수대명의 추구에 저주를 섞는 극단적인 집단으로 변해버렸습니다. 경계하던 종교인들과 술법사들이 있었으나 모두가 다이이치의 이름 아래 굴복해 버렸어요."

"아."

"기세등등한 다이이치와 그의 제자들은 정권을 잡은 이

들과 야합하여 일본의 국익을 추구하는 집단이 되었습니다. 다른 나라에 저주와 술수를 부리기도, 일본 국민의 정신을 지배하여 전쟁의 바람을 불어넣기도 하였습니다. 특히 한국이 그들의 표적이 되었었지요. 그 세월이 참 길게도 이어졌습니다."

"광복 이후에도 그런 일이 있었습니까?"

"관동대지진 때 우물에 독을 풀었다며 조선인을 학살하도록 선동한 것도 그들의 소행이 아닐까 생각해 본 적이 있습니다. 혼이 빠진 사람들의 정신을 지배하는 것이 그들의 방식이니까요."

"……."

"그 외에도 드러나지 않은 일이 많이 있으리라 생각합니다. 소승이 일본으로 돌아간 것도 그런 까닭이었지요. 그들이 괴상한 짓을 하지 못하도록 감시하고 교화하는 것이 이 못난 중의 운명이라는 생각이 들어서."

"그랬군요."

"그들도 이제는 태도가 많이 변한 것 같기는 하지만……."

애매하게 말을 끊은 기미히토는 오하산인을 천천히 들여다보다 다른 말을 꺼냈다.

"한국인 누군가에게는 이 말을 해두어야 할 것 같아서, 특히 왜덕산에서 하면 좋을 것 같아 뵙자고 했던 것입니다. 아마 정말로 업을 지닌 이가 있다면 오하산인 외에는 없으리라는 생각에."

"업이요?"

"아닙니다. 땡중이 하는 헛소리니 신경 쓰지 마십시오."

기미히토는 고개를 가로젓고는 왜덕산 구릉을 둘러보았다.

"이곳은 한국이 일본에 큰 은혜를 베푼 곳입니다. 한일 화해의 기운이 크게 퍼져 나오는 곳이지요. 함께 절을 올립시다."

오하산인과 기미히토는 영가들에 배례한 후 나란히 일본을 바라보고 서서 두 나라의 미래와 우정을 빌었다.

30
소신공양

북악산 전경이 한눈에 다 들어오는 화려한 프랑스 식당 창가 첫 자리. 돈이 있어도 아무나 예약할 수 없다는 바로 그 자리에서 은하수는 턱을 괸 채 한참 웃음을 참고 있었다. 그녀 앞에서 왜 상의도 없이 대통령실에 사표를 냈냐며 불같이 화를 내는 혁진의 모습. 어떻게 이런 사람과 결혼할 생각까지 했던 걸까, 하는 생각에 그가 지금 하는 모든 행동과 말들이 마치 코미디처럼 느껴졌다.

"인생이 장난이야? 그따위 이유로 직장을 그만두는 사람이 세상에 어딨어? 그 친구 남편이라는 사람도 그래. 네 허무맹랑한 소리에 그렇게까지 예의를 차렸는데 대체 뭐가 문제야? 더 얘기할 필요 없어. 빨리 대통령실에 사표 반려해 달라 요청하고, 그 교수라는 사람 전화번호도 줘봐. 얘기가 잘 통할 사람 같으니 내가 대신 사과해야겠어."

사표도 취소하고, 사과도 하고.

"그 교수라는 사람 위치가 어때? 어느 대학에 있고 유학은 어디로 다녀왔지? 기왕 사과할 거면 선물을 준비해야겠는데 맞는 수준이라는 게 있잖아."

"혁진 씨 참 대단해. 어떻게 그렇게 모든 문제를 쉽게 해결해요?"

"세상을 감성이 아니라 이성으로 대하면 너무나 간단한 거야. 순간의 화를 못 참으면 은하수처럼 그럴 수 있어. 그래도 이제라도 정신이 들었나 봐. 다행이야. 일단 해결부터 하자고."

"칭찬 아니야."

"응?"

"칭찬 아니라고. 이 멍청한 인간아."

은하수는 멍한 얼굴이 된 혁진에게 쏘아붙였다.

"당신 같은 사람들하고 더 엮이기 싫어서 사표 던진 거야. 그리고 지금은 파혼하자고 말하는 거고."

"뭐? 너, 똑바로 말해. 아니지, 하아, 그래. 진지하게 생각하고 말해. 나는 쉽게 아무 말이나 던지고 번복해도 다 받아주는 사람 아니야. 그래, 스트레스 받아서 실수할 수 있어. 그럴 수 있지."

"잘됐네. 나도 번복하는 사람 아닌데. 그럼 우리 끝난 거지?"

은하수는 벌떡 일어난 혁진에게 한껏 비웃음을 날린 채 식당 문을 나섰다. 길을 걸어가는 사람들 모두 슬슬 차가워진 날씨에 몸을 움츠렸지만, 은하수는 한껏 가슴을 폈다. 자신을 얽매고 있던 굴레를 다 벗어던지니 마냥 모든 것이 새롭고 즐겁기만 했다. 그녀는 핸드폰을 꺼내 통화 목록을 봤다. 거의 모든 자리를 차지하고 있는 이름. 은하수는 버튼을 눌렀다.

"나야. 만나고 싶은데 어디야?"

"가평이야. 가평 감로사."

"뜬금없이 왜 절에 갔어? 아, 그 도사 친구들 만나는 거야?"

은하수는 형연과 함께 무당, 스님 그리고 풍수사들을 만나고 다니던 기억을 떠올렸다. 그때 왜 그렇게 화가 났을까? 지금 생각하니 그냥 재미있기만 한데.

"너도 올래?"

은하수는 조금 놀랐다. 대학 시절부터 지금까지 쭉 약속을 잡는 것도 그녀였고 만나러 간 것도 그녀였다. 형연이 이렇게 먼저 보자고 한 것은 처음이었다.

"거기 있어. 당장 갈 테니까. 어디 가지 말고 기다려!"

은하수는 형연의 대답을 기다리지 않고 전화를 끊었다. 이 말이 이렇게나 기분 좋았던 적이 있었나? 웃음을 지으며 핸드폰을 집어넣은 그녀는 손을 높이 흔들어 지나가던 택시를 잡았다.

가평 감로사甘露寺.

청평면 호문산의 우거진 나무숲을 지나 사찰의 일주문에 도착한 은하수는 경내에 승려들이 모여 추모법회를 열고 있는 광경을 발견했다. 형연은 어디 있나, 목을 빼고 이리저리 살핀 끝에 뒤에 조용히 서있는 그를 찾아내고 조심조심 종종걸음으로 그에게 다가가 물었다.

"뭐 하고 있었어?"

마치 작은 비석같이 생긴 사리탑 앞에 서서 한참이나 그걸 지켜보던 형연은 가까이 올 때까지 몰랐는지 그제야 은하수를 돌아보았다.

"왔구나. 잠시 생각 좀 하고 있었어."

"응? 무슨 생각?"

형연은 대답하는 대신 손가락을 들어 사리탑을 가리켰다.

"이 절을 세운 충담 스님을 모신 사리탑이야."

"충담 스님? 어, 들어본 것 같은데."

"남북통일과 사회의 안녕을 기원하며 소신공양을 하셨지. 감로사에서는 매해 그분을 추모하며 이렇게 법회를 열어."

"소신공양? 그게 뭐야?"

"스스로 자신의 몸을 불사르는 거야. 부처에게 공양한다는 의미로. 그렇게 해서 뜻을 이루려고 하신 거지."

은하수는 인간이 느낄 수 있는 통증 중 작열통이 가장 큰 고통이라는 내용의 글을 본 기억이 났다. 얼마나 고통스러웠을지 상상조차 할 수 없었다.

"어떻게 그럴 수 있을까? 나는 생각도 할 수 없어. 불살라 죽는다니."

"그렇게 해서라도 세상에 알리고 싶었겠지."

조용히 형연의 말을 듣던 은하수는 슬픈 표정을 지었다.

"그래도 한 점 아쉬움이 없었을까?"

별다를 것 없는 그 말에 형연은 문득 묘한 눈으로 은하수를 바라보았다. 늘 시선을 살짝 내려놓는 버릇이 있는 그가 이상하게도 깊이 들여다본다는 생각에 오히려 은하수가 민망한 듯 살짝 시선을 피했다.

"어쨌든 이렇게, 영원토록 기억 속에 남았잖아."

왠지 모르게 여운이 남는 말이었다. 그리 이상할 것 없는데도, 매사에 진지한 형연에게서는 자주 들려오는 말인데도 은하수는 묘한 기분이 들었는지 말끝을 흐렸다.

"그렇긴 하지만……."

은하수는 한참 진행 중인 추모회로 고개를 돌려버렸다.

"그나저나 이걸 보여주려고 부른 거야?"

"아니. 그냥 너와 이야기를 하고 싶었어."

안 그러던 애가 뭐 이렇게 직진이야? 무거웠던 분위기는 금세 잊어버린 은하수가 살짝 붉어진 얼굴이 되었고 부끄러움을 감추기 위해선지 거침없이 먼저 말을 쏟아냈다.

"나도 하고 싶은 말이 많아. 나 사표 냈어. 그리고 약혼도 깼어."

"응?"

형연은 진심으로 놀란 표정이었다.

"본업으로 돌아가라고 했잖아. 왜."

"사실 나도 반신반의했는데 이제는 확실해. 사표를 내던질 때, 그 자식한테 파혼을 선언할 때 너무 시원하더라. 그렇게 살고 싶던 게 아니었어. 내가 얼마나 성공했고 남보다 얼마나 낫고, 그런 걸 즐기는 나는 나 스스로 건 최면이었어."

"……."

"네가 그랬지? 세상에는 다른 길이 있다고. 한번 그 길을 걸어보고 싶어. 지금 난 그 어느 때보다 즐거워. 앞으로의 모든 날이 기대돼. 여행도 갈 거야. 여행 가서 우리나라 산들도 돌아보고 바다도 돌아보며 내 존재에 대해 다시 생각하고 싶어. 내게 세상이 무엇인지, 또 역사는 어떤 의미인지 생각해 볼 시간이 필요한 것 같아."

"……."

"말만 이렇지 앞으로 뭘 해야 할지 아직 아무것도 몰라.

하지만 어렴풋이 떠오르는 생각은 있다? 대통령님한테 나서라고 소리는 쳤다만 사실은 누군들 뭘 할 수 있을까 싶었거든. 하지만 고뇌하고 싶어. 이렇게 크나큰 비극이 찾아오는데 나 먹고 나 사는 데만 몰두하기는 싫어.”

형연은 말없이 은하수를 응시했다.

“아, 몰라! 그런 눈으로 보지 마. 일단 지금은 여행을 갈 거야.”

“나는…….”

“너는 미안한데 같이 갈 수 없어. 내가 같이 가자고 할 줄 알았으면 미안한데, 안 돼. 이번 여행은 나 혼자 가야 해. 다음번 여행 때는 한번 생각해 줄게.”

뭔가 이상한 표정으로 말을 꺼내려던 형연은 저도 모르게 그냥 웃음을 터뜨렸다. 그리고 은하수는 그런 형연을 툭 때리며 말을 이었다.

“그래도 전화는 꼭 받아야 해. 심심할 때마다 전화할 사람 이제 너밖에 없어. 무슨 말인지 알지?”

당연히 고개를 끄덕여야 할 순간에 형연은 그러지 않고 은하수를 바라보고만 있었다. 아직 다 가시지 않은 웃음기를 머금은 채, 어딘지 모르게 조금은 쓸쓸한 표정으로 그는 입을 열었다.

“미안. 당분간 연락이 어려울 수도 있어. 잠시 어디를 다녀와야 하거든.”

"그럼 일 끝나고 연락주면 되지 뭐. 매일 내가 여행하며 느낀 것들 메시지로 남겨둘게."

"그래, 그러자. 모든 일이 끝나면 그때 연락할게."

형연은 손을 내밀었다. 그리고 은하수는 물끄러미 그 손을 잠시 바라보다가 손 대신 그의 뺨을 꼬집어 잡았다. 그러고는 몇 번 흔들다 놓아주고 등을 툭 쳤다.

"뭔진 모르겠지만 힘내. 너 나 없이 혼자서 잘 못하잖아. 그러니까 잘하라고."

뭐가 그렇게 민망하고 어색해서인지 그대로 등을 돌려서는 먼저 가버리던 은하수는 한참을 멀어지고서 갑자기 다시 뒤를 돌아보았다. 잠깐 머뭇거리다가는 곧 입에 손을 모으고 외쳤다.

"야! 우리 친구 하자!"

이미 친구잖아? 실없는 말에 고개를 갸웃거리는 형연에게 그녀는 재차 외쳤다.

"진짜, 진짜 친한 특별한 친구 하자고!"

감로사의 나무 사이로 외침이 울렸다. 메아리처럼 길게 맴도는 말이 마치 눈에 보이기라도 하는 듯 형연은 손을 뻗어 허공을 매만졌다.

31
백주의 납치

교육계의 갖가지 꼬인 난제에 대해 시원하면서도 단호한 해결책을 내놓아 상당한 신망을 얻고 있는 교육부 장관은 모처럼 마음 편한 휴일을 맞아 가벼운 복장으로 집을 나섰다. 이념 충돌이 가장 치열한 영역이 교육인 데다 시도교육감들에게 워낙 강한 권한이 집중되어 있다 보니 교육부를 이끌어 가는 일은 밖에서 보는 것보다 훨씬 힘들었다.

하지만 오랜 연륜에 원만한 성품과 리더십으로 무장한 그는 적당히 물러서면서도 결단의 순간에서는 거듭 올바른 길을 택해 교육부 폐지론을 잠재우고 오히려 교육부를 가장 혁신적 부처로 탈바꿈시키는 중이었다.

"오랜만에 만나는 친구들이라 와인 좀 마실 거야."

오래 못 본 코넬대학교 동창들과 저녁을 같이 하기로 한 교육부 장관은 지하철역 인근까지 태워준 부인이 떠나자 가벼운 걸음을 옮겼다. 여느 때 같으면 지하철 출입구 앞에 내렸을 테지만 최근 운동이 부족하다는 부인의 권유에 따라 적당히 걸을 거리를 남겨둔 지점에서 내린 터였다.

가볍게 걸음을 옮겨가던 그는 문득 길가의 탑차를 보았다. 안간힘을 쓰며 무거운 짐을 꺼내던 짐꾼이 주위를 둘러보다 힘을 보태달라 부탁한 것이었고 장관은 선선히 다가가 짐을 맞들었다.

"어?"

그러나 힘을 쓰는 순간 그는 어리둥절했다. 무거운 짐은 너무나 가뿐하게 들려버렸고 모자 밑으로 슬쩍 드러난 짐꾼의 얼굴은 묘한 웃음을 띠고 있었다. 미처 뭐라 말하기도 전, 순식간에 다가온 검은 물체와 이어진 전기 충격에 장관은 몇 번 몸을 떨다 짐꾼의 팔에 축 늘어졌다.

"······."

장관이 정신을 차린 곳은 빛이 잘 들지 않는 방의 허름한 침대였다. 주위를 둘러보다 몸을 일으키려니 한쪽 발목이 수갑에 묶여있는 것을 알 수 있었다. 그가 깨어난 기색을 알았는지 문이 열리고 남자가 들어왔다. 그는 커피를 건네주었지만 장관은 받지 않았다.

"불순물이 섞여있는 게 아닙니다."

"누구요? 여긴 어디요? 뭐 하는 거요?"

"당신은 납치되었어요."

"납치? 누가 무슨 목적으로 날 납치한단 말이오? 당신은 누구요?"

"협조를 잘하는 게 좋아요. 나는 지금도 생각이 갈리고 있습니다."

"협조? 날 어떻게 하겠다는 거요? 무슨 생각을 한단 말이야?"

남자는 의외로 하얀 얼굴에 붉은 입술을 가진 험한 일을 해보지 않았을 법한 젊은이였다. 가져다준 커피나 남자의 얼굴이나 의외로 분위기가 나쁠 것 같지 않다는 판단이 들어 강경한 말투를 내보냈던 장관은 다음 순간 입술을 다물 수밖에 없었다.

"당신을 산 채로 내보낼지, 죽은 채로 내보낼지 말입니다."

장관은 본능적으로 그가 진심임을 알 수 있었다. 단순한 협박이거나 장난질을 치는 자라면 보다 흉흉한 분위기를 연출했을 것이었다. 생각 외로 위험한 상황에 당황한 마음을 다스리며 잠시 고개를 숙였던 장관은 이내 손을 내밀어 커피 잔을 잡았다.

"최대한 협조하지. 납치의 이유를 들려주겠소?"

"학교 교육의 폭력성을 생각해 본 적이 있습니까?"

납치범의 입에서 교육의 폭력성이라는 단어가 나오자

장관은 그나마 안심이 되었다. 협박이구나. 교육에 불만을 품은 극우 학부형이거나 전교조 소속원이거나 그 중간 어디쯤 속한 작자일 것이었다. 장관은 문제를 풀어보자는 심산으로 목소리를 부드럽게 했다.

"무슨 얘기지요?"

"수학은 세상을 설명하고 표현하는 한 가지 방법이지요. 예술도, 언어도 그렇듯이."

잠시 고개를 갸웃거린 장관은 납치범의 얼굴을 다시 한 번 바라보았다. 교육의 본질을 정면으로 생각해 본 장관이었기에 납치범이 꺼내오는 말이 어떤 각도에서 비롯된 것인지 어렴풋이 감이 잡히는 까닭이었다.

"그러나 예술이나 언어와 달리 수학은 긴 시간 공부를 해야만 그 중요성을 깨달을 수 있어요. 너무나 생소하고 많은 개념을 먼저 깨우쳐야 합니다."

"음."

"달리 말해 그 과정이 즐겁지 않은 학생은 평생 단 한 번 쓰지도 않을 것들을 억지로 공부하며 낮은 평가를 받고 인생의 낙오자가 되어야 해요."

장관은 섣불리 답하는 대신 깊이 생각했다. 단순 수학 포기자의 부모이거나 교사라거나 할 것 같지 않았다. 잘못된 교육을 부르짖으며 한껏 정의감에 도취된 여느 과격 인사 같지도 않았다. 잘은 모르겠지만 대화를 잘 풀어나가는 것에 따라 결과가 하늘 땅 차이로 갈릴 것이라는 생각이 강하게 든 장관은 최대한 품위를 잃지 않으면서도 납치범의 말에 맞춰주었다.

"그런 측면도 있어요."

"그럼에도 그 모두를 억지로 수학에 밀어 넣는 것이 폭력이라 생각한 적은 없습니까?"

"수학을 안 가르칠 수는 없어요. 수학을 해야 반도체도 만들고 배터리도 만들고 하니까. 실질적으로 외국과의 경쟁에 가장 중요한 과목이 바로 수학이에요."

장관 본인 또한 여러 번 생각해 본 문제인지라 부드럽게 말하면서도 말끝에 힘을 실었다.

"중고생들은 당장 힘든 건 안 하려 들어요. 만약 선택적으로 수학을 공부하지 않아도 된다면 어떻게 되겠어요? 금세 대부분의 학생이 수학을 포기하게 되겠지요? 결국 국가는 경쟁력을 잃어요. 적성에 맞고 적성에 맞지 않고는 어쩔 수 없는 일입니다."

납치범은 그 말에 바로 응답하지 않고 장관을 묵묵히 바라보았고 납치범의 말문이 막혔으리라 생각한 장관은 짧은 문답에서 승리했음을 확신하면서도 상대를 자극하지 않으려 부드러운 미소를 지어 보였다. 그러나 이어진 납치범의 목소리는 차분했고 또 차가웠다.

"잘 알고 있군요. 장관은 분명 정책을 위해 희생되는 학생들이 있다는 것을 알고 있다는 뜻입니다."

곧 자리에서 일어난 납치범은 문을 나갔다 들어왔고 그의 손에는 전기 충격기가 들려있었다. 지하철 역 앞에서 정신을 잃게 했던 것이 저 흉기였구나 하는 생각에 몸서리치며 반사적으로 두 팔을 들어 가슴을 보호한 장관에게 납치범은 작으나 또박또박한 한마디를 던졌다.

"그 학생들의 희생에 대해 교육부는 어떤 보상을 했습니까?"

"왜 이러는 거요? 그런 방법은 없어요. 그러면 오히려 수학 성적이 낮은 학생들에게 보상을 주기라도 하라는 거요?"

"생각해 본 적이 없습니까?"

"보상을 말이오?"

수학 교육에 적응하지 못해 성적이 낮은 학생들에게 오히려 보상을 하라니! 세상에 그런 법은 없었다. 장관은 떨면서도 거칠게 고개를 저었다. 그리고 납치범의 전기 충격기는 무심하게도 가까이 다가와 장관의 허벅지에 찍혔다.

"우수한 학생이 아니라 탈락한 학생을 바라보길 바라요. 그것이 당신이 해야 할 일이야."

타다닥 소름 끼치는 소리와 함께 장관은 온몸을 떨다가 재차 기절해 버리고 말았다.

다음 정신이 들었을 때 납치범은 장관의 곁에 앉아 책을 들고 있었다.

"지금 며칠이오? 아니 몇 시요?"

"때로는 시간을 알지 않는 것이 좋습니다."

납치범은 힐끗 장관을 바라보며 입을 열었다.

"여러 날 밥을 먹지 않고 시간을 모른 채로 차분히 지내다 보면 과거의 삶이 떠오를 겁니다. 특히 가슴이 아프고 후회되는 일들. 주변인, 나아가 아는 모든 사람들에게 왜 조금 더 잘해주지 못했던가 하나둘씩 마음속으로 사과하고 빌게 됩니다. 그러다 자기도 모르게 눈물을 흘리고 마음이 맑아지면 그때 비로소 자기 자신에 더 가까워지게 되지요. 앞으로 무얼 해야 할지 알게 돼요."

납치범은 생수병을 하나 남기고는 나가려 했다.

"잠깐!"

뒤돌아서는 납치범을 장관은 다급한 목소리로 불렀다.

"조금 있으면 신고가 되어 온 나라가 떠들썩해질 거요. 대대적 수사가 시작되고 당신은 결국 붙들려 중범죄자가 된단 말이야! 만약 지금 나를 놓아주면 아무 일도 안 생겨요. 약속하겠소. 나는 아무 말도 아무 행동도 안 할 거요!"

"아무 행동도 하지 않겠다?"

"아니, 당신이 원하는 대로 수학 교육의 희생을 줄이는 획기적 대책을 세울 거요. 굳이 고등수학을 하지 않아도

되는 학생들과 수학을 도저히 따라오지 못하지만 다른 분
야에 재능이 있는 학생들이 수학으로 말미암아 낙오하지
않도록 분명히 할 거요!"

　납치범은 물끄러미 장관을 바라보다 아무 말도 없이 문
을 열고 나가버렸고 밖에서 몇 개의 걸쇠를 내리는 소리만
이 남았다.

32

괴이한 납치범

시간이 얼마나 흘렀는지 모를 즈음 납치범은 다시 나타났다. 배고픔과 막막함에 괴로워하던 장관은 그가 들고 온 몇 장의 신문에 대문짝만하게 자신의 납치 사건이 실린 것을 보고 크게 안도했다. 사상 초유의 국무 위원 피랍 소식이 대서특필될 것은 당연히 예상했던 것이지만 중요한 것은 납치범이 그 뉴스를 자신 앞에 펼쳐 놓았다는 사실이었다.

"당신을 풀어주기로 결정했어요."

속을 쓸어내리는 중에도 섣불리 대답하지 못하는 장관에게 납치범은 조용히 말을 이었다.

"식물을 키워본 적이 있습니까?"

"아니, 없어요."

"제때 가지를 잘 쳐내면 남은 가지는 싱싱하게 잘 자라요. 뿌리가 가져올 양분은 정해져 있는데 먹어야 할 이파리는 많기 때문이지."

장관은 고개를 끄덕였다. 식물뿐 아니라 세상 모든 일에 당연한 이치였다.

"또 다른 방법은 큰 화분에 흙을 더 담아 분갈이를 해주는 겁니다. 그러면 가지를 쳐내지 않아도 더 풍성하게 자랄 수 있으니까."

납치범이 무슨 말을 해오는지 쉽게 미루어 짐작한 장관이 무어라 답하려는데 납치범은 듣지 않겠다는 듯 고개를 저으며 제 말을 마저 마쳤다.

"쳐낸 가지를 새 화분에 꽂는 방법도 있어요."

"그러나……."

"그중 당신은 첫 번째 방법만을 압니다. 그 사실을 깨달았나요?"

장관은 이내 고개를 끄덕이며 인정했다.

"느끼고 있어요."

"첫 번째라도 잘해온 사람이니 풀어주는 것입니다. 사실 그런 사람조차 드무니까."

씁쓸한 표정으로 장관을 바라보던 납치범은 이내 얼굴을 굳히고 마지막으로 말했다.

"지금의 생각을 잊지 않기를 바라요."

이어 납치범은 핸드폰을 꺼내어 장관의 사진을 찍었다.

어디에 어떻게 쓰일지 몰라 얼굴을 굳혔던 장관은 이내 발목에 묶인 수갑을 바라보며 말대로 풀어달라는 표정을 지었지만 납치범은 몇 장의 사진을 더 찍은 후 문을 닫고 나가버릴 뿐이었다.

"아아, 풀어준다고 했잖아!"

그러나 문은 한동안 열리지 않았다.

이후로 얼마나 시간이 더 흘렀을까, 배고픔에 손가락 하나도 들 힘이 없을 때쯤 장관은 갑자기 문이 열리며 밝은 빛이 들어오는 것을 보고 힘겹게 눈을 떴다. 쾅 소리를 내며 열린 문의 뒤로는 중무장을 한 경찰관들이 사방을 경계하며 들어오고 있었고 이어 의사 가운과 구호복을 입은 사람들이 몰려드는 것을 확인한 장관은 억지로 힘을 내 입을 열었다.

"여기가 어디요?"

"철령, 철령입니다."

"철령?"

"범인이 여기를 철령이라 했습니다. 장관님, 이제 아무 걱정 마십시오."

연이어 들어오는 면면들이 모두 대한민국의 공무원이었고 아는 얼굴들까지 하나둘씩 나타나기 시작했다. 며칠간의 악몽이 끝났다는 것을 안 장관은 비로소 안도의 한숨을 내쉬며 다시 눈을 감았다.

며칠 뒤, 서울 도심의 병원에서 간단한 바이털 체크를 마치고 침대에 누워있는 장관에게 수행 비서가 다가왔다. 그동안의 일을 정리해 달라는 장관의 요청에 수행 비서는 보고서 대신 두 손으로 핸드폰 화면을 내밀었다.

- 교육부 장관은 철령위鐵嶺衛의 철령에 갇혀있다. -

납치범이 찍은 자신의 사진과 함께 게재된 영문 모를 메시지를 두어 번 읽은 장관은 수행 비서를 쳐다보았고 수행 비서는 그간의 일을 설명하기 시작했다.

"행방불명이 되신 일주일 뒤, 다수의 인터넷 커뮤니티에 사진과 함께 이런 메시지가 올라왔었습니다. 장관님 실종이 전국에 화제가 되고 수사와 추적에 난항을 겪고 있던 차라 철령, 철령위가 대체 어디고 무엇이냐며 엄청난 열풍이 불었었어요. 결국 이 메시지를 풀어낸 끝에 장관님을 찾게 된 것입니다."

"철령? 철령이면 북한이 아니오? 내가 북한에 있었소?"

"아닙니다. 그것이 설명드리자면 긴 이야기인데⋯⋯."

- 납치된 장관은 철령위의 철령에 있다.

인터넷에 뜬 이 한 줄의 메시지는 대한민국을 뜨겁게 달구었다. 언론은 말할 것도 없고 일반 국민들, 직장인, 주부

할 것 없이 한국인이라면 누구나 메시지를 직접 보거나 전해 들었고 납치범의 이 이상한 메시지는 수많은 화제를 낳으며 전국을 가득 채웠다.

특히 중·고등학생들이 많은 관심을 보였던 것은 이 철령위가 조선의 건국, 위화도 회군, 요동 정벌과 어깨를 나란히 하는 익숙한 단어인 까닭이었다. 순식간에 철령이 어디인가, 철령위가 무엇인가 하는 지리와 역사의 개념이 온 국민적 관심거리가 되어 학생들이 인용하는 교과서와 참고서의 내용이 인터넷에 무수히 떠올랐다. 긴급히 차려진 수사본부는 깜짝 놀랐다.

"철령은 북한의 지명입니다. 강원도 북한 지역에……."

"북한?"

장관을 북한에 데려갔다고? 순식간에 비상이 걸린 수사본부는 전국 모든 선박의 기록과 휴전선 근처의 보고를 수집했으나 의심할 만한 요소는 없었다. 거세게 술렁였던 분위기는 금세 가라앉았다. 애초에 불가능한 일이었다. 납치범이 장관을 데리고 이토록 유령처럼 북한에 들어갔다니. 혹시 모를 일에 대비해 국정원 등의 라인과 공조는 유지했으나 가능성은 닫아둔 것과 마찬가지였다. 수사본부는 이제 메시지의 내용을 믿기보다 범인의 심리를 분석하는 데 몰두하기 시작했다.

"철령, 어째서 철령이라는 말도 안 되는 지명을 올린 거야?"

"북한을 언급하면서 더 화제를 더 키우려고 한 게 아니 겠습니까?"

"관심을 노린 범죄자들이 대개 그렇죠."

철령이라는 지명에 집중하기 시작한 수사관들은 곧 너무나 쉽게 결과를 얻을 수 있었다. 아이러니하게도 일말의 전모가 이미 밝혀진 채 온 세상에 퍼져있는 것과 진배없는 까닭이었다. 재야 사학자들의 주장. 철령에 관해 그들이 주류 사학자들과 대립하여 전개해 온 주장이 납치로 말미 암아 일약 최고의 국민적 관심사로 떠올라 내막을 드러내고 있었다.

"주류 사학자들은 철령위의 철령이 신고산에 있다 하고, 재야 사학자들은 요동에 있다고 합니다. 그런데 이 갈등의 골이 엄청나게 깊어요."

"재야 사학자들? 그러면 그들 주변에서 수사가 시작되어야 하나?"

"그게 맞습니다. 이덕일을 비롯한 재야 사학자, 인하대학교 교수들을 비롯한 비주류 역사학계, 그리고 이들의 과격한 추종자들을 용의선상에 올려야 할 것 같습니다."

"바로 시작해!"

언론은 즉시 철령에 관한 주류 학계와 재야 사학자들의 대립을 보도했고 방송은 전문가들을 초빙해 토론을 시작했으며 평소 역사에 관심이 있던 일반인들은 물론 책 한 권 읽지 않던 사람들까지 철령에 관한 이슈들을 찾아 공부하기 시작했다.

"그런데 왜 교육부 장관을 납치했을까? 갈등이 있으면 만나서 토론하면 되잖아. 나는 이런 이유로 신고산인데 너는 무슨 이유로 요동이냐 하고 만나 서로 상대방 근거 자료를 체크하면 간단히 결론이 나오는 일 아냐?"

"그게 주류 학계에서 전혀 응하지 않았대. 사이비들이 아무렇게나 떠들어 대는 의견이라고 일축했다는군."

"그게 장관이 책임질 일이야?"

"몰라. 어쨌든 교과서에도 그렇게 쓰니 결국 교육부 장관 책임이라는 거 아닐까?"

하루가 다르게 펄펄 끓어오른 이슈에서 재야 사학자들은 마구 날뛰었다. 발언할 수 있는 티끌만 한 공간조차 찾지 못했던 그들은 물 만난 물고기처럼 온갖 매체를 통해 여태 다듬어 온 논리와 주장들을 설파하기 시작했고 주류 사학자들은 상대의 막힘없는 논리 앞에 침묵하는 것 외에는 별다른 방법을 취하지 못하고 있었다.

33

범행의 이유

"철령위는 명나라가 설치한 기관입니다. 그러므로 명나라 기록을 보는 게 가장 정확합니다.『명태조실록』에 보면 명나라 황제 주원장은 명과 고려와의 국경선은 철령을 기준으로 한다고 고려에 통보했습니다. 이 철령 이북의 땅은 명의 소유이니 철령위를 설치하겠다 통보했고 고려가 이에 반발해 요동정벌군을 편성한 건 다들 아실 겁니다. 명나라의 모든 사료들은 이 철령이 어디인가에 대해 분명히 밝히고 있어요."

한 방송국에서 실시간으로 진행되고 있는 현장에서 초청된 재야 사학자가 자신 있게 말하자 사회자는 고개를 끄덕이다 물었다.

"그 위치가 어딥니까?"

"바로 요녕성 철령입니다."

재야 사학자의 논지는 계속 정확한 자료로 뒷받침되었다.

"명나라 역사서인 『명사』를 봅시다. 『명사』는 이렇게 설명하고 있습니다. 철령위는 홍무 21년에 옛 철령성에 설치하였다. 더 이상 뭐가 필요합니까?"

"오호. 그렇습니까?"

"이것은 『명사』 지리지의 내용입니다. 철령 서쪽으로는 요하가 있다. 여러분 모두 아시다시피 요하는 요녕성을 가로지르는 강입니다."

"음, 주류 학계가 말하는 신고산 철령 부근에는 강이란 전혀 없지요."

"『명사』의 지리지에는 또 이렇게 기록되어 있습니다. 철령위의 동남쪽에 있는 봉집현은 곧 옛 철령성으로 고려와 국경을 접하고 있다. 지도에서 보면 봉집현은 현재의 심양시 동남쪽 55킬로미터 지점에 있습니다."

초청 학자의 발언이 끝나자 방청객 사이에서도, 유튜브 등을 통해 실시간으로 보고 있는 사람들 사이에서도 날카로운 질문이 연달아 이어졌다.

"철령위를 철령성에 두었다고 하는데, 그러면 주류 학자들이 말하는 신고산 철령에는 성이 있었습니까? 현재 남은 성벽이라도 있습니까?"

"당연히 없습니다. 요동은 편평한 벌판이라 반드시 성이 필요하지만, 신고산 철령은 온통 첩첩산중이라 성을 쌓을 필요도 없고 쌓을 수도 없습니다. 또한 요녕성 철령시에는 철령위 벼슬을 지낸 사람들이 있지만 신고산 철령에는 그런 벼슬을 지낸 사람이 전혀 없습니다."

질문했던 방청객이 화가 난다는 듯 얼굴을 붉힌 채 소리치듯 물었다.

"그런데 도대체 뭐가 문제입니까? 신고산 철령은 뭡니까?"

초청 학자는 기다렸다는 듯 고개를 끄덕이며 대답을 시작했다.

"우연히도 한반도 내에 철령이라는 고개가 있습니다. 바로 강원도와 함경남도의 경계에 있는 철령인데, 이것이 조선사편수회의 눈에 들어간 것이지요. 조선사편수회는 이 철령이 그 철령이라고 덮어씌웠습니다. 슬프게도 이 나라 역사학계는 오늘에 이르기까지 일본인들의 음모를 충실히 이행해 고려의 국경선을 원산 이남으로 쭉 그어 가르치고 있습니다. 어린아이도 알 수 있는 증거와 자료를 아무리 보여줘도 이들은 눈 하나 깜빡이지 않고 해방 후 지금에 이르는 근 80년간 중고등학교 교과서에서 그렇게 가르치고 있는 것입니다."

"잠깐, 그럼 우리가 배운 고려의 국경이 잘못된 것이라는 말씀입니까?"

"바로 그렇습니다. 지금의 휴전선 비슷하게 그어놓은 고려 말 국경은 오류 중의 오류입니다."

방청객은 숫제 가슴을 두드리며 화를 터트렸다.

"그게 말이 되는 얘기입니까? 전국의 수많은 검인정 교과서들이 하나도 예외 없이 철령위의 철령이 강원도의 그것이라 가르치고 있는데, 뭔가 크게 잘못된 것 아닙니까? 그게 말이 됩니까? 반대편에서는 뭐라고 말을 합니까?"

"모릅니다."

"예?"

너무나도 싱겁게 양손을 들어 올린 초청 학자를 향해 사회자 및 방청객, 방송을 통해 지켜보는 모든 이들의 눈이 쏠렸다.

"모릅니다. 학문이란 논문과 학술 토론을 위해 오류를 수정하고 발전해 나가는 것인데, 주류 사학계는 전혀 토론을 하지 않고 있습니다."

"왜 안 할까요?"

"글쎄요. 주류 사학 측 주장은 없습니다. 그저 조선사편수회가 정한 대로 가르칠 뿐이지요. 이들은 국사편찬위원회, 한국학중앙연구원, 동북아역사재단, 그리고 서울대학교를 비롯한 전국의 대학들, 각종 연구재단, 연구소 등을 이미 장악하고 어떠한 주장에도 눈과 귀를 막고 있습니다. 정연한 논문이 나와도 근거 없는 주장이라 몰아붙이며 무시하는 게 다입니다. 저기 데스크를 보십시오."

이어서 학자는 데스크를 가리켰다. 본래 세 개의 자리가 있어야만 할 테이블이지만 사회자와 재야 사학자만이 자리하고 있을 뿐 반대편의 자리는 비어있었다. 원래대로라면 초청받은 주류 학계의 학자가 있어야 할 빈자리를 가리킨 학자는 돌아가고 있는 카메라를 정면으로 바라보며 말을 이었다.

"국민 여러분, 철령의 위치는 곧 고려 말의 국경을 그대로 뜻합니다."

잠시 말을 멈추었던 학자는 먹먹했는지 숨을 고르고 전 국민의 시선을 향해 물음을 던졌다.

"삼국시대의 지도를 보신 적 있습니까? 조선의 지도를 보신 적이 있습니까? 대한민국의 지도를 보신 적이 있을 겁니다. 혹시, 고려의 지도도 떠오르십니까?"

고요한 방송국 스튜디오에 쓸쓸한 목소리가 연이어 울렸다.

"여러분의 뇌리에 반쯤 잘려나간 작은 고려의 지도가 그려지지는 않습니까? 어째서 무능한 고려의 선조는 영토를 그렇게나 잃었냐며 속상해하신 적이 있지는 않습니까? 반토막 난 땅을 보며 우리의 조상에 실망한 적이 있지는 않습니까?"

잠시 적막이 이어지고, 한참이나 닫혔던 학자의 입이 다시 열렸다.

"그것을 빼앗아 간 자는 어쩌면 우리 자신의 무관심일지도 모릅니다. 철령, 철령은 그 진실을 가리키는 키워드입니다."

그간의 긴 이야기를 들은 장관은 이마를 짚고 생각에 빠져있었다. 그리고 한참 후, 물을 한 잔 마시고서 입을 열어 수행 비서에게 물었다.

"나를 납치해서는 철령에 가두었다고 했다, 그리고 철령이 전국의 관심이 되었다."

"예."

비서는 고개를 끄덕였고 장관은 고개를 좌우로 크게 흔들었다.

"그렇게 신드롬이 일자 경찰에 내 위치를 알려주었겠지. 맞소?"

"맞습니다."

때마침 병실의 TV에는 뉴스가 나오고 있었다. 속보라며 밑에 나오는 문구는 교육부 장관의 생환과 더불어 철령위는 어디인가, 철령의 진실은 무엇인가. 테이블 옆에 놓인 신문에서도 대문짝만한 글씨로 보이는 철령.

"수학이라니. 철령이라니. 말도 되지 않아. 도무지 믿을 수 없는 이야기야."

"수학 말씀이십니까? 그건 또 무슨……."

"누구요, 당신은 대체 누구란 말이오."

한숨과 침묵이 길게 이어지다가 갑자기 일어선 장관은 직접 링거를 뽑았다. 당황해서 말리는 수행 비서를 마다하며 옷걸이의 외투를 걸친 장관이 짧게 물었다.

"납치범은 잡혔소?"

"잡히지 않았습니다. 수사본부에서 며칠째 비상을 걸고 밤샘을 하고 있지만 아직 뚜렷한 결과는 나오지 않았다고 합니다. 장관님께서 진술이 가능하시다면……."

"모든 진술을 거부하겠다고 전하시오."

놀란 수행 비서가 눈을 크게 떴지만 장관은 그대로 병실을 나섰다.

일본.

촛불 두 개만이 켜진 좌도밀교의 본당에서 이케마츠는 나흘 밤낮을 울부짖고 있었다.

"다이이치시여, 부디 이 못난 후인에게 벌을 내리소서!"

엎드린 채 원통한 듯 바닥을 치며 눈물을 흘리던 그는 다이이치의 초상을 올려다보고는 부서져라 이마를 바닥에 찧었다. 초상의 바로 앞에는 회신령집만축고선淮新嶺縶萬縮高鮮. 그리 쓰인 종이가 불붙은 채 조금씩 타들어 가고 있었다.

"일찍이 신술로 펼쳐두신 대계가 깨어졌으나 후인은 무엇을 할 수 있을지 모르겠나이다. 당장 조선인 5백 명을 칼로 베어 죽이면 되겠습니까? 망치와 쇠말뚝을 들고 달려가 경복궁 한복판에 못질하면 되겠습니까? 모르겠나이다. 길을 모르겠나이다. 이 깨우치지 못한 후인을 용서하소서, 아니 결코 용서하지 마소서!"

본당의 문을 걸어 잠근 채 홀로 울부짖은 것이 나흘째였다. 목이 쉴 대로 쉬어 무슨 말인지도 분간이 되지 않는 소리를 짐승처럼 토해내던 그는 결국 기력이 다하여 엎드린 그대로 쓰러졌다. 그렇게 혼절한 채로 한 십여 분이나 되었을까, 더없이 피폐했던 얼굴에 안색이 돌아오고 표정마저 조금씩 평온해진 그는 갑자기 눈을 떴다.

"아아 다이이치시여!"

기력이 쇠해 쓰러졌던 십 분 전이 믿을 수 없게도 그는 벌떡 일어서 돌아온 목소리로 외쳤다. 흐릿했던 눈에 안광이 돌아오고 굽었던 등이 꼿꼿이 펴진 채로 그는 양팔을 높이 올렸다.

"대선사께서 백 년 세월이 지나서도 본국을 굽어살피시나이까! 못난 후인을 긍휼히 여기시어 여적 이승의 경계를 넘나드시나이까!"

말랐던 입술 끄트머리가 올라갔다. 주름졌던 미간이 활짝 열렸다. 이어 양팔을 높이 든 그대로 이케마츠는 자신

의 모든 것을 모아 바치듯 큰절을 올렸다. 이마에 바닥을
댄 채 그는 가슴에서부터 긁어 올린 목소리를 흘려내었다.

"당장 한국으로 가겠나이다."

34
좌도밀교

늦은 밤, 멀찍이 하나씩 떨어져 있는 가로등의 희미한 불빛 아래 사람의 그림자 몇 개가 드러났다. 모두 일곱. 가사를 입고 머리를 민 이들이 한마디 말없이 소리 없는 발을 옮겨 인적 드문 항구에 들어서자 어두운 길목에서 기다리던 한 중년이 그들을 발견하고 잰걸음으로 다가갔다.

"노풍언입니다. 계파는 다르나 이리 법력이 높은 분들을 모시니 본초 평생의 영광이올시다."

"이케마츠요."

자칭 한국 최고의 풍수사라는 노풍언은 일곱 명의 가사를 걸친 승려들을 앞에 두고 깊이 허리를 숙이며 합장했다. 다시 허리를 펴는 것조차 황송하다는 듯 비스듬하게 굽힌 채로 양팔을 들어 부두에 정박해 있는 배를 가리킨 그는 승려들이 모두 지나자 그 뒤를 공손한 걸음으로 따라

가며 말했다.

"진도까지는 보통 차를 타고 들어가는 편인데, 꼭 배를 타고 들어가겠다 하셨으니 수배를 해놓았어요. 원래 이 늦은 시간에는 구할 수 없는 배편이지만 힘을 좀 썼지요."

"……."

"가을에 오셨으면 더 좋았을 텐데 말입니다. 해안가에서 보는 낙조가 정말 일품이에요. 앉아서 횟감 썰어다 놓고 소주 한잔 마시다 보면 아 옆에 놈 주는 게 아까워서 바로 그냥 병나발을 쭉쭉 불어 재끼는데 그러다 싸움이 곧잘 나요. 이 노풍언도 단전을 수련하다 보니 힘이 꽤 좋은데……."

배가 출발하고서도 한참을 떠들던 노풍언은 승려들이 한마디 대답이 없어도 사람 좋은 웃음을 지어 보이며 말을 붙이다 가방을 열어 간식까지 내놓았다.

"이게 고구마 빵이라는 건데요."

그때 바람 한 점이 일더니 금세 거세어져 주섬주섬 내어 놓은 고구마 빵이 휙 굴렀다. 아이고 소리를 내며 노풍언이 빵을 챙기는데, 노풍언의 앞에 서있던 이케마츠는 갑자기 앞으로 나서며 불어오는 바람에 손등을 대었다.

"카미카제."

그리곤 이케마츠의 입에서 한마디 단어가 새어 나오고 즉시 예닐곱 승려가 모두 같은 자세로 서서 두 손을 묘한 형태로 만들어 모으더니 고개를 숙이며 자리를 맞추어 섰다. 놀란 노풍언이 몇 걸음 뒤로 물러서고 어두운 밤의 바닷바람이 승려들의 가사 자락을 펄럭이며 날리는 가운데 이케마츠는 날카롭기 그지없는 음성을 내었다.

"회신령이 풀렸다. 수백 년 대계가 무너졌다. 지기란 흐르는 물과도 같은 것, 남쪽에 매인 지기를 북쪽에 끌어갔으니 일본의 국운도 크게 끌려가고 말리라. 내 어쩔 줄을 몰라 그저 엎드려 나흘을 크게 울었더니 어제 꿈에 다이이치께서 현현하시어 할 일을 알려주셨다."

다이이치라는 이름이 나오자 승려들이 길게 읍하는 가운데 점점 이케마츠의 목소리는 귀기를 띠어갔다.

"이케마츠여, 그대는 어째서 후쿠오카의 고분을 기억하지 못하느냐!"

마치 다이이치의 목소리를 그대로 흉내 내듯 말투마저 예스러워진 채 이케마츠는 연신 섬뜩한 목소리를 이어갔다.

"본국과 조선에는 원한 어린 시체가 넘치지 않느냐! 죽은 자가 고향을 바라봄은 그리움이며 죽은 자가 원수를 바라봄은 원한이리라. 원한 중 가장 큰 것이 전란에 죽임당한 원한일지니, 나를 따르는 이야, 이래도 모르겠느냐? 어째서 네 할 일을 하지 않느냐!"

마치 곡을 하듯 이케마츠의 목소리는 점차 높아지고 이를 겁먹은 채 바라보던 노풍언은 저도 모르게 주저앉고 말았다. 다이이치가 유골의 머리를 모두 돌려놓았다는 후쿠오카 고분의 전설을 기억해서가 아니었다. 그저 귀신의 목소리, 마지막에 다이이치의 호령을 따라 하는 이케마츠의 음성이 마치 귀신의 것과도 같은 까닭이었다.

"다이이치의 말씀에 따라 교토의 이총耳塚(코 무덤)을 찾아 열고 정액을 뿌렸다. 안식을 취하려던 원혼을 모독하여 모두 깨웠으니 이제는 고국을 바라보던 본국의 원혼을 돌려놓을 때이리라. 왜덕산! 그곳에 잠든 유골의 머리를 돌려라! 적의 온정을 받아 고국을 바라보는 원혼의 눈에 적을 비추라! 다시는 눈을 감지 못하고 울부짖으며 저를 죽인 자들을 저주케 하여라!"

순간 노풍언은 귀를 막고 눈을 감았다. 등 뒤 일본 땅에서, 눈앞 진도에서 갑자기 원혼의 울음소리가 들려오는 것만 같은 착각이 든 까닭이었다. 거세다 못해 온몸을 펄럭거리는 바람 속에 온갖 부정한 귀기가 섞여 온 세상을 날아다니는 것만 같았다.

"끓어 넘치는 귀신의 한으로 두 나라 사이를 막으라. 그리하여 본국의 기를 보전하라."

이케마츠의 마지막 말이 떨어질 즈음 귀신의 소리가 멈추었고 우연인지 때마침 바람도 잦아들었다. 그제야 노풍언도 감았던 눈과 귀를 열었다. 그는 사시나무 떨듯 떨고 있었다. 진짜, 세상에는 진짜 귀신의 힘을 다스리는 자들이 있었다.

"저, 저곳이 왜덕산입니다. 원래는 많았지만 이제는 쉰 셋이던가, 넷이던가 분묘가 남아있다고⋯⋯."

왜덕산은 산이라 부르기도 뭐한 작은 구릉이었다. 야밤에 마치 스며들 듯 발소리조차 내지 않고 나타난 승려들은 작은 도로 옆에 위치한 왜덕산에 올라있었다. 분묘들이 줄지은 경사면이 과연 일본 본토를 향해있음을 등 돌려 확인한 이케마츠는 한쪽 눈을 감고 묘한 표정을 지었다.

"진실로 원혼의 자취가 없구나. 고향을 바라보며 편히 잠든 혼령만 있으니 어느 고명한 신인이 있어 이토록 대자대비한 술법을 펼쳤을까. 잠든 이들이 영생토록 원한을 거두도록 마음을 어루만진 이가 대체 누굴까."

곧 일곱 승려가 나란히 섰다. 무엇을 하는지 눈을 감고 손을 모은 채 묵묵히 서있던 그들은 이내 누가 먼저랄 것 없이 다 같이 눈을 떴다. 그들은 모두 한곳을 바라보고 있었다.

"50구 유골을 모두 파헤쳐 고개를 돌리기 전에, 큰 장수의 유골이 있으니 먼저 그를 깨워야만 하리라."

승려들과 노풍언은 가장 높이 있는 봉분을 향해 걸었다. 멈출 때도 모두가 약속한 듯 함께. 봉분 앞에 일렬로 늘어선 형태가 된 승려들 사이에서 이케마츠가 앞으로 한 걸음

나아갔다. 무릎을 꿇고 앉은 그는 다시 한번 손을 모은 채 고개를 숙였다.

"구루시마 미치후사는 역사에 남았소. 와키자카 야스하루는 돌아가 장수하였고 도도 다카도라는 크게 입신양명하였소. 한데 여기 묻힌 이여, 당신의 이름은 무엇이오?"

4백 년 전 왜란의 주역들을 읊어대다 고개를 든 이케마츠는 눈을 가늘게 뜨고 목소리를 이어갔다.

"적의 은혜를 입고 적국 땅에 묻혀 본국을 바라보는 것만으로 감사하는 못난 자의 이름이 무엇이냐 물었소. 당신은 무어요? 당신을 죽인 조선의 노예요? 당신을 버린 일본의 수치요? 그 부끄러운 이름이 무엇이오?"

또다시 스산한 바람이 불었다. 나뭇가지가 흔들리고 풀 끝이 파르르 떨리는 것이 마치 사람이 분노와 고통에 떠는 것만 같았다. 더욱 기괴한 것은 그다음이었다. 이케마츠가 손짓하자 갑자기 삽을 들고 흙을 파내기 시작하는 승려들. 염불이나 외고 도나 닦는 몸뚱이 어디에 그런 힘이 있었는지 웬만한 일꾼 서넛보다 하나가 더 능숙하게 봉분을 파 들어가니 머잖아 썩지 않은 유골이 드러났고 이를 가만히 기다리던 이케마츠는 곧 흙에 파묻힌 두개골을 잡아 꺼내어 들었다.

"이대로 눈감고 잠들어 원怨을 은恩으로 알고 안식을 취할 것이오? 아니면 이제라도 수치를 알고 일어나 생전의 한을 갚겠소? 이대로 썩어 사라져 원수 조선의 흙과 거름이 되겠소? 아니면 죽어서나마 다시 한번 본국의 무장다운 기개를 펼치겠소?"

두 손으로 두개골을 잡은 그는 북쪽을 향해 두개골을 들며 외쳤다.

"죽은 자야! 그 뚫린 구멍으로 보라! 네 원수 조선이 보이지 않느냐! 진정 그들이 너의 은인이더냐!"

고함이 떨어지자 적막이 있었다. 그리고 잠시 후 바람이 일었다. 풀 비벼지는 소리, 나뭇가지 떨리는 소리. 스산하게만 불던 바람은 금세 거칠어지고 마치 산천초목이 우는 듯한 소리로 사방을 메웠다. 눈을 부릅뜨고 두개골을 노려보던 이케마츠는 그제야 만족한 듯 선선히 미소를 떠올렸다.

"그래, 그래야 일본의 무사지."

정말로 통혼通魂하는 것인가! 이를 모두 지켜보던 노풍언은 어느새 멀리 떨어져 있었다. 그 역시 풍수사라는 자, 호기심을 이기지는 못해 반쯤 숨어서나마 이케마츠의 도력이 정말로 귀신에 통하여 원귀로 탈바꿈할지 떨면서도 바라보고 있었다.

가장 먼저 이케마츠가 무릎을 꿇고 나머지 승려가 무릎을 꿇었다. 곧 팔을 벌려 제각기 다른 모양을 손과 팔로 만들어 보이는 가운데 이케마츠는 크게 숨을 들이쉬었다. 호흡. 산 자의 호흡을 깊이 죽은 이에게 불어넣어 혼령을 깨우는 행위였다. 두개골 아래 입이 있던 곳에 입을 댄 이케마츠는 깊은숨을 불어넣었다. 이어 그는 길게 혓바닥을 내밀었다. 성性이야말로 세상의 근본을 이루는 에너지라 믿는 좌도밀교에서 체액은 교감의 가장 중요한 매질인 바, 이케마츠는 타액을 듬뿍 묻힌 혀끝으로 두개골을 핥았다.

"생生의 의지를 전달하니, 깨어나거라. 이름 모를 원혼이여."

괴이한 의식의 끝에 나직한 말을 흘린 이케마츠는 잡아들었던 두개골이 북쪽을 바라보도록 다시 내려놓았다. 곧 흙이 덮이고 원래대로 봉분이 쌓이자 비웃음을 흘리며 북쪽을 바라보던 이케마츠는 합장을 해 보였고 그러자 산천초목을 울려대던 괴이한 바람이 잦아드는 듯했다.

"이리 오라."

숨은 노풍언을 향한 손짓이었다. 쭈뼛쭈뼛 다가온 노풍언을 향해 이케마츠는 입을 열었다.

"너도 풍수를 다루는 자이니 이제 무엇을 해야 할지 알겠지."

"그, 그, 알기는 아는데 한국과 일본이 좀 달라서⋯⋯."

이케마츠의 시퍼런 입술 끝에 진한 비웃음이 맺혔다.

"나머지 유골의 머리도 돌려야지. 고국을 바라보던 그

애틋한 눈구멍에 저를 죽인 원수의 모습을 집어넣어야지."

"아, 예. 대강은 역시 비슷하기는 한데, 왜 그런 일을……."

"옛적 조선의 신인이 펼친 대자대비의 대법을 풀고 혼령의 원한을 일으켜 두 나라의 화의를 깨트리는 것이다. 북쪽으로 서쪽으로 새어 흘러나갈 지기를 막고 일본의 국운이 쇠하지 않도록 지켜내는 것이다."

"아니, 그럼, 그럼 한국의 국운은 어쩝니까?"

"너도 풍수사라 하지 않았느냐?"

"아, 예."

"그래, 너는 무엇을 할 수 있느냐?"

"예?"

"짐승 놈아, 내가 너희 나라에 무서운 저주를 심고 있거늘 너는 무엇을 할 수 있냐는 말이다."

갑자기 이케마츠는 발을 들어 노풍언의 가슴을 냅다 차 버렸다. 균형을 잃고 넘어진 그가 흙바닥 비탈길을 구르자 이케마츠는 신발을 바닥에 문질러 닦으며 말했다.

"아무것도 못 하지. 한국 놈들은 항상 말뿐이야. 저 뒤에 숨어서 말로만 떠들 뿐이다. 억울하다고, 잘못됐다고. 안전한 곳에서 말로만 열심히 떠들다 곧 잊어버리는 놈들이다. 그런 놈들이, 그런 놈들의 나라가 흥해? 기를 뻗치고 크게 흥한다고? 돈 몇 푼 쥐여주고 잘한다 잘한다 쓰다듬어 주면 좋아라 누구한테든 알아서 기는 놈들의 나라가?

그따위 나라가 대일본의 기를 거두어 간다고?"

이글거리는 눈으로 노풍언을 노려보던 이케마츠는 더 볼 가치도 없다는 듯 눈길을 거두며 독백했다.

"공평하지 않아. 세상에 그런 불공평한 일이 있을 수는 없다. 꿩은 하늘을 날고 돼지는 똥 밭에 구르는 것이 올바른 이치다."

흙투성이가 된 몸을 반만 일으킨 노풍언은 이케마츠의 눈을 피해 고개를 떨구고 있었다. 아무 말도 할 수 없었다. 그의 손에 들려있던 봉투에서 떨어진 고구마 빵, 그리고 일본 손님들과 나눠 먹겠다고 준비한 막걸리 두 병이 데구루루 비탈길을 따라 구르고 있을 뿐이었다.

35
사명당이 가리킨 자

　유행에 맞춘 듯 현대적이면서도 개성 있는 인테리어를
갖춘 어느 고층 빌딩의 카페, 어느 나라 말인지 가사조차
잘 알 수 없는 음악이 깔리며 여기저기 떠드는 소리가 울
리는 가운데 너무나 분위기와 어울리지 않는 인물이 자리
를 잡고 앉아있었다. 일본풍의 가사를 입고 머리를 민 승
려, 기미히토. 한참 눈을 감고 있던 그는 어느 순간 고요히
숨을 내쉬며 눈을 떴고 그와 함께 카페의 문이 열리며 한
남자가 모습을 드러냈다. 적당한 키에 수수한 옷차림을 갖
춘 남자는 미리 약속이라도 잡은 듯 자연스럽게 기미히토
의 맞은편에 다가와 앉았고 이내 차분한 목소리를 내었다.
　"처음 뵙습니다. 형연입니다."
　"기미히토요."
　잔소음이 계속해서 울림에도 두 사람의 말은 너무나 고

요하고 분명하게 들렸고 형연을 가만히 바라보던 기미히
토는 이에 가만히 고개를 끄덕였다.

"그 일, 당신이 맞소?"

"맞습니다."

선선히 나온 대답에 기미히토는 짧은 한숨을 내었다.

"회신령집만축고선淮新嶺繋萬縮高鮮."

중얼거리듯 여덟 글자를 뱉어놓고 숨을 고른 그는 곧 또
렷한 목소리로 천천히 말했다.

"다이이치 백 년 저주를 풀어낸 것을 진심으로 축하해
요. 본래 후대의 누구도 해내기는커녕 짐작할 수조차 없었
을 일이거늘 젊은 사람이 수월하게 풀었으니 이 기미히토
는 진심으로 고개를 숙이오."

"우연입니다."

"이 기미히토가 평생 수련을 하고도 닿지 못한 일을 우
연이라 여기면 이 사람의 삶을 너무 보잘것없이 만드는 것
이오."

이어 기미히토는 법장을 내려놓은 후 잔잔한 동작으로
자신이 의도한 예를 다 차리고는 일어나 자리에 앉았다.

"나는 다이이치와 교감이 있는 사람, 선인이 크나큰 해
악을 펼쳐놓고도 후인이 몰랐으니 죄가 크기만 하오."

"후대의 눈으로 보면 선대의 많은 것들이 다 잘못된 것
입니다. 비록 그 당시는 열정이고 정의라 하더라도 말입니

다."

"그렇게 이해해 주니 고맙소. 하지만 뻗치는 한국의 기를 강원도 철령에 묶어두겠다는 다이이치의 의지는 사실 극도로 무모했소."

"지금에 와서는 한국인들 스스로 맺은 열매가 다이이치가 뿌린 씨보다 훨씬 큰 게 안타까울 뿐입니다."

기미히토는 형연의 팔을 잡아 어루만졌고 그의 입술 사이로는 작은 탄식이 새어 나왔다.

"그래서 안타깝소. 너무나 안타깝기만 하오. 그 철령이 이제는 중국의 시빗거리가 되었으니. 한반도의 운명이란 가혹하기만 하오. 중국이야 늘 상좌에 앉으려니 업에 업을 쌓을 운명이지만 뿌리를 이어야 할 일본은 꽃이 되어 흐드러졌으니 이제 낙화할 일만 남았소."

기미히토의 얼굴이 실망으로 찌푸려지는 것을 재밌다는 듯 웃음기를 띤 채 바라보던 형연은 차를 한 모금 마시고 천천히 입을 열었다.

"대사는 운명을 믿으십니까?"

덕 높은 승려에게, 그것도 기미히토에게 건네기에는 너무나도 수준 낮은 질문이었으나 기미히토는 그 간단한 질문을 골똘히 생각하다 답했다.

"사람의 운명은 믿지 않소. 그보다 큰 운명을 믿지."

"예. 막혔던 물꼬에 불과합니다. 터져서 새 물길을 만들면 다시 흐르다, 다시 막히면 어떻게든 터지고, 또다시 흐르고."

"……."

"물길이 되어 흘러가게 두었습니다. 어떤 모양으로 흐르든 막히면 또 차고 넘치겠지요."

기미히토는 옅게 탄식을 흘렸다. 합장을 하며 또 한 번, 다시 형연을 바라보며 도합 세 번이나 탄식을 거듭한 그는 무슨 생각을 하는지 그러고도 한참 형연을 바라보다 입을 열었다.

"숫자의 지혜로만 가득 차게 될 세상에 어떤 이가 균형을 잡을지 궁금했었소. 음식을 끊고 폭포를 바라보는 고승이 사라지고, 조상의 기억을 기리며 그리움을 어루만지는 무당이 사라지고, 하늘을 우러르고 땅을 어루만지는 제관이 사라지면 그 자리에 누가 어떤 모습으로 서있을지 궁금했단 말이오."

"그랬습니까?"

"지금 생각하니 참으로 별 볼 일 없는 의문이었소."

허허로운 목소리를 던져놓은 기미히토는 가로로 뉘어놓았던 법장을 챙겨들며 슬슬 일어설 준비를 차렸다.

"일러둘 것이 하나 있소."

"경청하겠습니다."

"아마 왜덕산에 사람들이 다녀갔을 것이오. 당신이 다이이치 여덟 글자의 비밀을 풀어냈으니 은원을 중시하는 좌도밀교의 사람들이 그 해원을 했을 거요. 혹은 그 반대이거나."

작은 미소를 떠올리며 말한 기미히토는 일어서기 전 다시 한번 형연의 손을 잡고 고요한 목소리를 내었다.

"본시 기이한 무리들이니 왜덕산으로 가 그들의 자취를 거두시오. 그것이 은이든 원이든."

그 말을 끝으로 일어선 기미히토는 더 주저하는 법 없이 합장을 한 번 하고 걸음을 옮겨 카페를 나섰다. 그러나 그에 마주 일어서 합장한 형연은 왜인지 더없이 가라앉은 얼굴이 되어있었다. 움직이지 않고 그 자리에 그대로 서있던 그는 입술을 잘게 움직여 기미히토의 말을 한 번 천천히 되뇌었다.

"은이든 원이든."

여러 갈래 감정이 어떻게 섞여들었는지 모를 목소리가 새어 나오며 꾹 눌러 감은 형연의 속눈썹이 미세하게 떨렸다. 작은 독백이 이어지는 가운데 문득 테이블 위의 핸드폰이 진동 소리를 내며 울렸다. 수신자의 이름을 더듬어 올라가던 눈길이 한동안 멈추었던 것은 왜일까, 묵묵히 핸드폰을 바라보다 이내 빨간 버튼을 눌러 끊고 주머니에 넣은 형연은 곧 자리를 떠났다.

사흘 뒤, 형연은 기미히토의 권유를 따라 진도 왜덕산 앞에 섰다.

 "아, 놈들이 얼마나 괴상한 짓을 하던지."

 흙을 새로 엎고 덮은 흔적이 분명한 봉분들 앞에서, 스스로를 노풍언이라 밝힌 중년의 이야기를 들으며 그는 미동 없이 한참을 서있었다. 입술에서 피가 흐르는 줄도 모른 채, 주먹에 파고든 손끝이 상처를 내는 줄도 모른 채 무려 다섯 시간을 꼬박 서있던 그의 입에서는 긴 고함 소리가 터져 나왔다. 평생 차분하고 고요한 목소리만 나던 입에 무슨 한이 있고 무슨 울화가 있었는지 듣는 이조차 가슴이 답답해 두드릴 것만 같은 길고 긴 고함 소리. 하지만 한참 뒤에서 기다리다 고구마 빵을 내민 사이비 풍수사의 시야에 이미 형연은 사라져 있었고 바람에 실려 온 소리만이 노풍언의 귓가를 맴돌았다.

 "얽히고설켜 왔던 은과 원이 쉽게 사라질리는 없겠지."

36

전부 다 너였어

은하수는 개운한 땀을 훔치며 탁 드러난 경치에 탄성을 흘렸다. 참 오래 잊고 있었던 산 정상의 시원함이 심장과 폐 깊숙한 곳까지 스며드는 것만 같았다. 청량한 바람을 맞으며 아껴 마신 물통의 물을 끝까지 털어 넣자 사는 맛이 무엇인지 참 오랜만에 다시 느낀 그녀는 곧 너른 바위를 찾아 걸터앉았다.

"같이 왔으면 좋았을 텐데."

일부러 사람이 붐비는 게 싫어 가장 이른 시간을 골라 누구보다 빨리 올라온 설악산 대청봉. 그러나 은하수는 누구 한 사람만큼은 곁에 있었으면 좋겠다는 생각에 아쉬운 듯 괜히 옆을 돌아보았다. 왜 그런 기분이 들었을까. 꽤 오래 보지 못할 거라는 느낌은 사실이 되었고 형연은 연락이 되지 않은 채 사라져 있었다.

"한 2주일 됐나?"

사표를 던지고 약혼까지 내던진 그녀는 형연마저 사라지자 주변을 정리하고 생각을 정리할 겸 서울을 떠나 설악의 백담사에 머물고 있었다. 세상과 소통을 다 끊은 채 절밥만 먹으며 산책하고 사색하고 지내기를 보름, 간혹 핸드폰을 켜서 하는 일이라고는 형연에게 전화를 걸어보는 정도가 전부였다. 열 통이 넘도록 받지 않았으나 별다른 걱정은 하지 않았다. 어디 사고를 칠 됨됨이도 아니었으며 큰일이 일어날 삶도 아니었다.

"그다지 여자가 생길 인물도 아니고."

은하수는 피식 웃었다. 딱히 이목을 끌 얼굴도 아니었지만 잘 꾸며두면 모자랄 것도 아닐 인물이었다. 한두 번 보아서는 기억조차 잘하지 못할 희미하고 평범한, 그러나 항상 편안하고 고요한 얼굴.

"별생각을 다 하네. 내려가야지."

은하수는 툭툭 털고 일어나 하산길을 걷기 시작했다. 돌아가면 언젠가 돌아오겠지. 어디 갈 사람도 아니었을뿐더러 왠지 항상 뒤에 있어 줄 것만 같은 사람이었다. 언제든 편안하게 웃으며 그녀의 말을 듣고 깊은 생각 끝에 답을 건네줄 사람이었다. 형연은 그런 사람이었다.

오랜만에 백담사를 벗어나 설악산 기슭의 순두부집을

찾은 그녀는 순두부만 하나를 시켰다. 학부 시절 그놈의 순국, 순두부집을 그렇게 다니면서도 그녀는 찌개만을 고집했고 형연은 순두부만을 고집했었다. 그걸 무슨 맛으로 먹냐 핀잔을 주던 기억에 웃던 그녀는 은근 고소하고 부드러운 식감에 의외라는 듯 작은 탄성을 내고는 곧 숟가락을 바삐 놀렸다. 별생각 없이 음식점의 작은 TV에 눈을 던진 채 조금씩 간장을 덜어 맛있게 비벼 먹었다.

"이번 교육부 장관 납치 사건은 큰 화제를 불러일으켰는데요, 특히 철령에 관한."

툭.

순간 은하수는 숟가락을 떨어트렸다. 어느 순간부터 먹는 것을 멈춘 채 TV에만 눈길을 주고 있던 그녀는 연이어 나타나는 납치범의 CCTV 화면에 놀라 입을 틀어막을 수밖에 없었다. 모자를 쓰고 탑차에서 짐을 내리고 있는 남자, 좋지 않은 화질이나마 크게 당겨서 보여주는 체격과 얼굴은 틀림없이 그녀가 아는 사람이었다.

형연.

휴가를 떠나 세상 소식을 단절한 탓에 장관 납치 사건을 알지도 못했던 그녀였다. 납치라니, 그것도 장관 납치라니. 아니겠지, 간절히 생각하는 그녀의 눈에 연이어 박히는 문구는 너무나도 익숙한 단어였다. 철령. 요녕성의 철령과 신고산의 철령이 번갈아 올라오며 역사학계의 반성을 촉구하는 문구가 계속해서 들어오고 있었다.

"아아."

뉴스는 그것으로 끝이 아니었다. 서동규 납치 사건과의 공통점이 드러나며 연달아 공개된 CCTV에서도 꼭 같은 체격의 남자가 드러나고 있었다. 대통령에게 나이파 이한 필베의 문자를 보냈던 사람도, 서동규를 납치했던 사람도, 장관을 납치했던 사람도 모두 동일인이라는 분석이 쉴 새 없이 전문가들의 입에서 흘러나오고 있었다.

"처음부터, 처음부터 전부 다 너였어. 어떻게."

오만 감정에 몸서리치던 은하수는 급히 핸드폰을 꺼내 형연의 번호를 눌렀다. 전원이 꺼져있다는 답이 들려옴에도 아무 이유 없이 또, 또. 거듭 네다섯 번을 연달아 전화를 걸었던 그녀는 팽개치듯 핸드폰을 내려놓고 양팔에 머리를 묻었다.

"뭐야, 도대체 어떻게 된 거야. 왜. 왜 네가."

속았다는 배신감 같은 것이 아니었다. 왜 그런 짓을 저질렀는지 궁금한 의구심도 아니었다. 그만한 범죄들을 저지르고 잠적해 버렸다는 걱정, 당분간 보지 못할 거라고 말하던 목소리, 거기서 오던 이상한 불안감. 머리를 팔에 묻은 채 쥐어뜯던 그녀는 천천히 숨을 골랐다. 뭐라도 해야 해. 내가 할 수 있는 것이 뭐라도 있을 거야.

"국민 여러분."

은하수는 문득 TV를 보았다. 납치되었던 장본인, 장관이 나와서 발표하고 있었다.

"법은 지켜져야만 합니다. 그 어떤 범죄도 사사로이 용납될 수 없습니다. 피해자가 원하든 원하지 않든, 법은 범죄에 선별적으로 타협해서는 안 됩니다. 한 국가의 장관을 납치한 범죄는 결코 쉽게 여겨서는 안 될 무서운 중범죄입니다."

당연한 일이었다. 납치된 당사자는 강력하게 체포와 엄벌을 촉구하고 있었다.

"저는 이 나라의 공무원으로서 그렇게 생각합니다. 그러나, 장관이 아닌 저 개인으로서는 납치범이 체포되는 것도, 처벌받는 것도 원하지 않습니다."

멍하니 TV를 바라보던 은하수의 눈이 크게 뜨여졌다. TV 속의 카메라도 몇 배는 치열하게 터지고 마이크들은 더욱 가까이 다가갔다. 몇 없는 손님들도 다 숟가락을 내려놓고 TV를 보고 있었으며 음식을 나르며 아무 생각 없이 염병할 놈, 죽일 놈, 그런 말만 거듭하던 식당 주인도 멈추어 서서 TV를 바라보고 있었다.

"여기서 그와 나눈 대화를 밝힐 수는 없습니다. 장관으로서 학계의 논란과 쟁점에 가타부타 말을 얹을 수도 없습니다. 그러나 저는 장관이 아닌 한 인간으로서, 어떤 논란이 생기더라도 반드시 말해야만 하겠습니다. 납치범은."

화면 속에서 장관을 급히 제어하려는 몇몇 몸짓이 있었다. 그러나 장관은 손을 내밀어 그들을 막으며 제 할 말을 이어갔다.

"저를 납치한 그 납치범은 이 나라 교육을 책임지는 그 어느 교육자보다도, 이 나라 역사를 탐구하는 그 어느 학자보다도, 애국과 조국의 번영을 외치는 그 어느 정치인보다도! 진실되이 이 나라를 걱정하고 사랑하였습니다. 저는 이 자리를 빌려 그에게 진심으로 감사하다는 말을 전하고 싶습니다."

사정없이 터지는 플래시와 우르르 몰려나와 어쩔 줄을 모르는 관계자들의 만류 속에서도 장관은 끝끝내 할 말을 다 하였다. 일대 소란이 이는 가운데 현장 연결이 끊어졌다. 다시 데스크로 돌아온 카메라에는 황급히 상황을 정리하려는 아나운서의 앞뒤 없는 멘트가 이어졌다.

식당 안은 시간이 멈추기라도 한 듯 모두 얼어있었다. 주인도, 다른 손님들도, 은하수도 모두 TV에만 눈을 두고 다른 모든 행동이 멎어있었다. 그리고 그것을 깨트린 것은 갑자기 터진 고함 소리였다.

"야 이 개자식아! 이 미친놈아!"

음식 그릇이 아무렇게나 엎어진 가운데 일어선 은하수의 입에서는 욕설이 흘러나왔지만 눈에서는 눈물이 흐르고 있었다.

37

정토淨土

야스쿠니 신사.

누구보다 이른 새벽에 먼저 참배를 하고자 하는 이들이 일찍부터 모여들어 붐비는 일이 태반이었으나 이날은 그리 사람이 많지 않았다. 새벽의 한적한 야스쿠니를 걷는 것은 할아버지와 손자 둘, 정다운 대화를 나누는 두 조손은 야스쿠니의 거대한 도리이鳥居를 지나 쭉 뻗은 길을 걷고 있었다.

"할아버지, 다른 데서 본 도리이들이랑 다른 것 같아요. 보통 나무로 만들지 않아요?"

"그래. 야스쿠니만 저렇게 구리로 만들어진 도리이를 쓴단다. 비장한 마음이 느껴지지 않니? 보렴, 저 동상들이나 비석들, 시계탑, 샘 등등 모두 전쟁에서 죽은 사람들이나 그 유족을 기리는 것들이야. 일본의 힘과 기상이 최고로 세상을 크게 울렸을 때를 기리는 것들이란다."

"자랑스러운 마음이 들어요. 나라를 사랑하는 마음도 들고요."

청록색으로 녹슨 무쇠처럼 위압적인 모습을 자랑하며 선 도리이를 바라보며 설명하던 노인은 기특한 듯 손자의 머리를 쓰다듬어 주었다. 이내 그들은 신사의 여러 장소를 지나 배전 앞에 다다랐다. 청동 기와의 밑을 따라 늘어진 하얀 천, 그 위 천황가의 상징인 국화 문장. 여러 매체를 통해 자주 봤던 바로 그 야스쿠니의 모습에 손자가 박수를 치며 쪼르르 달려가려는데 다른 참배객이 있는 것을 발견한 노인이 손자를 가볍게 나무랐다.

"이런, 신사에서는 경건하게 걸어야지."

"괜찮습니다."

동전함 앞에서 배전 안을 바라보고 있던 참배객이 가볍게 웃자 노인이 손을 모으며 목례를 했고 손자도 따라 했다. 곧 두 조손도 기도를 올리려는 듯 배전에 올라 참배객의 옆에 나란히 섰고 곧잘 어른들을 따라 고개를 숙여 뭐라 뭐라 옹알거리던 손자는 그새를 못 참고 할아버지의 옷자락을 잡아당겼다.

"할아버지, 이상한 냄새가 나요."

손자가 뭔가 이상한 듯 코를 킁킁거리자 노인도 익숙한 냄새에 기도를 멈추곤 고개를 갸웃거리며 이곳저곳을 돌아보았다. 이내 노인은 흠칫 놀라 제자리에 못 박은 듯 섰다. 너무나 익숙하고 잘 아는 냄새, 어렵지 않게 떠올린 그것은 석유 냄새였다.

목재 건물과 석유.

익숙하지만 결코 친숙하지 않은 아찔한 상상의 조합에 침을 삼킨 노인은 천천히, 조심스레 눈을 돌려 옆의 참배객을 바라보았다. 다음 순간 노인은 주저앉을 뻔한 다리를 겨우 부여잡았다. 너무나 쓸쓸한 얼굴의 참배객이 푹 전석유 냄새 속에서 조손을 빤히 바라보고 있었다.

"기자와 경찰을 불러주시겠습니까?"

"예, 예?"

"지금 막, 야스쿠니 신사에 불을 지르려는 참입니다."

마치 밥을 먹으려는 참이라는 듯, 너무나도 고요한 목소리가 쉽게 흘렀다. 그나마 그 차분한 말투가 아니었더라면 현기증으로 쓰러질 뻔했던 노인은 아, 예, 아, 몇 번 당황한 말을 짧게 반복하다 손자의 손을 잡고 도망치듯 물러섰다. 참배객의 얼굴이 잘 보이지 않을 곳까지 멀어져서야 노인은 급히 핸드폰을 꺼내어 번호를 눌렀다.

형연이었다.

그는 배전 한가운데의 동전함 앞마루에 걸터앉은 채 권태롭다는 듯 지루하다는 듯 하늘을 바라보고 있었다. 경찰이 몰려들고, 기자가 몰려들고, 통제된 줄 뒤로 구경꾼들이 몰려들고. 꽤 많은 인파가 몰려들 때까지 그는 앉은 그대로 머리를 비운 채 기다리고 있었다. 넘어질 듯 말 듯 얇은 초에 촛불 하나를 피워두고, 석유 냄새가 가져오는 묘한 중독성과 불쾌함 가운데쯤에 스스로를 놓아둔 채 그는 천천히 숨만 쉬고 있었다. 메가폰 소리가 깨울 때까지, 존재하는 듯 존재하지 않는 듯 그는 과거 일본 전쟁의 상징 아래에서 무의식의 표면에 그저 부유하고 있었다.

시끄러운 메가폰 소리가 몇 차례 울리고, 웅성거리는 소리가 시끄럽도록 이어지고. 현실로 돌아온 형연은 몰려든 이들을 물끄러미 바라보다 손짓을 했다.

"조금 가까이 와주시겠습니까. 제 목소리가 들리지 않을 것 같군요."

저어하던 그들은 아주 조금씩 다가왔다. 무장한 경찰이 총을 겨눈 채 다가오고 기자들의 기다란 마이크가 다가왔다. 몇 번 거듭 손짓하던 형연은 꽤 가까워지고서야 비로소 만족한 듯 편안한 미소를 띠며 입을 열었다.

"제 이름은 이형연. 한국인입니다."

이야기가 시작되었다. 상황을 실시간으로 내보내고 있는 방송국들이나 경찰의 비상 데스크들이 당연하게 내놓은 극렬 테러리스트일 것이라는 예상과 달리 과거 일본의 침략을 꾸짖는 이야기나, 반성을 촉구하는 등의 강경한 어조가 있지는 않았다. 그저 옛날 이야기들.

형연은 마치 할아버지가 손자에게 이야기를 들려주듯 편히 걸터앉은 채로 흥미롭게 짜낸 이야기를 천천히 풀어 내었다. 그간의 이야기에 더해 한국인이 우물에 독을 풀었다며 선동하던 관동대지진의 이야기나, 여러 다른 풍수와 미신에 관한 이야기들까지.

"이상한 이야기지요?"

형연은 웃었다.

"믿기 어렵겠지만 여러분의 일본은 그렇게 한국을 지배했습니다. 잔재, 일제 강점기의 잔재. 아마 잔재라는 말을 한국보다 많이 쓰는 나라는 세계에 또 없을 거예요."

잠시 말을 멈춘 형연의 눈길이 흘깃 야스쿠니의 전경을 훑었다. 전쟁에 나가 죽은 말, 개, 하다못해 비둘기까지 동상으로 만들어져 늘어선 침략 전쟁의 기념. 그리고 거기 아무렇지도 않게 선량한 소원을 비는 쪽지들이 붙은 에마 絵馬라는 이름의 목판.

전범을 기리며 소원을 비는 사람들의 위에 덧씌워지는 초상들이 있었다. 철령의 저주를 펼치는 다이이치, 조선사를 써 내려가는 이케다, 관동 지진을 당해 조선인들을 죽창으로 찔러 죽이는 사람들, 왜덕산을 파헤치는 이케마츠. 그것은 또 다른 전쟁이었다. 정신과 의식의 세계에서 한국을 찢고 부수려는 전쟁은 아직까지 끝나지 않은 채 이어지고 있었다. 하지만 형연의 목소리는 고요했다.

"이웃한 두 나라의 역사에 전쟁이 있는 것은 이상한 일이 아닙니다."

그는 이제 물끄러미 촛불을 바라보고 있었다. 톡 건드리기만 해도 쓰러져 기름에 불을 붙일 것만 같은 불씨. 방송국의 카메라도 경찰의 총구도 형연의 시선을 따라가는 가운데 형연은 초를 잡아 들었다.

"나는 복수를 하려 왔습니다."

형연은 가부좌를 틀고 앉았다. 땀으로 축축해진 방아쇠들 여럿이 차마 당겨지지 않은 채 떨리고 있었다. 조금이라도 잘못됐다가는 야스쿠니를 태운 방아쇠라는 오명을 뒤집어쓸 수도 있었다. 오직 카메라들만이 형연의 모습을 있는 대로 확대해 생방송으로 내보내고 있었다. 헤아릴 수 없는 시선이 형연에게로, 형연이 든 촛불에게로 향해있었다.

"임진년에 일본이 큰 전쟁을 일으켰지요."

형연의 입에 미소가 묻어났다.

"귀기 어린 일본인 장수들은 닥치는 대로 베고 찌르고 죽였지요. 게다가 남녀노소 수십만의 코를 베어 갔어요. 죽이느니보다 잔인한 일이었고 죽느니보다 무서운 일이었지요. 핏물이 내를 이루고 사람들의 비명이 넘쳐흘렀지만 코와 귀를 자르는 행위는 결코 멈출 줄 몰랐어요. 도요토미 히데요시는 그렇게 일본으로 보내진 코와 귀를 세었고 젓을 담갔다지요."

말을 멈춘 형연의 고요한 눈길이 사람들의 얼굴 위에 잔잔한 햇살처럼 번졌다. 그의 동작으로부터 그가 읊조리는 시와 같은 이야기로 관심을 옮겨온 사람들의 얼굴에 진지한 관심이 번지기 시작했다. 사람이 사람의 코를 잘라내는 광경을 떠올리며 얼굴을 찡그리는 중에도 사람들은 형연의 입가에 눈길을 둔 채 복수를 하러 왔다는 그의 목소리에 귀를 기울였다.

"수십만의 코를 베어 간 일본인들에 대해 조선 백성들이 했던 복수는 풍수였어요. 가장 신령한 풍수사를 불러 이 터 저 터 살피고는 마침내 한 군데를 정했습니다. 바다가 훤히 보이는 양지바른 언덕이었어요. 그러고는 바다에 떠다니는 왜병들의 시체를 모두 거두었어요. 2천5백 구가 넘는 시체를 일일이 거두어 잘 말려서는 그 구릉에 묻었어요. 탁 트인 그곳에서 바다 건너 고향을 보라는 뜻이었지요."

"세상에!"

사람들의 눈에 악귀처럼 코를 베어 가는 일본인들의 모습과 바다에 떠다니는 시체를 거두어 양지바른 길지를 골라 묻어주는 한국인들의 모습이 어른거렸다.

"아아!"

몇몇 사람이 가늠할 수 없는 소리를 토해내는 가운데 형연의 손이 움직였다.

툭.

형연의 손을 떠난 초가 바닥으로 떨어지는 찰나의 순간, 지켜보던 사람들은 모두 질끈 눈을 감아버렸다.

불이 일었다. 가부좌를 튼 형연의 발 앞에서 화르륵 일어난 불씨는 금세 자라나 노랗고 붉은 불꽃을 크게 키워냈다. 불꽃이 삽시간에 형연을 삼키고 더욱 크게 자라나자 바라보는 이들 사이에 비명과 신음이 터져 나왔지만 불꽃 속 가부좌를 튼 그림자는 당당하게 등을 곧추세운 채 미동도 없었다.

"안 돼요!"

야스쿠니의 모든 일본인들이 한목소리로 외쳤다. 소화기를 잡은 소방수들에 앞서 뛰어나오는 사람들이 줄을 이었고 어떠한 말도 오가지 않은 채 일렁거리는 불길 속의 그림자를 구해내려는 동작만이 분주했다. 다행히 중무장을 한 소방수들의 호스에서 압도적으로 뿜어져 나오는 하얀 액체는 형연의 옷에 뿌려진 석유를 신속히 제압했고 형연은 구급차에 태워졌다.

애애애앵!

사이렌을 울리며 떠나는 구급차를 바라보며 사람들은 왜덕산이란 한마디를 입 밖으로 흘려냈다.

왜덕산.

아비규환 속에 사람의 코를 베어내는 일본인과 그 일본인의 시체를 거두어 일본이 보이는 양지바른 곳에 묻어주는 조선인들의 모습이 오버랩되자 사람들은 사라져 가는 구급차를 향해 두 손을 모으고 고개를 숙였다. 그가 무사해야 할 텐데.

취재진이 구급차가 간다는 대학 병원에 급히 몰려갔지만 어쩐 일인지 구급차는 병원에 도착하지 않았고 그가 이송 도중 차를 세우도록 하고 사라졌다는 사실을 확인했을 뿐이었다.

수많은 추측이 겹쳐가는 가운데 뉴스를 접한 일본인들은 누가 먼저랄 것도 없이 복수라는 한 단어를 떠올렸다. 그는 복수하러 왔다 하였지만 그 복수란 자신의 몸에 불을 붙이는 것일 뿐이었다. 그의 복수는 여러 갈래로 해석되었지만 현장에 있던 한 일본인 교사는 TV와의 인터뷰에서 이런 느낌을 전했다.

"그는 이렇게 얘기하는 듯했습니다. 두 학급을 비교하는데 한 학급에는 덩치 크고 싸움 잘하는 아이들이 많고 한 학급에는 선량하고 성실한 아이들이 많을 때 어느 학급이 나은지 말해보라는 것 같았어요. 교사로서는 당연히 선량하고 성실한 아이들 있는 반을 택합니다. 역사의 길에서도 마찬가지입니다. 그렇게 보면 왜덕산의 숭고한 정신을 낳은 임진왜란의 승리자는 당연히 한국입니다. 여러분도 생각해 보세요. 코를 베어 가는 일본과 시체를 거두어 고향이 보이는 양지 쪽에 묻어주는 한국. 누가 이긴 전쟁입니까?"

티브이를 본 많은 일본인들은 왜덕산의 존재를 확인하고는 밀려오는 감동을 주체할 수 없었다.

그리고 사람들은 혼자 조용히 불타오르던 형연의 모습을 떠올렸다. 복수하러 왔다던 그가 보여준 건 용서였다. 용서. 그 이해할 수 없는 용서의 힘은 어디에서 나온 것일까. 마치 과거의 모든 은원을 사그라트리듯, 세상에 흩뿌려진 저주와 귀신을 한데 모아 불태워 버리듯, 모든 것이 불로 정화된 정토淨土를 거기 비추어 내듯.

야스쿠니에서 몸에 불을 붙이던 한 사람의 모습은 그렇게 세상에 새겨졌다.

38
업

제천 정방사의 객사에는 한 젊은 한국인 여성이 작은 책상 앞에서 종이를 들여다보고 있었다. 소중한 듯 꺼내어 펼친 종이에 쓰인 짧은 글을 그녀는 몇 번이나 입 모양으로 따라 읽었다.

나는 이렇게 태어난 사람인가 보다.
누군가, 누군가가 있어야 한다면
그 자리에 있어야 할 사람으로 태어난 사람인가 보다.
아직 하고 싶은 말이 너무나 많다.
나라는 사람이 살아간 흔적을 더 남기고 싶다.
너와 함께 있었던 증거를 조금 더 남기고 싶다.

"이형연, 득도하기는 글렀네."

누런 종이에 엉망으로 휘갈기듯 쓰인 글씨, 아무렇게나 묻어난 연필심 가루.

"요즘 누가 연필을 쓰냐."

글씨를 매만지듯 따라가던 손가락이 종이를 뒤집자 그림이 나왔다. 흐릿한 연필로 몇 번이나 덧대고 덧댄 투박한 스케치가 그려낸 화난 듯한 눈매, 고집 가득하게 오뚝한 코, 작은 입에 부르튼 입술, 아무렇게나 뒤로 올려 묶은 머리.

"이렇게 그릴 거였으면 만날 때마다 미리 말을 했어야지."

톡, 누런 종이에 물방울 하나가 번지자 황급히 소매로 찍어냈다. 쳇, 코웃음 소리로 먹먹해지는 마음도 털어냈다. 은하수는 작은 손거울을 꺼내 들고 웃었다. 보기 좋게 휘어지는 눈매를 보며 입꼬리를 올렸다.

"하고 싶은 일 하면서 무슨 앙탈을 그렇게 부렸냐?"

몇 마디 독백을 이어가던 그녀는 누군가 방문을 두드리자 고개를 홱 돌렸다. 주지 스님이나 절에 머무는 신도이겠지만 만 분의 일 확률로 형연일 수도 있다는 생각에 은하수는 스치는 바람에도 고개를 돌리고 멀리서 들려오는 나뭇잎 떨어지는 소리에도 귀를 기울이곤 했다. 은하수는 야스쿠니에서 이상한 짓을 저지른 후 사라진 형연으로부터 소식이 오기를 애타게 기다렸지만 그로부터는 어떠한 소식도 오지 않았다. 일본 당국은 형연이 야스쿠니에서 자신의 몸에 불을 붙인 행위의 사법 처리 여부를 신중하게 검토했다. 하지만 그가 야스쿠니에 해를 끼친 게 없고 일치된 증언을 통하여 그가 참배객들을 위협하거나 위험에 빠뜨린 적이 없다는 판단을 내리고는 한국으로 출국시키는 이외의 다른 조치를 취하지는 않았다.

은하수는 그가 한국으로 출국했다는 사실을 확인했지만 이상하게도 한국에 있는 형연으로부터는 전혀 소식이 없는 것이었다. 한국에 들어온 이상 자신에게는 어떠한 소식이라도 전해야만 할 것이었다. 그것이 정상이었다. 아니 정상인이라면 당연히 그래야만 할 것이었다. 기다림에 지친 은하수가 형연을 찾아 나선 곳은 제천 정방사였고 그녀는 아예 형연이 거처하던 정방사 객사에 자리를 잡았다.

은하수가 정방사 객사에 자리를 잡은 건 비단 형연을 찾기 위한 것만은 아니었다. 대통령실 행정관이라는 자리를 박차고 나온 이유가 한국의 인구 소멸에 대한 대통령과 국회의 대처에의 분노였던 만큼 자신이 해법을 제시하고 싶었던 것이다.

하여 은하수는 형연을 기다리며 온 힘을 다해 인구 소멸 문제의 해법을 찾는 데 몰두했다. 우선 은하수는 그간 저출산 대책 목적으로 14년간 쓰인 돈 185조가 왜 실패했는가를 면밀히 분석했다. 1980년대 50만 명 이상이던 연간

출생아 수가 작년 2022년에는 25만 명으로 줄어드는 과정에서 이 돈 185조가 한 일은 아무것도 없다시피 했다. 은하수는 한국보다 저출산을 일찍 경험한 일본의 저출산 대책은 왜 실패했는지를 꼼꼼히 연구했다. 일본과 한국은 저출산의 이유가 거의 동일했다. 따라서 저출산 대책도 같은 이유로 실패했다는 걸 알게 되었다.

두 나라는 아이를 낳고 난 후 좀 더 수월하게 아이를 키우는 환경을 만드는 데 집중적 투자를 했지만 그 성적은 초라하기 그지없었다. 또한 교수를 비롯한 수많은 일본과 한국의 전문가들이 내놓은 비슷비슷한 진단과 대책 역시 마찬가지로 겉돌고 있다는 걸 알게 되었다. 깊은 연구를 통해 은하수는 일본이든 한국이든 젊은이들이 아이를 낳지 않는 이유는 희망의 상실에 있다는 걸 알게 되었다. 아이를 낳지 않는데 육아 환경에 전념하는 양국 정부의 대책이 성공할 리 없었다.

형연을 기다리는 나날이 길어질수록 은하수의 연구도 깊어졌다. 은하수는 새벽 예불을 알리는 종소리가 들리면 일어나 어둠에 잠긴 산속으로 들어갔다. 컴컴한 산길은 잘 보이지도 않았지만 은하수는 손전등을 켜고는 산길을 걸었다. 은하수가 이렇게 하는 건 마음속으로 형연의 모습을 그리고 있기 때문이었다. 형연은 어딘가 알 수 없는 곳에서 길을 찾으려 온 힘을 다하고 있을 터였다. 은하수는 철령을 떠올렸다. 그 난해한 비밀을 풀어냈지만 역사 왜곡의 참담한 현실을 바꿀 어떠한 방법도 존재하지 않는다는 걸 알게 된 형연이 선택한 건 교육부 장관의 납치라는 기상천외한 길이었다. 그리고 그 이전에 형연은 인구 소멸의 위기를 알리기 위해 나이파 이한필베라는 수수께끼를 대통령에게 던졌고 현대경제연구소 연구원을 납치해 언론과 국민에게 알렸다. 그리고 야스쿠니 신사에서 몸에 불을 붙이며 한국과 일본이 같이 걷는 미래를 일깨웠다. 그 모든 특이한 행동이 모두 혼자 어둠 속에서 고뇌하고 갈등한 결과일 것이었다. 모두가 고시에 몰두하던 대학 시절 혼자 미래의 불안을 이겨내며 인문학에 몸을 던지던 그의 모습 역시 어둠 속에서 고뇌하며 다 같이 사는 밝은 미래를 만들어 내기 위한 몸부림이었다.

그런 이유로 은하수는 어둠 속을 걸었다. 그의 고뇌를 이해하려 함도 있었지만 그저 그를 닮고 싶었다. 곁에 있을 때는 그저 있나 보다 하던 것이 이렇게나 오랫동안 소식 한 줄기조차 없자 한순간도 그를 생각하지 않을 수 없게 되는 자신을 지켜보며 은하수는 어쩌면 대학 시절부터 자신은 그와 매인 것이 아니었던가 하는 운명을 떠올렸다.

절에서 세끼 밥을 먹는 일과 화장실 용무 외에 은하수는 무려 1년이 넘는 시간을 인구 문제에 천착했고 어느 날 한 통의 문서를 작성했다. 정방사 앞마당에서 탁 트인 충주호를 내려다 보니 1년이라는 긴 시간 동안 한 가지 일에만 매달렸다는 만족감에 은하수는 크게 한숨을 들이켰다. 스스로가 만족스러웠지만 한편으로는 그 꽉찬 1년의 세월을 담은 이 편지 한 장이 과연 그에 걸맞은 역할을 해낼지 의문이 들어 다시 작은 한숨을 내쉬었다. 긴 산길을 걸어 내려온 은하수는 제천 우체국을 향했다. 문서를 보내기 전 은하수는 신문사 독자담당부장에게 전화를 걸었다. 이 신문사는 국내 언론 중 가장 먼저 이미 수십 년 전부터 인구소멸의 위험성을 경고해 왔던 터라 이 문제에 정통하고 있었다.

보통의 신문사들이 글을 보내는 사람의 신분에 따라 신고 안 신고를 결정하고 이것은 이 신문사도 마찬가지였다. 하지만 인구 문제에서만큼은 보낸 사람의 지위도 신분도 명성도 고려하지 않고 오직 그 내용만을 기준으로 삼아 기재 여부를 결정하고 있었다. 은하수는 무심한 표정과 무심한 동작으로 독자부 앞으로 글을 보냈다. 어떤 담당자가 보게 될 지는 몰랐지만 부디 인구 문제에 관심이 있는 기자가 보고 윗선과 상의해 준다면 행운일 것이었다.

은하수는 이 국내 굴지의 신문사가 관심을 가져주기를 바라면서도 한편으로는 플랜 B를 떠올렸다. 그것은 대통령이 읽게 하는 것이었다. 그러기 위해서는 몇 사람을 만나 그들을 설득해야만 했다. 대통령실의 행정관들, 혹은 비서관 중 한 사람. 이들이 호응해 준다면 수석비서관에게 전달되고 대통령에게까지 갈 것이었다. 그러나 이걸로 끝이 아니었다. 대통령 책상 앞에 가도 읽힌다는 보장이 없었고 대통령에 의해 읽혀진 후에도 역시 문제는 남았다. 대통령이 읽은 후에도 무언가를 한다는 보장이 전혀 없는 것이었다.

역대 대통령 중 인구 문제에 대처한 사람이 단 하나도 없었다는 사실, 인구가 급속히 줄어들기 시작한 2천 년대 들어와서의 대통령들인 노무현, 이명박, 박근혜, 문재인에 이르기까지 단 한 사람도 인구 소멸 문제에 발벗고 나선 사람이 없다는 사실은 절망적이었지만 그렇다고 포기할 일은 아니었다. 이 세상에 단 한 사람이라도 호응해 준다면 해야만 할 일이었다. 아니, 그 한 사람마저 없다 하더라도 해야 할 일이었다. 자신은 그 유망한 자리까지 박차고 나와 절에 틀어박혀 밥 먹고 화장실 가는 시간 빼고는 하루 온종일 이 인구 소멸의 해법을 찾지 않았던가. 지구상 모든 나라의 경우를 다 스터디 했고 그들의 성공과 실패를 검증했으며 경제, 사회, 생산 및 분배, 청년 및 여성 심리까지 망라한 공부와 연구의 결실이었다.

은하수는 굳건한 신념을 일부러 가리기라도 하려는 듯 무심한 손길로 편지를 접수원에게 건넨 후 다시 버스를 타고 긴 산길을 걸은 후 정방사로 돌아왔다.

긴장이 풀린 은하수는 사흘간 깊은 잠을 자고 일어나 깎아지른 절벽에서 새어 나온 정방사만의 암반수를 맘껏 들이켰다. 아마 이 세상에서 가장 깨끗한 물일 것이었다. 게다가 기나긴 암석 속을 흐르는 동안 세상으로부터 은폐된 온갖 사상事象을 머금은 채 흘러나오고 있을 터였다. 은하수는 주지 스님과 작별을 나누었다. 주지 스님이 자신을 드러내며 고승高僧연하려는 사람이 아니라 오히려 최대한 자신을 숨겨 젊은 여성을 편안하게 해주려는 진짜 덕승이었던 점은 큰 다행이었다. 긴 산길이었지만 그 어느 때보다도 가벼운 걸음으로 산길을 내려온 은하수가 향한 곳은 그 언젠가 형연과 만나 긴 얘기를 나누던 카페였다. 회신령집만축고선이라는 기괴한 수수께끼를 풀던 시절이 왈칵 생각나 은하수는 잠시 고개를 숙이며 휴대폰을 매만졌지만 이내 자리에서 일어났다.

제천역 앞에서 버스를 내린 은하수는 신문을 사려다 그만두었다. 신문에 실릴지도 불확실한데 하필 오늘 집어 든 신문에 실릴 가능성은 더욱 없었다. 하지만 은하수는 독자 투고가 매일 들어오기 때문에 자신의 투고가 도착한 날을 계산하면 어제나 오늘 실릴 가능성이 크다 생각하고는 오늘 신문에 어제 것까지 어렵사리 찾아 사 들었다.

플랫폼에서 열차를 기다리다 객실에 자리를 잡은 은하수는 신문을 무릎에 놓은 채 차창을 스치는 철로변 모습에 한참 눈길을 두었다. 대통령에게 보내진 나이파 이한필 베라는 암호인지 주문인지 알 수 없는 글자를 들고 형연을 찾아가던 순간부터 지금에 이르기까지의 일들이 주마등처럼 스쳐 지나갔다. 야스쿠니에서 몸에 불을 질렀던 형연. 그것은 풍수였던가, 아니면 왜덕산을 일본인들에게 알리기 위한 퍼포먼스였던가. 그것이 무엇이든 그는 왜 그런 일에 몰두할까. 이 세상 모든 사람이 건강에 몰두하고 재산에 집착하고 재미로 날밤을 새우는데 그는 왜 그런 불편하고 고통스러운 일에 젊음을 사르는 것일까. 어느 정도는 이해하지만 그렇게까지 나설 수 있는 힘은 어디에서 나오는 것일까. 그런 일을 하겠다고 공언하고 나선 정치인들조차 하지 않는 일을 그는 왜 업보처럼 지고 다니는 것일까.

그러나 다음 순간 은하수는 실소를 터뜨리고 말았다. 자신 역시 보장된 자리도 수입도 차버리고 뛰어든 셈이었다. 지금 바라는 건 오직 하나, 지난 1년 동안 온 힘을 기울여 연구한 이 나라의 인구 소멸 대책을 쓴 독자 투고가 신문에 실리기만 바랄 뿐이었다.

은하수는 무릎 위에 두었던 신문을 펼쳤다. 어제 신문 1면부터 한 장 한 장 넘겨가던 은하수의 손길이 25면을 거쳐 26면에 이르렀다. 독자가 보내온 글 중 의미 있는 걸 골라 실어주는 독자 투고란이었다.

"음!"

옅은 신음과 다시금 새로운 기대를 머금은 눈망울이 엇갈리는 가운데 은하수의 손길이 두 번째 신문의 1면부터 넘기기 시작했고 드디어 26면에 이르렀다.

"으음!"

대여섯 개의 글이 보였지만 자신의 것은 어디에도 없었다. 실망에 겨운 손길로 신문을 도로 덮고는 좌석 포켓에 넣어두고 나니 허탈감이 한 번에 밀려왔다. 그까짓 것 하며 고개를 창밖으로 돌리고 가볍게 웃었으나 어쩔 수 없는 처연한 웃음이었다. 은하수가 그토록 기다리던 전화를 받은 건 청량리역에 도착해 힘없는 걸음을 옮겨놓을 때였다. 전화기 창에 뜬 발신 제한이라는 네 글자에 설레던 은하수는 형연의 목소리가 흘러나오자 전화기를 떨어뜨리고 말았다.

"신문 잘 봤어."

"이 자식아, 너 어디야!"

"아무도 못 찾는 곳에 있긴 한데……. 너라면 어쩌면 찾을지도."

"도대체 무슨 소리 하는 거야? 신문이라니."

"오늘 신문에 났던데. 세상에 나이파 이한필베 던진 보람이 있었어. 그런데 그게 너일 거라고는 상상도 못 했어. 찾아와. 기다릴게."

"어디를 오란 말이야!"

형연은 대답 없이 전화를 끊었지만 은하수는 당황한 중
에도 그가 어디에 있든 찾아낼 수 있다는 자신감이 생겨났
다. 은하수는 서울 시내로 향하던 발걸음을 가평으로 돌렸
다. 언젠가 자신을 불렀던 감로사에 가면 어쩐지 그가 기
다리고 있을 것만 같았다.

서둘러 버스표를 끊은 은하수는 버스 맨 뒷자리 구석에
자리를 잡자마자 신문을 펼쳤다. 놀랍게도 자신이 보낸 원
고는 독자 투고란이 아닌 전문가 칼럼란 중에서도 가장 눈
에 잘 띄는 위치에 있었다. 어떤 그럴 듯한 직위도 없는 김
은하수라는 이름자 밑에.

인구 절벽 이렇게 극복하자

대한민국에서 작년에 출생한 아이는 25만 명이다.
이들 중 절반인 여성이 앞으로 모두 아이를 낳는다 해
도, 한 해의 출생아는 12만 5천 명이다. 하지만 지금
의 추세 70퍼센트를 반영한다면 그 숫자는 약 9만 명
으로 줄어든다. 몇 세대 후에는 국가의 소멸이 염려될
정도이다.

경제 붕괴는 훨씬 빨라 세계적 컨설팅 업체 PwC는
2050년에는 우리 경제력 순위가 나이지리아, 이집트,
파키스탄, 이란에도 뒤처진다고 진단했다.

천금 같은 시간을 다 날려버린 지금, 아이 낳을 환경을 조성하는 방안, 즉 출산휴가, 육아휴직, 보육 서비스 등의 통상적 단골 정책만 붙들고 있어서는 도저히 이 위기를 극복할 수 없다. 지금은 극한의 비상 상황이다. 획기적인 길을 뚫어야만 한다.

그 첫 번째로 제시하고 싶은 방책은 한국, 일본, 인도네시아, 베트남의 네 나라가 EU와 같은 경제공동체를 만드는 것이다. 우리나라 인구는 5천2백만, 일본의 인구는 1억 2천5백만, 베트남 1억, 인도네시아는 2억 7천만이므로 네 나라가 합하면 약 5억 5천만이다. EU의 4억 5천만보다 1억이 많다. 대규모 자본과 첨단 기술이 필요한 베트남과 인도네시아가 한국, 일본과 함께 경제공동체를 결성하는 데 동참하지 않을 리 없고, 우리와 마찬가지로 심각한 인구 감소 문제를 겪는 데다 인구가 바로 경제력임을 잘 아는 일본 또한 EU를 능가할 역동성을 가진 이 공동체에 큰 매력을 느낄 것이다. 게다가 이 공동체는 미·중 격돌의 혼란한 세계질서 속에서 우리의 안보 위기를 해소하는 데에도 크게 이바지한다. 인도네시아가 머잖아 세계 4위의 경제 대국이 된다는 전망이 우세한 만큼 서두를 일이다.

두 번째 방책은 한글을 세계에 널리 퍼뜨리는 일이

다. 인구 위기 해소를 위해서는 외국과의 연계가 필연적이다. 그런데 이민자들과의 사회 통합 문제로 큰 고통을 겪는 독일, 스웨덴 등의 예를 볼 때, 이민은 사전에 세심한 준비가 필요한 분야다. 고급 인력일수록 언어를 중시하고 자신이 아는 언어권으로 진출하고 싶어 한다. 따라서 한국어를 널리 알리는 일은 양질의 이민자와 유학생, 근로자를 유치하는 데 있어 매우 중요하다. 또한 한글 교육은 이민자들이 신속히 우리 사회와 동화하는 데도 도움을 주므로 결국 이민정책의 성패를 좌우하는 열쇠다. 하여 정부는 해외 한글 교육 기관 설립과 확산을 위해 대규모로 투자하고, 해외에 나가 한글과 한국문화를 알리려는 국민을 대거 발굴하여 지원하는 것이 필요하다.

무엇보다도 중요한 마지막 방책은 출산을 늘리는 것이다. 이를 위해서는 물론 출산 및 보육을 위한 환경 조성이 필요하다. 그러나 가장 확실한 방법은 정부가 30~50년물 장기국채를 발행해 전용 불가한 독립 계정에 넣어두고 강력한 현금 지원으로 출산을 이끄는 것이다. 그간 정부는 갖가지 간접 지원에 185조라는 천문학적 돈을 썼건만 처참하게 실패했다. 반면, 출산 인센티브 금액을 높게 책정한 나라들의 출산율이 급속히 높아진 걸 보면 지금과 같은 비상 국면에서는 직접적 현금 지원이 정책의 요체가 되어야 한다. 출산당 2억을 지원한다면 천만 명의 인구를 확보할 수 있을 것이다. 이를 위해 발행하는 장기국채가 후세대에 막대한 부담이 되지 않을까 하는 우려하는 목소리가 있을 수 있다. 하지만 사실은 그 반대다. 30년 후 천만 명의 인구가 창출할 부가가치가 2천조의 열배가 넘는 만큼, 국채 소화에 어려움을 겪더라도 현세대가 반드시 해주어야만 할 일이다. 마이너스 통장 개념을 차용해 출산 가구가 필요할 때 꺼내쓰도록 하면 훨씬 적은 예산으로도 천만 명 출산이라는 목표를 달성할 수 있는 만큼, 정부의 깊은 인식을 당부한다.

은하수는 감로사가 있는 방향으로 고개를 돌렸다. 나이파 이한필베의 수수께끼를 던지는 형연이 있는 한, 그리고 이런 글이 독자들에게 전달되는 한 오랜 세월 보이지 않는 곳에서 대한민국을 지켜온 힘이 다할 리 없다는 생각에 은하수는 미소를 지었다.

— 끝 —